L'AMOUR FAIT MAL

William Boyd

L'AMOUR FAIT MAL

NOUVELLES

Traduit de l'anglais
par Christiane Besse

Préface de l'auteur

Éditions du Seuil

L'amour fait mal, La Chasse au lézard, Cadeaux, Histoire vache, Alpes-Maritimes, La Nuit transfigurée in *La Chasse au lézard*
TITRES ORIGINAUX
Transfigured Night et *On the Yankee Station*

L'Amant de rêve, Souvenirs de la mouche-saucisse, N pour N in *Le Destin de Nathalie X*
TITRE ORIGINAL
The Destiny of Nathalie X and Other Stories

Varengeville, Hantise, Visions fugitives, Protobiographie in *Visions fugitives*
TITRE ORIGINAL
Protobiography

Le Fantôme d'un oiseau, La Femme sur la plage avec un chien, Fascination, Beulah Berlin, de A à Z in *La Femme sur la plage avec un chien*
Les nouvelles sont extraites du recueil *Fascination*

Pour cette édition :
ISBN 978-2-7578-0878-8

Les nouvelles qui composent ce recueil sont extraites des livres *La Chasse au lézard*, *Le Destin de Nathalie X*, *Visions fugitives* et *La Femme sur la plage avec un chien*.

Nouvelles choisies et réunies par Mathilde Bach.

Merci à Anne Freyer, éditrice de William Boyd aux éditions du Seuil, pour son aide précieuse.

Préface

par William Boyd

Ma première œuvre de fiction véritable, je l'ai écrite en 1971, à l'âge de dix-neuf ans, et c'était une nouvelle intitulée « Rêveries d'un lève-tôt ». Une histoire d'une nature autobiographique manifeste – le récit un rien élégiaque de ma relation avec une jeune Allemande durant mon séjour à l'université de Nice au cours du printemps et de l'été précédents. Récit rédigé spécialement pour un concours organisé par le département de littérature anglaise de l'université de Glasgow où je venais d'entamer ma maîtrise. Fait peu commun à l'époque, l'université avait institué une chaire d'écriture qu'occupait un vieux poète du nom de George Bruce. Bruce avait eu l'idée de ce concours ouvert à tous les étudiants de première année (un grand nombre, plusieurs centaines en fait). À ma grande joie – et non moins grande stupéfaction – je remportai le premier prix : un bon pour un achat de livres d'une valeur de 10 £. J'ai encore le tapuscrit des « Rêveries » ainsi que le manuscrit d'une autre nouvelle écrite un peu plus tard, mais il semble qu'après cet accès initial mon goût pour le genre se soit plutôt émoussé. Il n'empêche que j'ai beaucoup écrit durant mes quatre années (1971-1975) à l'université de Glasgow : quantité d'articles – en qualité de critique de théâtre et de cinéma du journal universitaire –, une pièce autour de mes années scolaires (présentée sans succès lors d'un concours d'œuvres théâtrales), pas mal de poésie (sous un pseudonyme), et un roman intitulé *Est-ce tout ?* (d'après une célèbre chanson de Peggy Lee) qui, une fois de plus, avait pour décor la Côte d'Azur, et pour héros, de nouveau sans honte aucune, moi-même (même si j'avais baptisé Henry Rush mon alter ego romanesque). Mon année niçoise se révélait un terreau fertile pour mon imagination romanesque naissante.

Quand j'y resonge, je me rends compte que j'écrivais comme tant de jeunes auteurs le font à leurs débuts : en utilisant mes propres expériences pour matière brute – changeant ici et là un nom, orientant la narration pour aboutir au dénouement souhaité (le garçon séduit la fille), mais me reposant en fait sur la simple authenticité du vécu (dont je pouvais certainement attester) comme moteur de l'histoire et de ses personnages. C'est une phase que la plupart des jeunes écrivains traversent – seules quelques brillantes exceptions produisent un travail d'un intérêt quelconque, et moins encore durable –, et je réalise que la fiction que j'ai écrite tandis que j'étais à l'université de Glasgow représente une exploitation du mode autobiographique. Très peu de temps après, j'ai cessé d'écrire sur moi et ma vie, et je n'ai jamais vraiment recommencé.

C'est à Oxford, où je préparais un doctorat, que la nouvelle retrouva mes faveurs. Une fois de plus, les concours locaux servirent de catalyseurs. Plus tard, je décidai d'aborder le vaste monde et commençai à expédier mes œuvres à des magazines nationaux – littéraires, humoristiques, féminins, en fait toute publication susceptible d'éditer des nouvelles. Je retravaillai un texte intitulé « Patience chez Spinoza » et l'envoyai au *London Magazine*, un petit journal littéraire légendaire édité par Alan Ross et qui jouissait d'une réputation de découvreurs de jeunes talents, écrivains ou poètes. Alan Ross me répondit remarquablement vite : oui, il prendrait ma nouvelle et me paierait 15 £ à condition que je change le titre : « Patience chez Spinoza » ne convenait vraiment pas. Parfaitement d'accord – c'était en effet un titre épouvantable –, je le changeai aussitôt en « Le prochain bateau pour Douala ». La nouvelle parut dans le numéro d'août 1978 du magazine.

À partir de là, les choses prirent vraiment tournure : « Le prochain bateau pour Douala », ma première nouvelle professionnellement publiée, marque aussi le début de ma carrière de nouvelliste. Elle raconte une mésaventure sexuelle advenue en Afrique occidentale à un jeune diplomate britannique, trop gros et souvent ivre, du nom de Morgan Leafy. Inspiré par mon succès auprès d'Alan Ross, j'écrivis une autre nouvelle sur Morgan Leafy, qui fut acceptée par *Mayfair* (contre, cette fois, un chèque à trois chiffres) et publiée avec une illustration – la gloire, selon toute apparence ! Au cours des mois suivants je plaçai de plus en plus de textes, et bientôt il m'apparut que je disposais des éléments d'un petit recueil.

Je choisis donc deux spécialistes en la matière – Hamish Hamilton et Jonathan Cape – et leur expédiai simultanément mes histoires. J'ajoutai un post-scriptum à ma lettre d'explication indiquant – je ne sais pas très bien pourquoi – que j'avais aussi commis un roman ayant pour héros le « Morgan Leafy » de deux des nouvelles. Affirmation qui relevait de la pure fantaisie : j'avais bien en tête l'idée d'un pareil roman, mais je n'en avais pas écrit un seul mot.

Avec une rapidité sans précédent – quinze jours à peine – je reçus une lettre de Hamish Hamilton (Cape ne m'a jamais répondu), signée de Christopher Sinclair-Stevenson, le directeur, disant que les nouvelles l'intéressaient mais qu'il aimerait voir un synopsis du roman *Morgan Leafy* avant de prendre une décision. Mon vague projet devint promptement une ébauche de cinq pages, que je postai non moins promptement. Christopher Sinclair-Stevenson m'affirma par retour – je me souviens comme d'hier de cette journée à marquer d'une pierre blanche –

que : oui, il publierait mon recueil de nouvelles mais à une condition : le roman *Morgan Leafy*, maintenant rebaptisé par mes soins *A Good Man in Africa*[1], devait paraître en premier.

Léger problème : une prodigieuse euphorie troublée par la nécessité d'un pieux (mais convaincant) mensonge. Et je mentis : il me fallait retravailler encore le manuscrit, prétendis-je, le réécrire un peu, le taper à la machine, bien le revoir, une affaire de quelques semaines au plus... Heureusement, Susan, mon épouse, travaillait alors pour Oxford University Press, et rapportait donc un salaire régulier à la maison. Grâce à l'offre désormais officielle de Hamish Hamilton, je réussis à obtenir une bourse du Arts Council (900 £, je crois). J'étais à présent maître de conférences (quoique sans poste régulier) à l'université, et j'enseignais aussi l'anglais à des étudiants étrangers – sources de revenus auxquelles il me faudrait temporairement renoncer tandis que j'écrirais en hâte mon roman prétendument déjà achevé... et que les factures continueraient de tomber. Une fois les finances assurées, je m'installai à la table de notre cuisine et je rédigeai *A Good Man in Africa* dans un état d'ardeur passionnée, d'excitation fébrile et de conviction totale. Trois mois plus tard, le roman était terminé : Christopher Sinclair-Stevenson n'a jamais eu la moindre idée de l'énergie diabolique qu'il avait suscitée.

Ainsi mes nouvelles menèrent à mon premier roman, et le but de ces réminiscences est d'illustrer combien ces deux formes sont étroitement mêlées aux débuts de ma carrière d'écrivain et à son développement actuel. Je n'ai jamais cessé d'écrire des nouvelles parallèlement à mes romans : la raison essentielle est, à mon sens, qu'elles offrent une expérience esthétique différente, à la fois dans l'écriture et dans la lecture. Pour le nouvelliste, cela res-

1. Paru en français (Le Seuil) sous le titre *Un Anglais sous les tropiques*.

semble plus à un changement de moyen d'expression artistique – comme quand on abandonne le roman pour écrire une pièce, un film ou un poème. On engage différents mécanismes mentaux, on connaît d'autres plaisirs et, chose capitale, on peut prendre plus de risques. C'est, en fin de compte, une question de liberté : liberté de changer d'habitudes, d'expérimenter, de se mettre en danger, d'essayer des voies différentes, de briser la narration – liberté de faire des choses que le roman ne permet pas, pour la simple raison qu'il faut si longtemps pour en écrire un… La fiction, pour moi, consiste à libérer mon imagination ; et la nouvelle offre tout particulièrement cette possibilité.

La pratique est bien établie : j'écris des romans, mais je continuerai à écrire des nouvelles, pour les raisons évoquées ci-dessus. D'autre part, même s'il règne comme un vague parfum d'adieu autour de tout recueil – une impression étrangement sinistre d'inventaire –, cette sorte de réarrangement et de réévaluation appartient pleinement à la tradition du genre : la première publication d'une nouvelle dans un journal, un magazine ou une émission de radio a certes un impact, mais il est inévitablement éphémère. L'auteur rassemble alors les histoires disparates qu'il a écrites en un petit volume relié et les rebaptise d'un titre général afin de donner un peu plus de permanence à leur vie transitoire. Pourtant, à quelques rares exceptions près, la longévité d'un recueil de nouvelles en librairie n'est pas la même que celle d'un roman – et ceci n'a rien de nouveau : dans les années 1890, Tchekhov, très conscient de ce phénomène, ne cessa de republier ses premiers recueils. Pour les écrivains, le désir demeure toujours vivace de réunir et de replacer ainsi leurs nouvelles au sein de leur œuvre et de les y garder, en sécurité. Celles contenues dans ce volume font autant partie de ma vie d'écrivain que mes romans, et contribuent de la même façon à expliquer l'auteur de fiction que je suis.

L'AMOUR FAIT MAL

L’amour fait mal

10 août 1973

C’est au cours des chauds premiers jours de juillet que j’ai présenté Cherylle à Lamar. Je crois que ce fut lors de la réception d’accueil tardive que AOD donnait en mon honneur. Cherylle était une actrice au chômage qui louait avec deux autres filles l’appartement au-dessous du mien. Très spontanément, je décidai d’inviter l’une d’elles – je ne m’étais pas encore fait d’amis ici depuis mon arrivée d’Angleterre et sentais que j’avais besoin d’un genre d’allié parmi cette assemblée de décideurs américains de sortie avec leurs épouses friables et glacées. Cherylle était seule présente quand je frappai à la porte de l’appartement. Tels sont les tours que le temps joue : demain, elle épouse Lamar.

Cherylle : grande, maigre, une toison folle de cheveux blonds. Vingt-cinq ans ? Une peau typiquement californienne sans défaut. Je la trouve étrangement séduisante sans être tout à fait capable de dire pourquoi – un produit des curieux vecteurs d’un visage : l’arc d’un sourcil, la saillie d’une pommette. Il y a dans son regard une sorte de lueur sauvage frémissante, une impression d’énergie lovée dans l’attente de son heure, qui ne vous frappe véritablement qu’à la troisième ou quatrième rencontre.

C’est néanmoins ce que Lamar prétend avoir aussitôt

remarqué et trouvé irrésistiblement séduisant. Je devrais dire que Larnar est devenu depuis mon meilleur ami ici sur la côte. En feuilletant les pages antérieures de mon journal, je vois que je l'ai décrit au début comme « un homme d'affaires typiquement macho américain. Entre trente-cinq et quarante ans, bronzé et trapu. Dur comme un roc. Sa confiance en lui-même l'enveloppe comme un champ magnétique. Le plus jeune vice-président de la compagnie, directeur des ventes et du marketing. On raconte que AOD lui appartiendra avant la fin de la décennie ». Maintenant que je le connais, je dirais que tout ceci n'est que partiellement vrai. Lamar exsude toujours cette assurance agressive mais c'est un peu une façade. Ce n'est pas un VP typique : il travaille dur à son job parce que c'est tout ce que son milieu et son éducation lui ont appris à faire. Il a ses petites manies et je le trouve à la fois stimulant et triste.

Par exemple, le fait que j'écrive – quoique commercialement – pour vivre l'a poussé à s'attaquer aux lacunes culturelles de sa vie avec la même vigueur qu'il chasse les contrats. Il voit en moi une sorte de *guru* intellectuel, une source à creuser et à exploiter. Assez tôt dans notre amitié, il suggéra que nous lisions tout Shakespeare ensemble « parce qu'on dit qu'il est le meilleur ». Pour alimenter ce nouvel enthousiasme, je lui donnai des listes de bouquins et lui organisai un programme pour son éducation personnelle. Il se révéla un étudiant sensible et intelligent, étonnamment perceptif. Il me questionnait si constamment que je me sentais épuisé, victime d'une espèce de séminaire cauchemardesque, étourdi par la rapacité avec laquelle il me pillait le cerveau.

Son amitié avec Cherylle n'empêcha pas la nôtre de se développer. En fait, nous sortions souvent ensemble tous les trois. Et, tandis qu'ils s'éprenaient de plus en plus l'un de l'autre, ma présence, paradoxalement, semblait d'autant plus essentielle. Je suis devenu le talisman de leur liaison, comme s'ils avaient eu besoin en permanence de la présence rassurante du catalyseur qui avait déclenché la réaction.

J'ai cependant essayé de discuter avec Lamar de la sagesse de ce mariage – conseillant gentiment un délai. Cherylle est une nature flamboyante mais changeante et fantasque et, je le soupçonne, profondément peu sûre d'elle-même. Mais Lamar refuse d'écouter. Il est amoureux, répète-t-il, complètement amoureux pour la première fois de sa vie.

11 août 1973

Le mariage. Lamar et Cherylle se cuitent bruyamment. À la mairie, Cherylle est arrivée dans des cuissardes de daim, des jeans et un coupe-vent jaune vif. Elle s'habille en suivant des séries de modes bizarres – avec parfois un manque criant de goût, parfois un chic éblouissant de discrétion. Vraiment pas faite, à mon avis, pour être l'épouse d'un jeune vice-président prometteur, mais Lamar semble accepter ses extravagances avec un ravissement béat et sincère.

Maintenant que je la connais mieux, je tiens l'anthologie des styles voyants de Cherylle pour la preuve d'un manque de sécurité chronique dans sa personnalité. Elle vacille au bord de ses humeurs avec l'équilibre consommé de l'éternel schizoïde. Lamar est d'une certaine manière sensible à cela. Son mariage avec Cherylle est le seul événement irrationnel public de sa vie entièrement ordonnée. Il m'a dit un jour qu'il la comprenait parfaitement, pouvait prévoir ses mouvements et ses réactions avec une certitude pavlovienne. Il sous-estime Cherylle, je crois, et je suis un peu inquiet. Il n'a jamais fait preuve d'autant d'entrain et de joie mais ce mariage n'est pas une platonique union des contraires. La parade efficace diurne de

Lamar s'est interrompue pour rejoindre le Mardi-Gras de Cherylle, et il en aime la course en avant effrénée.

14 août 1973

Travaillé assidûment les deux derniers jours dans la cabane sur la plage. Un temps éclatant, sans un souffle de vent. Une carte postale de Lamar et Cherylle en lune de miel à Mexico. La nette écriture en lettres moulées de Lamar recouverte, au bas de la carte, par un gribouillage illisible au feutre de Cherylle. Lamar dit : « Tu adorerais l'art. » Fait-il de l'ironie ? Je suppose que c'est une manière de consolation pour l'abandon de nos sessions éducatives – peut-être se sent-il coupable. Elles n'avaient guère de chance contre la puissante attraction des vertes étreintes de Cherylle.

18 août 1973

Lamar et Cherylle sont rentrés ce matin, bronzés et nerveux, profondément ennuyés par le Mexique. Ils sont restés déjeuner. Leur évidente passion l'un pour l'autre est déconcertante, pour ne pas dire plus. Lamar, en T-shirt, n'était pas rasé et il avait des poches sous les yeux. Je ne l'ai jamais vu dans cet état.

Leur nombrilisme offre aussi de curieux aspects. À en juger par les allusions que Lamar a faites sur leur séjour au Mexique, il semble que cet égoïsme à deux ne fonctionne que s'il est observé par un tiers. Il a parlé de sauvages nuits de disputes follement violentes et de réconciliations également folles et violentes. Il appelle ça « l'amour kamikaze » et le décrit comme un mélange de « rires et de coups de pistolet », ce qui n'est pas mal pour Lamar. Il prétend trouver cela totalement revigorant.

Je soupçonne que je ne tarderai pas à être engagé comme troisième larron permanent : voyeur et témoin de leurs chatoyantes rencontres. Je ne suis pas certain d'aimer ce rôle : je sens à l'intérieur de Cherylle un mécanisme autodestructeur et cela me met mal à l'aise. Par exemple, elle est restée calme et affectueuse tout l'après-midi, puis elle est partie nager en mer à une distance inquiétante. « J'essayais d'atteindre Catalina Island », a-t-elle simplement dit en revenant, épuisée. Ils sont partis vers huit heures en direction d'un bar obscur sur le Strip.

19 août 1973

En ville, aux bureaux de AOD pour présenter la première mouture de mon travail. Passé voir Lamar, mais son bureau était vide. Sa secrétaire a dit qu'on ne pouvait jamais savoir quand compter sur lui ces jours-ci. Durant le déjeuner avec quelques-uns de ses collègues, j'ai découvert que Cherylle était le principal sujet de conversation. On tire une certaine satisfaction des changements qu'elle a provoqués chez Lamar : lui, le modèle des employés totalement dévoués à la compagnie, il délègue de plus en plus ses tâches, et sa ponctualité irréprochable a dégénéré en une fantaisie amnésique.

23 août 1973

Promenade sur la côte avec Lamar et Cherylle dans leur nouvelle voiture, une Buick décapotable blanche, d'une taille ridicule. Une journée avec quelque chose d'inhabituellement printanier, plein de sève – toutes les couleurs semblent fraîches et neuves. Cherylle, fascinante, nous raconte des histoires sur ses tentatives pour percer dans le cinéma. En regardant Lamar, je vois la dévotion inscrite sur chacun de ses traits. Il semble non pas écouter les paroles de Cherylle mais bien plutôt surveiller leur formation – notant chaque sourire, chaque lueur dans l'œil, chaque moue des lèvres et chaque mouvement de la chevelure à la manière d'un anthropologue passionné.

Sur la plage, Cherylle s'est changée pour mettre un bikini écarlate et nous nous sommes photographiés réciproquement. Lamar lui a fait cadeau d'une coûteuse caméra et nous avons joué avec le système de déclic-retard, prenant rouleau sur rouleau de pellicule de nous trois dans des poses comiques absurdes, Cherylle ne cessant de flirter sans vergogne avec moi pendant tout ce temps. Lamar – un peu préoccupé, j'ai pensé – s'est éloigné ensuite avec le téléobjectif dans les dunes. Je l'ai vu là-haut, la mitraillant comme un fou, tandis qu'elle se huilait et se dorait au soleil.

En rentrant à la maison, je me suis senti sans force, épuisé par le grand air et notre fiévreuse bonne humeur. Lamar et Cherylle voulaient que je vienne avec eux « faire la tournée des bars ». Depuis peu leur passe-temps favori, cela dure toute la nuit – un enivrant carnaval serpentant à travers les quartiers louches de la ville. J'ai refusé – il ne me restait qu'à peine assez d'énergie pour prendre une douche –, je ne sais pas comment ils peuvent maintenir ce rythme.

4 septembre 1973

Lamar a téléphoné pour demander d'une voix morose s'il pouvait venir me parler. Seul. Je ne les avais pas revus, ni lui ni Cherylle, depuis cette journée sur la plage et je me suis demandé ce qui se passait. Il ressemblait un peu à son ancien personnage – plus soigné, portant de nouveau un complet.

Apparemment, on lui avait fait savoir aux échelons supérieurs que la lune de miel était terminée. Ses gestes étaient empreints de tristesse et de désespoir. Les choses n'allaient pas bien. Cherylle détestait rester seule maintenant qu'il devait retravailler régulièrement. Au cours d'une de leurs tournées des bars, ils avaient rencontré un jeune acteur hippie, ami de Cherylle. Il avait passé la nuit chez eux et il était toujours là. « C'est un type assez remarquable, répétait Lamar sans conviction. J'aimerais simplement que Cherylle et lui ne rient pas autant ensemble. » « Vire-le », conseillai-je. « Non, dit Lamar, non. Cherylle n'apprécierait pas ça. » Il me fit pitié. Nous bavardâmes encore un peu, Lamar feignant l'insouciance, mais avec ses larges épaules effondrées, sa passion kamikaze en un strident piqué, ses fabuleuses amours terminées, son brillant horizon d'un moment assombri par des nuages d'adieux.

11 septembre 1973

Je suis arrivé tard à la maison sur la plage ce soir pour y trouver Lamar qui m'attendait. J'ai compris à son regard vide que Cherylle était partie. « Ils ont pris la Buick blanche, dit Lamar d'une voix engourdie et monotone, et dans la maison tout ce qu'ils pourront mettre au clou. Pas un mot, rien. »

Je lui ai servi un verre. Elle était jeune, ai-je dit, volontaire. Elle reviendrait bientôt, pour s'excuser, se faire pardonner. En partant, Lamar m'a saisi violemment par le bras. « Tu comprends, a-t-il dit d'un ton égal, je ne pourrais pas le supporter. Si elle ne revient pas. » Je l'ai rassuré. Je pariais, cinq jours, dix tout au plus. Attends que l'argent manque, que la fête soit finie.

29 septembre 1973

Lamar paraît pâle et malade. Il dort à peine. Il a engagé un détective privé pour rechercher Cherylle. Apparemment, tout le monde au bureau s'est montré très compréhensif. Maintenant que Cherylle a disparu depuis trois semaines, les consolations de sympathie se sont transformées en raisonnements terre à terre. « Tu es bien mieux sans elle, déclarent ses collègues avec une ferme logique. Pense à ta carrière – sois objectif –, y avait-elle *vraiment* sa place ? Ouais, n'importe qui pouvait voir qu'il y avait là quelque chose d'instable. Bon Dieu, Lamar, disent-ils, elle t'a *rendu service.* »

Mais Lamar, c'est évident, n'en conviendra jamais. Il passe de plus en plus de temps chez moi, ruminant sans cesse le scénario de ses fiançailles et de son mariage comme s'il essayait de briser un code contenu dans ses souvenirs. Une aube blafarde se lève sur ces monologues désespérés : moi à moitié endormi, Lamar, la tête entre les mains, le regard fixé sans la voir sur la mer comme s'il cherchait une réponse dans le sombre lointain.

5 octobre 1973

Vingt-deux heures trente. Un appel de Cherylle. Pourrais-je la rencontrer devant une station d'essence proche de chez moi. Ah, ai-je pensé, je vais être enrôlé comme médiateur. Mais Cherylle s'est montrée fière et indépendante. La Buick était garée au bord du trottoir. Son petit ami s'appuyait dessus, juste hors de portée de voix. Cherylle m'a paru plus sauvage et négligée. Elle m'a donné les clés de la voiture et une enveloppe contenant de l'argent. « Dis-lui de me laisser tranquille, dit-elle. Je ne lui dois plus rien maintenant. – Pas même une explication ? ai-je répliqué, surpris et un peu en colère.

Pourquoi as-tu fait ça ? » Elle a ri : « Personne n'aurait pu supporter ce genre de rapport, dit-elle. J'étais une sorte de petit chien, un toutou. Ça m'aurait tuée. »

En rentrant à la maison, j'ai appelé Lamar pour lui raconter notre rencontre. Il est venu tout de suite. En voyant la voiture et l'argent, il a craqué pour la première fois. Je l'ai ramené chez lui, lui ai dit de dormir un peu et que je reviendrais le lendemain. Il se conduit comme la victime d'un épouvantable accident, un point de convergence d'énormes tensions.

14 octobre 1973

Beaucoup de mon temps libre, ces jours derniers, a été consacré à Lamar. Nos conversations sur tout sujet autre que Cherylle sont décousues et sans entrain. Elle n'a plus donné de nouvelles.

Lamar se laisse mener sans remords par son obsession. Maintenant qu'il est privé de la présence de Cherylle, il entasse des objets lui ayant appartenu comme des trésors religieux, les reliques banales d'une sainte consommatrice. Il porte sur lui un briquet Zippo gravé à son nom et un poudrier qu'il ne cesse de caresser et d'examiner comme un dévot frappé de démence.

Nous allons le soir dans les bars qu'ils fréquentaient avec le vague espoir de la retrouver. Chaque blonde aperçue de loin est approchée avec excitation jusqu'à ce que le manque de ressemblance devienne évident. Les humeurs de Lamar, à ces moments-là, oscillent follement, un séismographe sautant de la joie au désespoir.

Un jour, nous retournâmes à la plage que nous avions visitée. Lamar s'assit dans ce qu'il sentit être l'endroit précis, ratissant le sable de ses doigts comme un archéologue dérangé, mettant seulement à jour l'enveloppe en cellophane d'un paquet de cigarettes et le bouchon en plastique d'un tube de crème solaire. Puis, voici deux soirs, il me demanda de l'accompagner au lac Folsom où Cherylle et lui avaient passé un week-end : nous errâmes sans but à travers la station balnéaire avant de descendre à la marina. Lamar s'arrêta pour parler à un vieux marin qui leur avait loué un bateau pour la journée. L'homme dit qu'il se souvenait de Cherylle et demanda de ses nouvelles. Quand Lamar lui eut raconté ce qui s'était passé, il cracha avec amertume dans le lac, scruta durant quelques instants les ronds ainsi occasionnés et puis dit : « Ouais, j'ai déjà vu tout ça. » Et, après une pause : « J'ai déjà vu tout ça ici, la célébrité, la fornication et les larmes. Ça se résume à ça. »

Lamar sembla profondément impressionné par cette remarque de sagesse populaire qu'il se répéta plusieurs fois d'un ton approbateur, sur le chemin du retour.

17 octobre 1973

Une invitation surprise à dîner de Lamar. Rien que nous deux. Il m'annonce qu'après longue réflexion il a finalement demandé le divorce. Il paraît plus calme mais sa débordante assurance n'est pas revenue. La vieille solidité aussi semble une chose du passé ; il y a un vague manque d'aisance – une maladresse de convalescent – dans ses mouvements. Après le dîner, il a sorti toutes les photos qu'il avait prises de Cherylle. Il les a feuilletées et puis les a brûlées. Il a montré du doigt un kodachrome en train de se consumer lentement : « Cherylle, ce jour-là à la plage… tu te rappelles, le maillot de bain ? » Puis il a souri, gêné. « Je suis désolé, je sais que c'est absurdement mélodramatique mais au moins j'ai l'impression que maintenant c'est fini. »

Nous sortîmes plus tard pour acheter des cigarettes. Sur le chemin du retour, nous vîmes dans une vitrine jaune une fille qui pleurait sur une machine à écrire. « Crois-tu que

Cherylle pleure pour moi ? », demanda-t-il d'un ton dur. Je répondis peut-être. « Non, elle ne pleure pas, dit-il fermement. Pas Cherylle. »

23 octobre 1973

J'ai été réveillé tôt ce matin par la police. Ils m'ont dit que Lamar me réclamait. Il était dehors, assis sur la banquette arrière d'une voiture de police. « Ils l'ont retrouvée, m'annonce-t-il. Ils veulent que je l'identifie. Peux-tu venir avec moi ? »

Le corps en décomposition de Cherylle a été découvert dans un pseudo-ranch abandonné dans le désert, près d'un endroit appelé Hi Vista. Il n'y avait aucun signe de l'ami acteur hippie. Tout indiquait apparemment un pacte de suicide à moitié rempli. Il y avait une lettre avec leurs deux signatures, mais la police soupçonnait qu'après que Cherylle eut appuyé sur la détente son amant avait paniqué et, décidant après réflexion de ne pas la rejoindre, s'était enfui.

La profonde ironie de la chose n'a pas échappé à Lamar. Il est demeuré impassible tandis que le policier retirait la couverture et ce n'est que d'une voix légèrement enrouée qu'il a identifié le corps de Cherylle.

2 novembre 1973

Lamar vient de réemménager dans son appartement. Il habitait avec moi depuis l'enquête. Le hippie n'a toujours pas été retrouvé. Chose peu surprenante, Lamar s'est montré un compagnon chagrin et taciturne, mais il n'est pas l'homme brisé auquel je m'attendais. Il semble résigné à la fatalité, il parle de façon moins obsessionnelle de Cherylle et, je suis content de le dire, il semble avoir délaissé ses reliques. Il faut cependant souligner qu'il ne ressemble guère à la personne qu'il était il y a quelques mois et il m'a appris hier soir qu'il avait l'intention de démissionner de la compagnie. Il ne cesse de répéter que Cherylle n'aurait pas pu être heureuse et que donc c'était aussi bien qu'elle eût mis un point final à tout. « Elle ne pouvait pas être heureuse, dit-il. Pas Cherylle. Si elle ne pouvait pas être heureuse avec moi, comment aurait-elle pu être heureuse avec qui que ce soit d'autre ? » Au cerveau engourdi de Lamar, la logique de ce raisonnement apparaît irréfutable.

8 novembre 1973

Une journée maussade de pluie enveloppée de brouillard. Par erreur la police, présumant que Lamar habitait encore avec moi, a envoyé les objets personnels de Cherylle à mon domicile. Une voiture de patrouille est venue les déposer tôt dans la soirée et j'ai dit que je m'occuperais de les faire parvenir à Lamar. Il y avait une valise en nylon pleine de vêtements chiffonnés et un sac en plastique contenant des objets en vrac. Je les ai étalés sur la table de la cuisine et j'ai songé tristement à Cherylle, dans ses pantalons de satin… ses lèvres orange, ses cheveux blond-blanc. Et maintenant ? Quelques robes sales, une brosse à cheveux, des lunettes de soleil, un sac mexicain, une breloque, un poudrier et un Zippo avec son nom gravé dessus…

J'ai finalement retrouvé Lamar dans un bistrot à hamburgers sur le front de mer, non loin de son appartement. La pluie tombait encore en abondance. Assis à une table près de la fenêtre, au milieu des papiers gras et des bouteilles de bière vides, il regardait les camions défiler sur l'autoroute côtière. Un feu arrière rouge éclaira ses yeux.

Je plaçai le Zippo et le poudrier devant lui sur la table.

« Pourquoi as-tu fait ça ? », demandai-je.

Il n'eut pas l'air très surpris. Il sursauta légèrement avant de reprendre son attentif examen de la circulation.

« C'était à elle, dit-il d'un ton maussade. Je n'en voulais plus, alors je les ai simplement remis dans son sac.

– Mais pourquoi, Lamar ? Pourquoi ? » Son attitude indifférente me mit en rage : « Pourquoi Cherylle ? »

Il me regarda comme si j'avais posé une question stupide.

« Elle n'allait plus jamais revenir, tu comprends ? Mais j'ai découvert où elle était. Je l'ai suppliée à genoux de rentrer à la maison. Mais ce hippie refusait de la laisser partir. J'ai essayé de l'acheter mais il n'était pas intéressé. Et je ne pouvais pas la laisser me quitter pour un type comme ça – ou pour quiconque. Je devais le faire et j'ai donc organisé les choses ainsi.

– Et lui ? Le hippie ?

– Oh, il est là-bas dans le désert. Personne ne le retrouvera de sitôt. »

Lamar eut un sourire amer et traça un dessin sur le formica humide, autour de sa bouteille de bière. Trimbalant son ennui comme un sac à dos, une jeune serveuse hispanique s'approcha pour prendre ma commande. Je l'écartai d'un signe. Je voulais fuir ce bistrot mélancolique avec son néon clignotant et ses chromes ternis.

J'avais atteint la porte quand j'ai senti sa main sur mon épaule.

« Tu peux aller leur raconter, si tu veux, je m'en fiche. »

Il me regardait d'un air fatigué.

Ma voix s'est faite épaisse dans ma gorge.

« Dis-moi seulement une chose. Je veux savoir comment tu te sens maintenant ? Tu te sens un vrai dur, Lamar ? Tu te sens noble ? Allons, vas-y, comment est-ce, Lamar ? »

Il a haussé les épaules.

« Tu te rappelles cette pièce que nous avons lue un jour ? *Je sacrifierai l'agneau que j'adore ?* C'est comme ça, tu comprends ? C'est comme dit la chanson – l'amour fait mal. Il arrive à faire si mal qu'il faut réagir. »

C'était toute l'explication que j'en tirerais. Debout sur le seuil, il m'a regardé regagner ma voiture. Des pneus bruissant sur le macadam humide, la route luisante comme du PVC, la pluie dégoulinant de ses cheveux courts. En partant, je l'ai aperçu dans le rétroviseur, toujours debout à la même place, avec l'atroce enseigne d'un hamburger fumant au-dessus de sa tête. Je ne l'ai jamais revu.

La chasse au lézard

Gavin s'accroupit à côté d'Israel, le grand fils du cuisinier, sur l'étroite véranda du quartier des domestiques. Israel finissait de lui confectionner un nouveau lance-pierres. Il lia les épaisses lanières de caoutchouc à l'Y en bois avec de la ficelle, serra très fort le dernier nœud et cassa les bouts avec ses dents. Gavin prit le lance-pierres que lui tendait Israel et procéda à un tir d'essai. Il visa un petit groupe de bananiers près du jardin potager. Le caillou s'enfonça dans le tronc fibreux avec une force rassurante.

« Épatant ! », dit Gavin admiratif, avant de crier : « Hé ! »

Israel, reprenant brusquement le lance-pierres, le faisait danser de manière alléchante, hors de portée de Gavin. Il sourit en voyant le petit garçon de douze ans se jeter dessus en colère.

« Cig'rette. Toi me donner cig'rette », exigea Israel, éclatant de son rire poussif.

« Oh, d'accord », concéda Gavin à contrecœur, en tendant le paquet qu'il avait volé la veille dans le sac de sa mère.

Israel alluma promptement une cigarette et envoya une bouffée de fumée dans le bleu délavé du ciel africain.

Gavin repartit vers la maison à travers le jardin. C'était un enfant maigre et brun avec un visage un peu étroit et des sourcils inhabituellement épais qui le faisaient paraître plus vieux que son âge. Il traversa la cuisine et entra dans le salon frais et spacieux avec ses tapis et son sol carrelé, et où deux ventilateurs de plafond brassaient énergiquement l'air chaud de l'après-midi.

La pièce était vide et Gavin longea la véranda, en passant devant sa chambre et celle de sa sœur aînée. Amanda était en pension en Angleterre. Gavin l'y rejoindrait l'année prochaine. Il aimait bien sa sœur autrefois mais, depuis son quinzième anniversaire, elle avait changé. Aux dernières vacances, à Noël, elle n'avait pratiquement pas joué avec lui. Il l'ennuyait : elle préférait aller faire des courses avec sa mère. Une sorte de conspiration semblait s'être subitement établie, entre les femmes de la famille, dont Gavin et son père étaient exclus.

Quand il pensait à sa sœur, à présent, il sentait qu'il la détestait. Parfois, il souhaitait que l'avion qui l'amènerait en Afrique s'écrase et qu'elle soit tuée. Comme ça, il n'y aurait plus que lui, Gavin, il serait l'enfant unique. Passer devant sa chambre lui remit cette idée à l'esprit et il ne put s'empêcher de s'arrêter pour y repenser, essayer d'imaginer à quoi la vie ressemblerait alors – en quoi elle serait différente. Et l'autre rêve revint s'insinuer dans sa tête, comme une main levée avec insistance pour attirer l'attention sur elle dans le fond de la classe. Il faisait beaucoup ce rêve ces jours-ci et ça le rendait bizarre : il savait que c'était mal, un vilain acte de sa part, et parfois il se forçait à ne pas y penser. Mais ça ne marchait jamais, parce que le rêve se refaufilait toujours avec son étrange séduction, et il se retrouvait perdu dedans savourant ses plaisirs, se laissant aller à ses douceurs illicites.

C'était une variation sur le thème de la mort de sa sœur mais qui cette fois incluait son père. Son père et sa sœur mouraient dans un accident de voiture et Gavin devait annoncer la nouvelle à sa mère. Celle-ci, sanglotant de chagrin, se raccrochait à lui pour qu'il la soutienne. Gavin la calmait, il lui caressait les cheveux comme il l'avait vu faire à la télé, en Angleterre, en lui murmurant des mots de réconfort.

Dans le rêve, la mère de Gavin ne se remariait jamais et retournait avec Gavin vivre en Angleterre. Les gens les regardaient passer dans la rue, la grande veuve élégante vêtue de noir et son fils, croissant lui-même en taille et en sagesse, bon et brave aux côtés de sa mère. Les gens autour d'eux semblaient murmurer: « Je ne sais pas ce qu'elle aurait fait sans lui » et « Oui, il a été merveilleux » et « Ils sont si proches à présent ».

Gavin secoua la tête, rougissant comme un coupable. Il ne haïssait pas son père – il était simplement parfois en colère contre lui – et de continuer à l'imaginer mort le mettait mal à l'aise et le troublait beaucoup. Mais le rêve se répétait avec insistance et continuait à se développer: l'histoire s'ornait de détails toujours plus précis: la scène des funérailles, le cottage où Gavin et sa mère s'installaient près de Canterbury, les projets qu'ils formaient pour les vacances scolaires. Il devenait sans cesse plus réel et plus crédible – c'était comme la découverte d'un nouveau monde – mais en même temps Gavin se sentait de plus en plus frustré et opprimé par la vérité, de moins en moins satisfait de l'état des choses.

Gavin poussa lentement la porte de la chambre de ses parents. Parfois, il frappait, mais sa mère lui avait dit en riant de ne pas être idiot. Malgré tout, il demeurait prudent, ayant été une fois horriblement gêné de les avoir trouvés tous deux endormis, nus, étalés en travers du grand lit en désordre. Toutefois, aujourd'hui, il savait que son père était au travail dans son laboratoire de chimiste. Seule sa mère serait en train de faire la sieste.

Mais elle était assise devant sa coiffeuse et brossait ses cheveux auburn, épais quoique courts. Elle ne portait qu'un soutien-gorge et un slip noirs qui tranchaient fortement sur le bronzage pâle taché de rousseur de son corps ferme. Une cigarette se consumait dans un cendrier. Elle se brossait méthodiquement, l'air distrait, ses cheveux brillants crépitant sous la brosse. Elle semblait ne pas avoir vu Gavin qui l'observait debout derrière elle. Il toussota.

« Oui, chéri, qu'y a-t-il ? », dit-elle sans se retourner.

Gavin pressentait plus qu'il ne voyait que sa mère était une belle femme. Il ne se rendait pas compte que le pli boudeur de ses lèvres et une certaine dureté dans son regard pâle l'empêchaient d'atteindre à la beauté totale. Elle se leva s'étira languissamment et alla pieds nus vers l'armoire choisir une robe de coton.

« Où vas-tu ? demanda Gavin sans réfléchir.

– À une répétition, chéri. De la pièce.

– Ah. Eh bien, je sors aussi. » Il n'en dévoila pas davantage. Juste pour voir si elle dirait quelque chose cette fois mais elle parut ne pas l'avoir entendu. Alors il ajouta : « Je vais avec Laurence et David. Tuer des lézards.

– Oui, chéri, répondit sa mère en examinant attentivement la robe choisie. Sois gentil, ne t'amuse pas à caresser les lézards, ce sont de méchantes bêtes. »

Elle mit la robe devant elle et se regarda d'un œil critique dans la glace. Elle étala la robe sur le lit, se rassit et commença à se maquiller les lèvres. Gavin contempla la riche chevelure rousse et la courbe de la colonne vertébrale dans le dos à la peau laiteuse, coupée par la bretelle sombre du soutien-gorge, et les trois grains de beauté à la courbe des fesses, à l'endroit où les barrait l'élastique de la culotte. Gavin avala sa salive. La présence de sa mère dans sa vie ressemblait à un grand mur au pied duquel ses exigences à lui se faisaient toutes petites, comme des mendiants à la porte d'une ville. Il aurait voulu qu'elle se souciât plus de lui, fît avec lui des choses comme avec Amanda. En sa compagnie il se sentait gêné, fier et mal à l'aise. Il avait été content samedi dernier qu'elle l'emmène à la piscine en ville, oui mais elle s'était mis un petit bikini et les Syriens autour du bar n'avaient pas cessé de la regarder. La mère de David, elle, portait toujours un maillot en tissu rugueux avec des baleines dedans.

Quand il sortit de la pièce, elle avait recommencé à se brosser les cheveux et il ne prit pas la peine de lui dire au revoir.

Gavin descendit la route. Il portait un T-shirt rayé, un short blanc et des sandales. Le soleil tapait fort sur sa tête et la chaleur montait en vagues tremblantes du macadam. De chaque côté s'alignaient les bungalows du personnel d'encadrement, dans l'ombre de leurs vastes auvents qui semblaient s'enfoncer dans le sol comme si le soleil ardent pesait sur eux d'un poids intolérable. L'éblouissant rouge écarlate des flamboyants au bord de la route dansait en pointillé devant les yeux de Gavin.

Le campus de l'université était vaste mais, depuis deux ans que ses parents habitaient l'Afrique, Gavin avait fini par le connaître intimement. À Canterbury, son père n'avait été qu'un assistant de faculté tandis qu'ici il occupait une chaire de professeur de chimie. Gavin adorait aller dans les labos avec leurs curieuses odeurs d'ammoniaque, les liquides de couleurs vives et les enchevêtrements de fioles, tubes et tuyaux de caoutchouc dignes d'un savant fou. Il pensa qu'il rendrait peut-être une visite surprise à son père dans l'après-midi puisque la chasse le conduirait dans cette direction.

Gavin et ses amis avaient passé les trois semaines des vacances de Pâques à tuer des lézards au lance-pierres et, à ce jour, comptaient cent quarante-trois victimes. Ils tuaient surtout les mâles et les femelles d'une espèce particulière qui semblait peupler chaque tas de rochers et tous les espaces bétonnés du pays. De gros lézards, atteignant parfois jusqu'à quarante-cinq centimètres de long, dont les femelles, légèrement plus petites que les mâles, étaient d'une couleur kaki sale mouchetée. Les mâles, plus resplendissants, possédaient une tête d'un rouge-orange brillant, un corps gris pâle, des pattes et une queue rayées de noir. Ils ne faisaient de mal à personne : ils se contentaient de se chauffer au soleil en effectuant un curieux mouvement de haut en bas et de bas en haut. Au début, ils avaient été ridiculement faciles à tuer. Les garçons s'amenaient doucement, à un mètre à peu près et d'une seule pierre bien placée réduisaient le brave lézard paresseux en un tortillon supplicié, dont les pattes s'agrippaient à une épine dorsale ratatinée ou à une tête en bouillie. Un léger sentiment de culpabilité avait grandi chez les garçons qui, en conséquence, s'étaient convaincus que les lézards étaient des bêtes nuisibles et que, comme les rats, ils propageaient les maladies.

Mais les lézards, à l'instar de toute espèce menacée, avaient fini par se méfier des chasseurs et s'enfuyaient désormais à la plus petite tentative d'approche. Les garçons devaient aller de plus en plus loin sur le campus pour trouver des zones où les lézards ne s'étaient pas encore donné le mot et continuaient à s'accrocher avec insouciance aux murs, tels des baigneurs endormis au soleil, inconscients des nuages qui menacent.

Gavin rejoignit ses amis au lieu convenu. Aujourd'hui, ils iraient du côté de l'école primaire réservée aux enfants du personnel de l'université, à la limite du campus. Il y avait là un vaste affleurement de roches avec une population considérable de lézards que les garçons avaient étudiée depuis un certain temps et qu'ils se proposaient, dans l'après-midi, de bombarder sans merci.

Ils descendirent la route en tirant des pierres sur des arbres et des buissons. Gavin taquina Laurence à propos de ses jambes arquées, puis s'allia avec lui pour se moquer des boutons de David et de sa sœur horriblement grosse jusqu'à ce que ledit David menace de rentrer chez lui. Gavin se sentait nerveux et méchant. Il mentit sans vergogne et raconta comment il avait fabriqué son propre lance-pierres, bien supérieur aux résultats des maladroits efforts des garçons. Il fut bien content de voir surgir, à un tournant, la longue et simple bâtisse des laboratoires de chimie.

« Allons voir mon père », suggéra-t-il.

Quand ils arrivèrent, le père de Gavin corrigeait des copies d'examen dans un laboratoire vide. Il était grand et mince avec des cheveux noirs clairsemés brossés en travers de son crâne chauve. Gavin avait son même sourire hésitant. Ils bavardèrent un petit moment puis le père de Gavin leur montra de l'air liquide. Il cueillit une fleur d'hibiscus sur une haie dehors et la plongea dans le récipient contenant l'azote fumant. Puis il laissa tomber par terre la fleur qui se brisa en morceaux comme de la fine porcelaine.

« Où avez-vous l'intention d'aller ? s'enquit-il lorsque les garçons s'apprêtèrent à partir.

– Près de l'école, attraper des lézards, répliqua Gavin.

– Il y en a un énorme là-bas, lança David. Je l'ai vu.

– J'espère que vous ne les laissez pas traîner, dit le père de Gavin. Les choses pourrissent très rapidement sous ce soleil.

– Tout va bien, répondit gaiement Gavin. Les vautours s'en chargent vite ! »

Le père de Gavin avait l'air pensif.

« Qu'est-ce que fait ta mère ? demanda-t-il à son fils. Tu l'as laissée toute seule ?

– Israel est là-bas, répliqua Gavin boudeur. Mais de toute façon elle allait à sa pièce ou sa répétition ou quelque chose comme ça. Le théâtre, le théâtre, tu sais bien.

– Aujourd'hui ? Tu es sûr ? dit son père apparemment surpris.

– C'est ce qu'elle m'a dit. Salut Pop, à ce soir. »

L'école s'étendait sur un petit plateau dominant une forêt de tecks et la jungle au-delà. L'affleurement rocheux surplombait le bord du plateau et se prolongeait en blocs rose pâle jusqu'à l'entrée de la forêt.

Les garçons tuèrent quatre lézards femelles presque immédiatement mais les autres se réfugièrent dans des crevasses et y restèrent. Gavin aperçut une grosse tête rouge qui s'enfuyait et les trois garçons firent tomber une pluie de projectiles sur la niche profonde où le lézard se cachait puis la fouillèrent avec des bâtons, mais l'animal refusa tout bonnement de sortir.

Puis Gavin et Laurence crurent remarquer une chauve-souris dans un palmier, mais David, faute de rien voir, perdit bientôt tout son enthousiasme. Ils se promenèrent un moment dans l'école déserte et se pendirent eux-mêmes comme des chauves-souris aux barres du terrain de jeu. Perché tout en haut, David entendit le bruit d'une voiture remontant la piste défoncée qui menait à la jungle et courait le long du plateau. Il aperçut bientôt une camionnette Volkswagen cahotant sur le chemin. Un homme conduisait avec une femme assise à côté de lui.

« Hé, Gavin, dit David sans réfléchir. Est-ce que ce n'est pas ta mère ? »

Gavin grimpa rapidement à ses côtés et regarda.

« Non, répliqua-t-il. Pas question. Absolument pas. »

Ils reprirent leurs jeux mais l'insinuation continua à flotter dans l'air comme une menace, en dépit de leur gaieté soudain très consciencieuse. De la manière tacite dont ces choses s'arrangent, David et Laurence annoncèrent qu'il leur fallait rentrer chez eux. Gavin déclara qu'il resterait encore un peu. Il voulait voir s'il réussirait à tuer ce gros lézard.

Laurence et David s'éloignèrent non sans se retourner plusieurs fois pour crier des messages concernant l'endroit où ils se rencontreraient le lendemain et ce qu'ils feraient. Puis Gavin fit sans conviction de l'escalade sur les barres de gym avant de descendre la pente menant à la piste qu'il suivit jusqu'à la forêt de tecks. Le soleil était encore chaud et les arbres et les buissons paraissaient fatigués d'y avoir été exposés toute la journée. Les grosses feuilles en assiette à soupe pendaient mollement dans l'atmosphère humide et poussiéreuse.

Gavin entendit le rire de sa mère avant de voir la camionnette. Il quitta la piste et suivit la courbe d'un virage jusqu'à ce qu'il aperçoive la voiture à travers les feuillages. Elle était garée de l'autre côté du chemin de terre. La grande porte à glissières était tirée et Gavin vit que la couchette à l'intérieur avait été dépliée. Assise sur le bord de la couchette, sa mère riait. Un homme, torse nu, essayait de remonter la fermeture Éclair de sa robe. Elle éclata de rire à nouveau, à pleines dents, la tête en arrière, et secoua joyeusement ses épais cheveux roux. Gavin connaissait l'homme : il s'appelait Ian Swan et venait parfois chez eux. Il avait une barbe noire bien taillée et des poils noirs frisés plein la poitrine.

Immobile derrière l'épais écran de feuillage, Gavin continuait d'observer sa mère et l'homme. Il comprit immédiatement ce qu'ils venaient de faire. Il les regarda folâtrer, s'embrasser et rire. Finalement, la mère de Gavin se libéra, fit le tour de la camionnette à quatre pattes et grimpa sur le siège avant. Gavin vit une paire de lunettes de soleil s'échapper de son sac ouvert. Elle ne s'aperçut pas de leur chute. Swan remit sa chemise et la rejoignit à l'avant de la camionnette.

Tandis qu'ils reculaient puis faisaient faire demi-tour au véhicule, Gavin retint son souffle, fou d'angoisse à l'idée qu'ils écrasent les lunettes. Après leur départ, il demeura un instant sur place avant d'aller les ramasser. Elles n'étaient pas de très bonne qualité : Gavin se rappelait que sa mère les avait achetées au cours de leur dernier congé en Angleterre. Elle les aimait beaucoup. Elles avaient des verres bleu pâle et une monture rose bonbon. Il les emporta avec soin, dans la paume de sa main, comme s'il tenait un oiseau blessé.

MAMAN…

Tandis qu'il reprenait la piste vers l'école, la fixité de son regard, l'engourdissement qui s'était emparé de lui dès qu'il avait entendu le rire aigu de sa mère commencèrent à se dissiper. Une charge électrifiante de triomphe et de joie envahit lentement son corps.

OH MAMAN, JE CROIS…

Il regarda de nouveau les lunettes dans sa paume. Désormais les choses allaient changer. Plus rien ne serait pareil après ce secret. Il avait l'impression de transporter une bombe à retardement.

OH MAMAN, JE CROIS QUE J'AI TROUVÉ TES LUNETTES.

Le soleil couchant frappait de plein fouet les roches plates de l'affleurement et Gavin sentit la chaleur à travers les semelles de ses sandales en remontant la pente. Puis, devant lui, il aperçut le lézard qui profitait des derniers rayons de la journée, haussant méthodiquement sa tête rouge, son corps souple et sa longue queue immobile. Gavin posa avec précaution les lunettes et prit son lance-pierres et un caillou dans sa poche. Stupide lézard, pensa-t-il, en train de te dorer au soleil, remuant la tête comme ça, on ne peut jamais savoir qui se trouve dans les parages. Il visa l'animal bille en tête, en prenant bien soin de tirer l'épais caoutchouc au maximum jusqu'à ce que son bras droit rigide commence à trembler.

Il imagina la pierre brisant le dos du lézard, une déchirure rose sur les écailles pâles. Le curieux mouvement lent qu'avaient les créatures mortellement blessées pour basculer, parfois une seule patte remuant follement comme tournerait la roue arrière d'une voiture qui vient de capoter.

Inconscient, le lézard continuait de se chauffer au soleil.

Retenant sa respiration sous l'effort, les oreilles remplies des battements de son cœur, Gavin relâcha la courroie de caoutchouc. Il demeura immobile quelques secondes pour se calmer. Sa mère serait à la maison à présent, il aurait suffisamment de temps avant le retour de son père. Il ramassa les lunettes et recula doucement, sans déranger le lézard. Puis, les yeux vifs et brillants sous l'étrange épaisseur de ses sourcils, il prit d'un pas assuré le chemin de la maison.

Varengeville

Leçons en esthétique de la trahison

L'air sombre, Oliver fronça les sourcils et repoussa ses lunettes sur l'arête de son nez, enregistrant le sourire bizarrement radieux de sa mère et tentant d'ignorer la grimace ricanante de Lucien, presque obscène d'orgueil et d'autosatisfaction. Lucien était l'« ami » de sa mère : Oliver avait décidé qu'il n'aimait pas Lucien.

« De quoi s'agit-il exactement ? interrogea Oliver pour gagner du temps.

– Je crois que les gens appellent cela une bicyclette », répondit Lucien.

Oliver nota que sa mère trouvait la réplique amusante.

« Je le sais, dit Oliver patient, mais pourquoi me donnez-vous une bicyclette ?

– C'est un cadeau, intervint sa mère. Un cadeau pour toi, pour que tu puisses aller explorer. Remercie Oncle Lucien. Vraiment, tu es intolérablement gâté.

– Merci, Lucien, dit Oliver. Vous êtes très aimable. »

La bicyclette était solide, un peu trop grande pour lui, noire, avec trois vitesses et des phares, et en plus – Oliver reconnaissait que ce gadget lui plaisait – une petite béquille pliante qui permettait à l'engin de tenir sans appui quand on le garait.

Il ne fallut pas longtemps cependant pour que le but du cadeau devienne évident. Oliver se demanda si sa mère le croyait vraiment stupide à ce point. Chaque fois que Lucien arrivait de Deauville en voiture, toujours après le déjeuner (il partait toujours avant six heures), la mère d'Oliver se tournait vers lui et disait : « Oliver, chéri, pourquoi ne vas-tu pas en vélo à Varengeville poster cette lettre pour moi ? » Elle lui donnait cinquante francs et lui suggérait de s'offrir un *diabolo menthe** au café sur la place. « Visite, lui conseillait-elle de surcroît, vaguement, en agitant les bras. Va ici et là. Merveilleuse campagne, les plages, les arbres. La liberté de la route. Remplis tes poumons, mon chéri, remplis tes poumons. »

Et Oliver, d'un air las, enfourchait la grande bicyclette noire et pédalait jusqu'à Varengeville, la lettre coincée dans sa ceinture. Il avait une assez bonne idée de ce que sa mère et Lucien feraient pendant son absence – il savait, il était en fait parfaitement convaincu que cela impliquerait quantité de baisers – et il était certain que ça ne plairait pas à son père. Il avait découvert sa mère et Lucien en train de s'embrasser, un jour, et il les avait observés en silence, un peu troublé par la violence, le bruit de succion avec lequel leurs bouches se dévoraient. Puis ils s'étaient séparés et sa mère l'avait aperçu. Elle l'avait aussitôt emmené dans la pièce voisine pour lui expliquer que Maman avait été malheureuse et qu'Oncle Lucien s'était simplement montré gentil et avait tenté de lui remonter le moral mais qu'il valait mieux qu'il n'en parle pas à Papa. Ils comprirent tous deux sur-le-champ – les yeux d'Oliver se plissant – que cette explication était ridiculement inepte, qu'elle n'entamait même pas la tromperie flagrante. Sa mère changea donc de tactique et lui arracha en lieu et place une promesse : elle lui arracha une des plus sévères, terrifiantes et implacables promesses. Oliver sut qu'il n'oserait jamais rien raconter à Papa.

* Les mots suivis d'un astérisque sont en français dans le texte.

Lucien venait deux ou trois fois par semaine, toujours dans l'après-midi. Une fois, il vint déjeuner un dimanche accompagné d'autres amis et d'une femme nerveuse, fébrile, avec des cheveux cuivrés bizarres, qu'il présenta comme sa femme. On était au début du mois d'août et Oliver commençait à compter obstinément les jours qui le séparaient de son père, conscient que l'on était juste à la moitié de l'été et qu'il y aurait encore de nombreuses expéditions en vélo à Varengeville.

C'est lors de sa sixième ou septième expédition au village qu'il remarqua le vieux peintre. Oliver prenait toujours le même chemin : il remontait l'allée en pente menant à la grille, longeait ensuite le sentier de la ferme jusqu'à la route ; après une exaltante et rapide descente en roue libre le long de la haie conduisant à la D75, il prenait la route en corniche sur Varengeville, avec sur sa gauche l'océan éclatant, splendide et agité, ses yeux plissés derrière les verres de ses lunettes, à moitié aveuglé par l'éclat du soleil de l'après-midi.

C'est la forme bizarre de la toile qui attira tout d'abord son attention : longue et mince, presque comme une petite planche, vissée sur un chevalet. Le vieux peintre était assis, parfaitement immobile sur un pliant en tissu ; les bras croisés sur la poitrine, ses pinceaux et sa palette sur les genoux, il contemplait la mer. Oliver remarqua sa tignasse complètement blanche, bien coiffée et, quoique l'homme fût assis, il sut qu'il devait être grand et mince.

À Varengeville, il posta la lettre de sa mère puis s'en alla boire son *diabolo**. Le café était toujours calme au milieu de l'après-midi. Le jeune serveur maussade, avec un petit duvet de moustache sur la lèvre supérieure, prit sa commande, le servit, accepta son paiement, jeta sur la table la monnaie, déchira un coin du reçu et repartit, rangeant bruyamment au passage des chaises déjà en bon ordre, le tout sans un mot.

Oliver contempla la petite place et songea à des choses : à sa mère et à Lucien, pour commencer ; puis à la croûte qui durcissait bien sur son coude ; à son envie d'avoir un animal de compagnie, mammifère ou reptile, il n'arrivait pas à se décider ; au film que son père était en train de tourner à Londres... Puis il observa, en douce mais de près, les rares clients qui allaient et venaient, tout en jetant de temps en temps un œil admiratif sur la parfaite immobilité de sa bicyclette – un peu penchée et résolument ferme sur sa béquille ; il nota combien son ombre légèrement elliptique, à angle droit sur le trottoir, les roues d'ombre touchant les vraies roues de caoutchouc, était à la fois absolument exacte et indéniablement déformée. L'expression « fidèle comme son ombre » lui vint à l'esprit, il se dit qu'elle était bien vraie puis se demanda où allait notre ombre quand le soleil ne brillait pas... Comment une chose peut-elle être fidèle si on ne peut pas la voir ?... Et ses pensées revinrent à sa mère et à Lucien, et il décida qu'il pédalerait le plus lentement possible au retour, avec l'espoir que Lucien serait parti quand il arriverait à la maison et qu'il n'aurait pas à le rencontrer, mystérieusement lavé et parfumé, un sourire permanent aux lèvres, et plein d'une affection étrange et répugnante pour Oliver.

Le vieux peintre était toujours assis, immobile dans son champ, continuant à regarder fixement la côte et la mer. L'après-midi s'était embrumé, le ciel rempli de nuages laiteux était encore d'une luminosité aveuglante, éblouissante. Venant de l'autre direction, Oliver voyait maintenant ce qui se trouvait sur la toile et, en approchant, il fut surpris de s'apercevoir qu'elle paraissait presque noire, pleine de bleus boueux et de gris foncés. Durant une seconde absurde, tandis qu'il jetait un coup d'œil à la mer argentée sur sa vaste toile de fond de nuages lumineux, il se demanda si le peintre n'était pas aveugle. Et puis il se demanda s'il était mort. Les gens pouvaient mourir comme ça, brusquement, assis, simplement se raidir dans une position pareille, oui, oui, il l'avait lu.

« Vous allez bien, monsieur ? » demanda Oliver doucement.

Le peintre se retourna avec lenteur. Il avait un grand visage rectangulaire, des traits d'une impressionnante présence – le nez, les yeux, la bouche mince étroite, les cheveux totalement blancs – et pourtant en aucune manière particuliers ou beaux ; juste un fort visage rectangulaire, se dit Oliver, mais étrangement mémorable.

« Mais bien sûr, jeune homme, répliqua le peintre. Merci beaucoup de vous en inquiéter. »

Oliver avait garé son vélo. Il escalada la barrière et, conscient à présent que le vieillard n'était pas mort mais rendu curieux par cette immobilité impressionnante, il s'approcha du peintre sans que celui-ci bougeât.

« J'ai pensé, commença Oliver, parce que vous ne peigniez pas, que...

– Non. Je me rafraîchissais simplement la mémoire, dit le peintre. J'avais juste besoin de revenir ici, au cas où j'aurais mal vu quelque chose. »

Oliver regarda la toile qui représentait, dans la mesure où il pouvait en juger, un navire échoué sur un rivage la nuit. Il leva la tête vers le ciel délavé, aveuglant, avant de revenir à la mince toile sombre.

« C'est arrivé il y a très longtemps », expliqua le peintre en montrant du doigt son tableau.

Il commença à questionner poliment Oliver.

« Comment t'appelles-tu ?

– Oliver Feverall.

– Quel âge as-tu ?

– Presque douze ans.

– Où habites-tu ?

– Au château Les Pruniers, mais seulement pour l'été.

– Tu parles un très bon français mais tu as un nom anglais », observa le peintre.

Oliver lui raconta que sa mère était française et son père anglais. Sa mère était actrice, elle avait tourné dans une demi-douzaine de films, peut-être la connaissait-il – Fabienne Farde ? Le peintre avoua que non.

« Peut-être avez-vous entendu parler de mon père. C'est un metteur en scène célèbre – Denton Feverall ?

– Je vais rarement au cinéma », dit le peintre en se mettant à ranger ses pinceaux et ses tubes.

Pour autant qu'Oliver sache, il n'avait pas ajouté une ligne de couleur à son tableau boueux, il était simplement sorti pour le contempler pendant deux heures.

Ils revinrent ensemble au portail qui donnait sur la route côtière. Le peintre admira la bicyclette d'Oliver et aussi l'efficacité de sa béquille pliante. Oliver fit une dernière tentative.

« Elle m'a été donnée par un chanteur, un chanteur célèbre, il est à Deauville pour l'été, au Casino – Lucien Navarro.

– Lucien Navarro, Lucien Navarro », répéta le peintre, dressant l'index de sa main droite comme pour demander le silence.

Oliver attendit. Puis, au bout d'un moment :

« Non, je n'ai jamais entendu parler de lui. »

Oliver haussa les épaules, se demandant quelle vie de reclus menait cet homme qui n'avait jamais entendu parler de Fabienne Farde, de Denton Feverall ni de Lucien Navarro.

Ils se serrèrent la main, solennellement, puis le peintre souhaita à Oliver une bonne fin de journée et le remercia encore pour sa sollicitude. Oliver se retourna en repartant sur son vélo et vit le vieil homme prendre la route d'un pas ferme, sa toile et son chevalet sous un bras, ses cheveux argent enflammés par la lumière du soleil couchant.

Lucien avait une nouvelle automobile – une Lancia dont le toit se repliait. Lucien et sa Lancia, pensa Oliver, une note de dégoût colorant ses réflexions tandis qu'il pédalait vers Varengeville avec la lettre de sa mère; Lucien et sa Lancia...

Lucien n'était pas venu depuis six jours et Oliver avait remarqué que l'humeur de sa mère s'était progressivement dégradée. Un matin, elle n'était pas descendue de sa chambre. Seule la caméristе y avait eu accès, apportant toutes sortes de boissons curieuses. Même le coup discret d'Oliver à la porte dans l'après-midi n'avait produit que la réponse gémissante: « Chéri, Maman a sa migraine », et il ne l'avait pas vue du tout, calcula-t-il, pendant trente-sept heures.

Puis Lucien annonça sa venue, et elle fut aussitôt alerte et agitée, changeant de vêtements, déplaçant les vases de fleurs d'un endroit à l'autre du salon, son parfum plus remarquablement piquant, son affection pour Oliver s'exprimant soudain par de brusques serrements de bras douloureux et des rafales alarmantes de baisers et de caresses. Oliver, impassible, regarda par la fenêtre de la bibliothèque la Lancia bleu nuit de Lucien freiner bruyamment dans la poussière et, pour la première fois, il éprouva un certain soulagement à l'idée d'aller poster une lettre à Varengeville.

Mais dans le village, planté devant la boîte aux lettres jaune pâle, une vague de colère l'envahit quant à son bannissement rituel. Il ouvrit la lettre – toujours adressée à la sœur de sa mère à Paris et, comme il s'y attendait, découvrit trois feuilles de papier parfaitement blanches. Il les plia avec une lenteur délibérée et les jeta dans une poubelle, près d'un feu de circulation. Il pédala au sud de Varengeville, vers le plateau, en direction de Longueuil, n'ayant aucune envie d'un *diabolo menthe**, se demandant comment il allait survivre à ces deux semaines et demie d'août qui restaient, comment il pourrait supporter ce mensonge, ce jeu idiot, chaque fois que Lucien débarquerait. Pourquoi ne disait-elle pas simplement qu'elle voulait être seule ? Il se fichait du temps qu'ils voulaient passer à s'embrasser ou à quoi que ce soit d'autre. Il voulait juste que l'été soit terminé, il voulait retourner dans son école, il voulait que son père finisse de tourner *Les Belles-Filles de Dracula*.

Le peintre marchait au bord de la route avec son habituel et léger fardeau : son chevalet, son pliant et sa mince et longue toile. Oliver freina, s'arrêta et ils se saluèrent ; Oliver remarqua que, bien que la journée fût chaude, le peintre portait une veste de tweed, avec une chemise, une cravate et un curieux gilet tricoté. Les vieilles gens sont sensibles au froid, se rappela Oliver, même par des jours de canicule.

« Où vas-tu ? » s'enquit le peintre.

Oliver désigna d'un geste le terrain plat et brûlant à l'intérieur des terres. Dans le ciel immense, une flotte de gros nuages blancs avançait lentement, poussée par une chaude brise venue du sud. Un épais vol de corbeaux traversa le champ de chaume à côté d'eux.

« Il fait chaud par là-bas, dit le peintre.

– Je ne vais nulle part en particulier, dit Oliver sentant d'étranges larmes lui piquer les yeux.

– Tout va bien ?

– Oui, absolument.

– Viens avec moi à la maison, dit le peintre. Prendre une boisson bien fraîche. »

Le peintre montra à Oliver son atelier : une grande pièce bien rangée avec un tapis persan pendu au mur. Sur un chevalet, un assez grand tableau représentait la forme d'un oiseau bleu sur un ciel gris ardoise. Les tables et le sol étaient couverts de rangées de pinceaux propres étalés sur des palettes, et d'autres entassés dans des pots de faïence. De petites tables contenaient des tubes de peinture à l'huile et on y avait posé des vases de fleurs, la plupart séchées. Oliver fut très impressionné.

« Vous devez avoir des centaines de pinceaux, dit-il. Des milliers.

– Tu pourrais bien avoir raison », dit le peintre, souriant, posant sa petite toile sur un chevalet vide et reculant pour la contempler.

Oliver en fit le tour, jeta aussi un œil sur le tableau de l'oiseau en pensant que lui, Oliver Feverall, aurait pu peindre un plus bel oiseau que ça.

Cette petite toile était un nouveau tableau : ça ressemblait à un champ détrempé sous un ciel d'hiver, trois bandes inégales de brun, de vert et de gris, la peinture épaisse mais bien sèche.

« J'ai de vrais problèmes, dit le peintre. Je ne sais pas quoi faire. J'en ai déjà fait un comme celui-ci, j'y ai mis une charrue, et ça m'a paru bien fonctionner.

– Et si vous y mettiez un homme ?

– Non, je ne veux pas de gens dans ces tableaux.

– Et pourquoi pas des corbeaux ?

– C'est une idée. »

Alors qu'ils sortaient sur la terrasse pour déguster leurs boissons fraîches, Oliver entendit une voix de femme appeler : « Georges ? Tu es rentré ? » Le peintre s'excusa et monta à l'étage. Il revint une minute plus tard.

« C'est ma femme, dit-il. Elle pense qu'elle a attrapé la grippe. »

Ils s'assirent autour d'une table en fer sous un petit auvent en toile qui fournissait un carré d'ombre bien net et sirotèrent leurs verres servis par une femme de charge rondouillarde et souriante. Oliver fut présenté comme « Oliver, mon ami anglais », et on lui serra la main. Le peintre but de l'eau minérale, Oliver un Orangina, et ils restèrent silencieux un moment dans la chaleur impitoyable à contempler les gros nuages compacts qui venaient vers eux depuis le nord. Oliver se dit que le peintre avait un visage triste et nota que les rides qui allaient de son nez aux commissures de ses lèvres étaient particulièrement marquées, dessinant même ainsi à l'ombre de sombres faucilles.

« C'est une bonne idée, ça, dit le peintre. Des corbeaux. » Il se tourna vers Oliver : « C'est quand ton anniversaire ?

– La semaine prochaine. Mercredi.

– Passe par ici. On prendra un autre verre. Je boirai à ta santé. Non, j'insiste. Si tu n'as rien de mieux à faire. »

Oliver le remercia. Le mercredi était en général un jour Lucien – le mercredi et le vendredi.

Ils demeurèrent de nouveau silencieux un moment.

« Savez-vous ce qu'est une histoire d'amour ? s'enquit Oliver.

– Oui, répliqua le peintre. Je le sais certainement.

– Pensez-vous que, si vous êtes marié, vous pouvez avoir une histoire d'amour avec quelqu'un d'autre ?

– Je ne sais pas, dit le peintre.

– Ce n'est pas mal ?

– Ça dépend. » Le peintre but une gorgée de son eau minérale. Il tendit son verre, comme pour contempler le ciel à travers. « Parfois, l'eau est la meilleure boisson au monde, n'est-ce pas ? »

Il raccompagna Oliver jusqu'à la route et le regarda s'accroupir pour ouvrir le cadenas de la chaîne qu'il avait passée à travers la roue arrière en guise d'antivol.

« Crois-tu que quelqu'un pourrait voler ta bicyclette ? demanda le peintre.

– On n'est jamais trop prudent. À Londres, on m'a volé trois vélos.

– Mais ici on est à Varengeville, pas à Londres. En tout cas, c'est une splendide machine, pas vrai, merveilleusement construite.

– Je regrette qu'elle n'ait pas un guidon de course », dit Oliver. Il releva la béquille d'un coup de sa chaussure gauche. « Il vaut mieux que je rentre, ajouta-t-il. Ma mère doit m'attendre.

– À mercredi », dit le peintre.

Le jour de son anniversaire, sa mère donna à Oliver un billet de dix livres tout froissé et lui promit une vraie fête à leur retour à Londres. Oliver déclara qu'il allait voir un ami à Varengeville et fila une bonne demi-heure avant l'arrivée prévue de Lucien.

Alors qu'Oliver approchait, la femme de charge arrosait des géraniums en pots à côté de la porte d'entrée.

« Il n'est pas ici, annonça-t-elle. Ils ont dû repartir hier à Paris. On pense que Madame a une bronchite. »

Oliver fit la moue et remonta ses lunettes sur son nez. Bon sang, se dit-il. Merde. Mains sur les hanches, il regarda autour de lui, se demandant amèrement ce qu'il allait faire du reste de sa journée.

« Il a laissé un cadeau pour vous », dit la femme de charge. Elle disparut à l'intérieur de la maison avant d'en ressortir avec un paquet de papier brun, long et mince. « Il a beaucoup insisté pour qu'on vous le remette. »

Oliver s'assit sur la plage sous la petite falaise et ôta ses chaussures et ses chaussettes. Il consulta sa montre – il lui fallait rester ici au moins deux heures. C'était embêtant que le peintre ait dû aller à Paris.

Oliver se permit un bruyant soupir et jeta un œil distrait autour de lui. Une grosse fille brune en bikini jaune se bronzait à quelques mètres de là, un petit yorkshire-terrier à côté d'elle blotti sous une serviette en tas pour y chercher de l'ombre. Un peu plus loin, un groupe de gamins faisaient cercle autour d'un transistor. Des mouflets creusaient consciencieusement le sable humide à la limite des vaguelettes. Oliver songea à son anniversaire – que pouvait-il faire avec dix livres ?… Peut-être que Papa appellera ce soir. Il me donnera sûrement encore dix livres, peut-être plus… Il calcula mentalement le total de tous les dons en espèces qu'il pourrait recevoir de la part de divers membres de la famille et parvint à une grosse somme fort satisfaisante. Pas un si mauvais anniversaire que ça, après tout, se dit-il, et il déballa le cadeau du peintre.

Il ne fut pas trop surpris de découvrir qu'il s'agissait du tableau des champs détrempés. Et qu'était-il censé en faire ? se demanda-t-il. Ce n'était pas très bien peint. En fait, le peintre lui-même n'en avait pas paru très content. Oliver éprouva un léger accès d'irritation à se voir donner un tableau que le peintre n'avait pas été capable de terminer convenablement. Et qui avait besoin de quelque chose d'autre dedans, pas juste des champs et le ciel. Peut-être, se dit-il, devrait-il peindre sa bicyclette dans un coin, penchée sur sa béquille…

La fille en bikini se retourna soudain et roula sur son petit chien qui lâcha un hurlement angoissé de douleur et de surprise. Non, pensa Oliver, pris d'inspiration : s'il peignait le ciel en bleu, le champ ressemblerait alors à une plage. Et il pourrait à ce moment-là peindre la fille allongée sur le sable dans son bikini jaune à côté de son petit chien. Et le tableau serait enfin terminé – en tout cas il aurait un sujet. Oliver regarda la grosse fille tandis qu'elle s'agitait pour consoler son chien déconfit. Il se surprit à sourire, sentit le rire monter dans sa gorge et couvrit vite sa bouche de sa main au cas où la fille s'en apercevrait.

Le fantôme d'un oiseau

Jeudi

Le patient n° 39 a été admis ce matin. Je l'ai fait mettre au rez-de-chaussée de l'aile du Belvédère, celle qui donne sur le jardin d'herbes aromatiques. Je ne l'ai pas vu moi-même mais les infirmières m'ont affirmé qu'il était bien installé et qu'il avait mangé un peu de pudding à la mélasse avec de la crème anglaise. On nous avait dit qu'il avait commencé à parler depuis qu'il était sorti du coma mais il n'a pas prononcé un seul mot.

Les faits tels que nous les connaissons. Patient n° 39 : mâle, une vingtaine d'années. Découvert nu et inconscient après une rude bataille à Villers-Bocage, près de Caen, le 12 juin 1944. Bien que rien n'ait permis de l'identifier, on pense, d'après sa dentition, qu'il est très probablement anglais encore qu'il pourrait aussi être allemand. Son corps était couvert de brûlures et de contusions, ses pieds méchamment brûlés – le côté gauche du torse au second degré –, et son dos et ses fesses portaient de nombreuses blessures de shrapnel. Selon les premiers rapports, 74 hommes seraient tombés ce jour-là dans la bataille de Villers-Bocage, 16 sont portés disparus, sans doute morts, 34 corps restent à identifier (ceci à cause de la violence du feu dans les tanks incendiés). Les pertes ennemies ne sont pas connues. Nous devons aussi prendre en compte l'hypothèse d'équipages

USAF et RAF qui auraient sauté en parachute. Mais il y a de fortes chances qu'il s'agisse d'un soldat anglais.

La blessure. Un shrapnel a pénétré dans la région pariéto-occipitale du crâne et s'y est logé. L'inflammation qui s'est ensuivie a provoqué des adhérences du cerveau sur les méninges et engendré des dommages supplémentaires aux tissus adjacents, y compris l'hémisphère gauche. Le morceau d'obus a été retiré dans l'hôpital de campagne mais l'inflammation a provoqué des dommages irréversibles aux régions postérieures des hémisphères gauche et droite. Le tissu cicatriciel a stimulé une atrophie partielle de la moelle épinière. Pronostic ? Très difficile.

Vendredi

J'ai vu le patient n° 39 aujourd'hui pour la première fois. Vêtu de sa robe de chambre, il était assis dans le jardin et contemplait intensément un massif de longues sauges bleues que faisait ondoyer une brise légère. J'ai cueilli une fleur et la lui ai tendue. Il a incliné la tête de façon notable pour bien se concentrer (il doit avoir des problèmes de vision). Je lui ai répété plusieurs fois le mot « fleur ». Quand j'ai essayé de la lui reprendre, il m'en a empêché.

Il paraît très jeune, ce patient n° 39, guère plus âgé qu'un gamin. La cicatrisation sur l'arrière de son crâne s'accélère, très déformée. J'ai dit aux infirmières que nous pouvions désormais laisser repousser ses cheveux.

Mardi

Le patient n° 39 me reconnaît, semble-t-il. Quand je suis entré dans sa chambre aujourd'hui, il a penché la tête et m'a souri. Il mange normalement (mais seulement à la cuillère) et il va régulièrement à la selle. Ses brûlures sont guéries, les blessures de son dos aussi. Du cou aux pieds, c'est un jeune homme en pleine santé.

J'ai placé une feuille de papier et un crayon devant lui pour voir s'il y tracerait une marque ou un signe quelconque. Il a pris le crayon, l'a roulé entre le bout de ses doigts comme s'il appréciait le contact de sa forme hexagonale. Il m'a regardé et a lancé un seul mot : « fleur ». Le premier mot qu'il ait jamais prononcé depuis son arrivée ici.

Je lui ai montré comment utiliser le crayon mais j'ai vu que l'effort de tracer une marque sur le papier était immense. Il a réussi à faire quelques minuscules gribouillis circulaires, très légers, comme s'il avait peur d'appuyer trop fort.

Mardi soir

La tige de la sauge est striée, carrée en coupe. C'est là que doit se trouver le lien crayon-fleur. Après avoir fait ses minuscules marques sur la feuille, j'ai remarqué qu'il sentait ses doigts. Le toucher, l'odeur… Si la vision est très partielle, peut-être le chemin à prendre est-il celui d'une stimulation des autres sens.

Jeudi

Il a recommencé à parler aujourd'hui. Des mots en désordre. Je les ai notés.

« Je sens… Je sens… »

« Mercredi soir… Disons mercredi soir. » Et en français : *« Je t'aime pour toujours. »*

« Ma tête est très… Me fait très mal. »

Puis il a pincé les lèvres et a siffloté, faux. Après quoi il s'est mis à répéter un nom, qu'il a d'abord marmonné.

« Sylvie. »

Là-dessus, retour à « mercredi, mercredi », et puis : « Je sens que ma tête me fait très mal. » Une sorte de phrase.

« Qui est Sylvie ? » lui ai-je demandé. Il n'a pas pu répondre et j'ai vu des larmes lui monter soudain aux yeux. Je ne l'ai donc pas poussé davantage.

C'était comme de voir un vieux moteur rouillé tenter de revenir à la vie en crachotant : une étincelle, un tour de manivelle, un pet de pot d'échappement. Et puis plus rien.

Sylvie / sauge / salvia – forcément. La phrase française est étrange, mais le garçon est de toute évidence anglais avec l'accent d'un garçon bien éduqué. Un jeune officier ? Un commandant de char ? J'ai envoyé les informations que j'ai recueillies ainsi que les quelques faits précis – taille, poids, couleur des yeux, couleur des cheveux – au ministère de la Défense.

Vendredi

Aujourd'hui, j'ai fait entendre de la musique au patient n° 39. L'adagio de la deuxième symphonie de Rachmaninov. Il a écouté avec une intense concentration. Quand j'ai ôté l'aiguille du disque, il a semblé vouloir dire quelque chose.

« C'est très... » Il a calé comme s'il cherchait le mot juste dans son lexique mental. Il a haussé les épaules.

« Beau ? » ai-je suggéré.

« Beau ? » Le mot ne lui disait rien. Puis il a souri. « C'est très sec », a-t-il dit avec un air triomphant.

Les mots viennent mais au hasard et avec des associations que je ne peux pas identifier.

Cet après-midi quand j'ai été le voir au cours de mon tour habituel de l'hôpital, il m'a paru inhabituellement alerte.

« Il me faut une bicyclette, a-t-il dit.
– Une bicyclette ? Pourquoi ? »

Il a réfléchi un moment. « Je ne sais pas », a-t-il répondu. Puis il s'est assis à sa table et il a dessiné quelque chose sur la feuille de papier qu'il m'a montré : deux cercles tremblotants réunis par une ligne droite – rudimentaire, schématique mais une bicyclette certainement. Il s'est alors rappelé autre chose et il a inséré deux extensions en forme de L.

« Une bicyclette », a-t-il répété.

J'ai demandé aux infirmières de prendre un rendez-vous avec l'opticien pour le lendemain.

Mercredi

Le patient n° 39 a ses lunettes mais il incline toujours sa tête pour y voir. L'opticien dit qu'il a fait de son mieux mais l'ordonnance n'était guère qu'une estimation. Les lunettes le font paraître plus jeune, si c'est possible, mais le n° 39 semble content de les avoir – comme s'il avait récupéré un vestige de son ancien moi d'avant la bataille. Il les manie avec soin : il regarde son visage dans le miroir comme s'il voyait quelque chose qu'il reconnaît vaguement.

Nous avons eu une sorte de conversation.

Moi : Comment allez-vous ?

39 : Je suis, oui, je sens… Je sens que je suis…

Moi : Mieux ?

39 : Je suis désolé. Je ne sais pas.

Moi : Aimeriez-vous aller faire une promenade ?

39 : Je ne sais pas.

Moi : Qui est Sylvie ?

39 : Sylvie… Sylvie… Elle est… Elle est Sylvie.

Moi : Est-ce votre femme ?

39 : Je ne sais pas.

Il est resté assis un moment à réfléchir puis il s'est levé et m'a conduit dehors. C'était une de ces matinées de fin d'été, inondée de soleil avec pourtant une certaine fraîcheur dans l'air, un courant annonciateur des jours froids à venir. Il a montré du doigt le ciel.

« Qu'est-ce que c'est ?

– Le ciel ?

– Non, ça ? » D'un grand geste, il a écarté les deux mains.

« Ça, c'est bleu. La couleur bleue.

– Bleu. » Il a encore réfléchi une seconde ou deux avant de dire : « Sylvie est bleue. »

Mardi

Les papiers sont arrivés du ministère de la Défense. Ils m'ont paru concluants et je suis donc allé trouver le patient n° 39. Il était sur la pelouse sud et marchait le long d'une allée de graviers, s'arrêtant de temps à autre pour regarder fixement quelque chose – un insecte, un bout de quartz – qui avait attiré son attention.

Arrivé à une dizaine de mètres de lui, j'ai appelé :

« Gerald ? »

Aucune réaction.

« Lieutenant Gault ? Lieutenant Gault ? »

Il n'a toujours pas réagi, alors j'ai fait moi-même le tour et je suis revenu sur l'allée de façon à ce qu'il me voie. Je lui ai demandé comment il allait.

« Je me sens… » Il a réfléchi. « Me sens bien. Oui, bien. »

Je lui ai annoncé que des papiers étaient arrivés du ministère.

« Nous pensons savoir qui vous êtes, ai-je dit en pointant mon doigt vers lui. Nous connaissons votre nom.

– Mon nom ?

– Oui, vous vous appelez Gerald Gault. Vous avez

vingt-trois ans. Votre famille vit près de Thame, dans l'Oxfordshire. »

Il m'a souri. Un regard candide, une expression vaguement intéressée. De toute évidence, j'aurais pu aussi bien parler en gaélique. « Vous êtes sûr ? »

Jeudi

J'en sais beaucoup au sujet du lieutenant Gerald Gault du 4e régiment de cavalerie du comté de Londres. J'ai maintenant ses bulletins scolaires. J'ai les détails de ses examens médicaux militaires. J'ai plusieurs lettres qu'il a écrites à ses parents (il est fils unique). J'ai un exemplaire de l'anthologie des jeunes écrivains publiée par Penguin contenant sa nouvelle *Le Fantôme d'un oiseau*. Je peux retracer sa vie depuis le jardin d'enfants jusqu'à sa *public school* de seconde zone en passant par l'école primaire privée (dont son père était le directeur). Il n'est pas allé à l'université mais s'est engagé dans l'armée à l'âge de dix-neuf ans. Après Sandhurst, il a rejoint le front en Afrique du Nord puis a été rapatrié en Angleterre avec une méchante pneumonie. C'est durant sa convalescence qu'il a commencé à écrire.

Le Fantôme d'un oiseau a été publié au début de 1944 alors que Gerald Gault avait commencé à se préparer avec son régiment à l'invasion de l'Europe. C'est l'histoire étrange, presque surréaliste (et donc pas tout à fait à mon goût), d'un jeune soldat anglais qui, perdu et séparé de son unité au cours de la campagne nord-africaine, tombe sur le cadavre d'un Allemand dans le désert. Il s'empare des papiers du mort, parmi lesquels se trouve la photo d'une jeune fille. Sur la photo sont inscrits les mots : *Je t'aimerai toujours, Sylvie**. Dans une série d'hallucinations télescopées, le soldat vit une courte mais intense histoire d'amour avec ladite Sylvie. Il semble, bien que ce ne soit pas entièrement clair, que le garçon meure ensuite de soif. Le point de vue narratif change alors. En Angleterre, les parents du jeune soldat reçoivent un paquetage contenant les effets personnels de leur fils, effets parmi lesquels se trouve la photo de Sylvie. Les parents du garçon se consolent à l'idée qu'au moins durant sa courte vie leur fils aura aimé et été aimé en retour.

Les pages détaillant la liaison imaginaire avec Sylvie sont extrêmement intenses. Gerald Gault est de toute évidence vierge.

Lundi

Mr et Mrs Gault m'ont écouté avec anxiété tandis que, dans ma salle de consultation, je leur expliquais les multiples handicaps dont souffrait leur fils à la suite de sa blessure au cerveau : perte extrême de mémoire, aphasie traumatique, vision partielle. Mr Gault est un homme chauve au teint rose, à la moustache fine et à la calvitie prononcée. Mrs Gault, une belle femme avec un accent aristocratique cassant, perles aux oreilles et au cou. J'ai imaginé qu'elle avait eu de grands projets pour Gerald.

« Il ne peut plus voir ? » a demandé Mr Gault.

J'ai expliqué : dans la mesure où nous pouvions en juger, une moitié seulement du champ de vision de Gerald Gault fonctionnait. « S'il regarde la page d'un livre, il n'en voit que la moitié gauche. Il peut lire mais au prix d'un énorme effort : vous remarquerez la manière dont il bouge la tête pour actionner la moitié de son champ de vision disponible. Il lui faut reconstituer le monde visuel qu'il occupe, tout comme il doit lutter pour rendre son monde verbal compréhensible.

« Combien de temps avant qu'il se rétablisse ? interrompit Mrs Gault.

– Nous n'en avons aucune idée. » Un silence. Il est toujours préférable d'être un peu brutal dans ces circonstances. « Je dois vous prévenir : il est presque sûr à 100 % qu'il ne vous reconnaisse pas. »

Mrs Gault a éclaté de rire devant cette ridicule assertion.

Mardi

J'ai emmené Gerald au Star & Garter à midi aujourd'hui. Il avait ses propres vêtements (apportés par ses parents). Le pub était calme, et les grands pavés de pierre brute donnaient de la fraîcheur au petit bar sombre. Je lui ai commandé une pinte de bière et lui ai offert une cigarette. Il fumait autrefois, semble-t-il, mais il a refusé et, en me voyant allumer la mienne et exhaler une bouffée, il a souri. « Je peux voir l'air que vous respirez », a-t-il expliqué.

Dans ma salle de consultation, après s'être effondrée, Mrs Gault a accepté une cigarette. Pendant qu'elle fumait, je sentais grandir son malaise : sa honte devant son comportement montait en elle, effaçant son malheur comme une marée d'équinoxe. Elle s'est faite sèche et hostile à mon égard. Non que je l'en blâme : même moi je trouve encore bouleversant le choc de Mrs Gault devant l'absence de réaction de Gerald à la vue de sa mère lui tendant les bras. La manière dont elle s'est effondrée sous ce regard candide et inconscient alors qu'elle prononçait son nom et caressait son visage – et la manière dont elle a crié et gémi tandis qu'on tentait de l'emmener –, mais Gerald n'avait de toute évidence aucune idée de ce qui se passait.

Il a siroté sa bière.

« Bon, a-t-il dit. J'aime bien.

– Vous savez que la guerre va bientôt se terminer, lui ai-je demandé.

– J'ai été blessé dans cette guerre.

– Oui… Vous rappelez-vous les circonstances ? »

Il a froncé les sourcils. « Je me rappelle le ciel. Qu'il était… bleu. Et qu'il ne faisait pas froid.
– Chaud ?
– Oui… Chaud. Et Sylvie était là. »

Chaleur. Le désert ? Ou le souvenir de son tank en feu ? Un récit de la bataille de Villers-Bocage situe Gerald Gault et son Cromwell au milieu d'une colonne de tanks prise en embuscade par le 501e bataillon SS de chars d'assaut. La riposte de l'artillerie britannique n'a pas eu le moindre effet sur les Tigres allemands et la colonne de tanks a été sévèrement malmenée. Plusieurs blindés, incapables de manœuvrer dans les ruelles étroites, ont brûlé violemment avant d'exploser. On a vu Gerald, son uniforme en flammes, descendre de son tank, avant que celui-ci ne se transforme en une boule de feu tournoyante. Ses vêtements lui ont-ils été arrachés par l'explosion ou s'en est-il débarrassé lui-même ? Difficile à dire. Sa blessure à la tête est intervenue plus tard, semble-t-il, quand un autre tank a sauté tout près, le propulsant à travers une haie (quantité d'échardes ont été retirées de son corps) dans un champ où on l'a découvert un peu plus tard, après la retraite temporaire des Allemands. Vingt-cinq tanks britanniques, ainsi que vingt-huit autres engins chenillés ont été détruits cet après-midi-là.

Je lui ai payé une autre bière et l'ai un peu plus questionné sur ses parents. Je l'ai vu s'efforcer de confronter les vagues réminiscences de la visite de ces étrangers avec l'idée de « père » et « mère » – idées qui au moins paraissaient lui être un peu familières.
« Elle était ma mère…
– Elle est votre mère. Ils sont venus hier, lui ai-je soufflé. Elle a été très bouleversée. Vous vous rappelez ? »
Il s'est alors levé.
« S'il vous plaît. Il faut que j'aille… » Il a touché son bas-ventre.

Les toilettes du Star & Garter se trouvent dans une cabane en lattes et plâtre blanchie à la chaux au bord du petit parking à l'arrière. J'ai guidé Gerald à travers la salle et un couloir sombre jusqu'à la porte puis aux toilettes puantes.

« Rejoignez-moi au bar. Je vais commander des sandwichs. »

Les maigres sandwichs sont arrivés, mais aucun signe de Gerald. J'ai été voir dans les toilettes : il était parti. Puis je l'ai aperçu de l'autre côté de la rue, à quelque trente mètres et j'ai crié son nom.

« Ah, vous voilà, a-t-il dit, soulagé, en venant vers moi. Je ne pouvais pas trouver.

– Êtes-vous revenu au pub ?

– Au pub ?

– Là où nous avons pris un verre.

– Je suis désolé, je ne sais pas. »

Je l'ai ramené à l'intérieur et je lui ai montré nos manteaux, nos verres et les sandwichs en train de rassir. Il était bouleversé de découvrir la vitesse à laquelle il avait tout oublié, la vitesse à laquelle le résidu d'impressions fraîches était balayé, ne permettant aucun souvenir d'un retour au normal, même pas un souvenir datant de quelques minutes.

Nous sommes rentrés à l'hôpital, chacun préoccupé et plongé dans un silence profond. Je songeais que cette crise de mémoire sévère rendait une vie solitaire virtuellement impossible : Gerald Gault pouvait se perdre, lui et son monde connu, en quelques secondes.

Diagnostic préliminaire

Le malade n° 39 (lieutenant Gerald Gault) est sévèrement handicapé, encore qu'à première vue cela ne soit pas très apparent pour l'observateur ordinaire. Le dommage aux sections postérieures de son cerveau a détruit sa capacité à traiter, analyser et retenir l'information. En dépit des inégalités de son champ de vision, le malade n° 39 peut, avec un certain effort, voir. C'est dans la compréhension de ce qu'il voit que réside le problème. Il peut voir un homme et une femme d'âge mur mais il est incapable de les identifier comme ses parents.

La blessure a aussi affecté son utilisation du langage. Il peut retenir des bouts d'information. Il sait quand il doit aller aux toilettes mais, s'y étant rendu, est incapable de retrouver le chemin du retour. Sa vie est devenue une interminable série de labyrinthes.

Mercredi

Gerald était installé sur un transat dans le jardin aux herbes. La tête renversée en arrière, il contemplait les bouts de ciel bleu entre les nuages véloces.

« Quel jour est-on ? s'est-il enquis.

– Mercredi.

– Je crois que c'est un mercredi que j'ai été blessé.

– Pouvez-vous terminer cette séquence ? Lundi, mardi, mercredi…

– … Jeudi, vendredi samedi, dimanche, lundi.

– Excellent. Voyons, quel jour précède vendredi ?

– Je ne sais pas.

– Ça ne fait rien. »

Nous sommes restés un moment sans parler.

« Lorsque je vois du bleu, je pense à Sylvie.

– Pourquoi ?

– À cause du désert, quand je me suis perdu. »

Samedi

Mr et Mrs Gault sont revenus aujourd'hui passer une heure ou deux avec leur fils. Gerald a suffisamment compris leur relation (je lui avais expliqué une fois de plus qui ils étaient, et pourquoi ils souhaitaient le voir) pour les appeler « père » et « mère », mais à l'évidence il s'agissait là d'un acte de politesse plutôt que de l'affirmation d'un changement quelconque. La grande difficulté – tragédie serait peut-être un meilleur mot – avec Gerald c'est que les lobes frontaux et les zones antérieures de son cerveau ne sont pas touchés : il a donc la capacité d'identifier ses manques. Il sait à quel point il est affecté, combien son monde a été fracturé, et il lutte, autant que ses forces le lui permettent, pour surmonter ce problème. Je vois l'intensité de sa souffrance tandis qu'il tente de reconstituer son univers et sa vie. Et pourtant, au sens profond du terme, il demeure un homme, un être humain.

Lundi

J'ai emmené Gerald au cinéma aujourd'hui, en matinée. Nous avons vu un film paisible au sujet d'un jeune couple qui tombe en amour puis en désamour avant que l'amour triomphe en fin de compte. J'ai demandé à Gerald de me serrer le bras quand il ne comprenait pas ce qui se passait. Pas très scientifique en fait d'expérience mais, à en croire la pression presque continue exercée sur mon bras, il m'est apparu que seuls les actes très simples de la vie quotidienne – marcher dans la rue, ouvrir une porte, se lever de son lit… – avaient un certain sens pour lui. Le reste demeurait incompréhensible. Quand, à la fin du film, le jeune couple dûment réconcilié, s'est embrassé, Gérard s'est montré toujours aussi déconcerté.

Plus tard, en retournant à l'hôpital, nous avons tenté d'analyser où se trouvait la difficulté.

« Tout allait si vite, a-t-il dit.

– Qu'avez-vous pensé de la fille ?

– Oui, elle m'a bien plu.

– Est-ce que Sylvie lui ressemblait ?
– Oui… Je crois les mêmes… » Il a touché mes cheveux.
« Cheveux ? Sylvie avait des cheveux blonds ?
– Cheveux blonds. Oui. »

Mercredi

Gerald a essayé d'écrire. Il m'a donné ces quelques lignes aujourd'hui, le produit de plusieurs journées d'efforts.
« Je m'appelle Gerald Gault. J'ai vingt-trois ans. Parfois je suis triste en pensant combien ma vie est pathétique. Mais je veux prouver que je ne suis pas une cause perdue, que ma vie n'est pas sans espoir. J'ai besoin d'apprendre à me souvenir. J'ai besoin de retrouver Sylvie pour que nous soyons de nouveau ensemble. Quand je serai réuni à Sylvie, je serai un homme comme les autres. Nous nous marierons et nous vivrons dans une maison près de la mer. Nous aurons deux enfants – un garçon et une fille. Nous serons très heureux. »

Dimanche soir

On m'a appelé de la part de Gerald. Il me réclamait avec beaucoup d'insistance, selon l'infirmière. Quand je suis entré dans sa chambre, il était en pyjama et robe de chambre.
« Ma tête me fait mal, a-t-il dit. Les choses changent dans ma tête.
– Je ne crois pas, Gerald, l'ai-je rassuré. Chaque jour, vous vous portez un peu mieux. Vous commencez à écrire. Petit à petit, vous arrivez à comprendre davantage. »

Il a délicatement caressé le dos de sa tête, là où se trouvent les cicatrices. « Non, je crois…

– Montrez-moi où est votre nez, Gerald. »

Il m'a regardé : « Le nez ?

– Pointez le doigt sur votre œil. »

Il a fait la grimace. Il ressemblait à un homme dans une pièce obscure à la recherche d'un objet précieux qu'il aurait perdu. Si seulement il avait pu allumer la lumière…

« Mon œil… Je ne sais pas. »

J'ai prescrit un sédatif et l'infirmière l'a remis au lit. Juste comme je partais, il a dit : « Quand est-ce que Sylvie va venir me voir ?

– Un jour, bientôt.

– Je veux voir le ciel bleu et Sylvie, comme dans le désert. »

Je suis revenu vers lui.

« Vous vous souvenez du désert ?

– Quand j'étais avec Sylvie, oui. Le ciel était très bleu.

– Vous rappelez-vous le soldat mort ? Le soldat allemand ?

– Non. Sylvie était là. Elle a dit : *“Je t'aimerai toujours.”* »

Je l'ai regardé, allongé dans son lit. Il a ôté ses lunettes, les a pliées puis posées sur la table de chevet. Il a souri, ravi par ses souvenirs de Sylvie.

« Bonsoir, docteur Moran », a-t-il lancé.

Lundi

Gerald Gault est mort dans la nuit : il a succombé à une hémorragie cérébrale foudroyante. Je suis allé voir son corps et, autant que je puisse en juger, il m'est apparu que sa mort a été à la fois instantanée et dramatique. Il avait la bouche légèrement ouverte et ses sourcils s'étaient arqués de manière perceptible, comme s'il avait été surpris en plein milieu d'une phrase telle que : « Ah, vraiment ? » ou « Comme c'est intéressant ! » J'ai téléphoné à ses parents et j'ai été content de tomber sur son père quoique, à la moitié de notre courte conversation, j'aie entendu en arrière-plan les sanglots étouffés et déchirants de Mrs Gault, devinant à la façon de se tenir de son mari – la tête rentrée dans les épaules, le dos à moitié tourné – la nature de la nouvelle. Je suis sorti dans les jardins de l'hôpital et je me suis promené pendant près de dix minutes le long des sentiers de graviers. À l'est, des formations de nuages gris-bleu voilaient le soleil matinal bien que, de temps à autre, des trouées vives et nettes de bleu faisaient soudain baigner pelouses et bosquets dans la lumière du jour. Une brise vive et fraîche balayait le sommet des ormeaux et des frênes au bord de la rivière, et le bruit de leurs chuchotements grandissants masquait le bourdonnement d'un avion s'apprêtant à atterrir sur la base de la RAF. Des courants d'air impromptus secouaient les rhododendrons et les lauriers-roses, les agitant de tremblements comme si une bête sauvage y était piégée ou tapie derrière leur feuillage dense. Signe pentecôtiste ou manière d'adieu ? ai-je pensé. Et, un instant, je me suis plu à voir, dans cette agitation d'un vent d'été mourant, l'âme de Gerald Gault prenant un congé définitif de l'hôpital et de ses environs. L'âme de Gerald Gault. L'âme du malade n° 39… À quoi se résumait tout ça ? Au cours des quelques semaines durant lesquelles je l'avais connu, le cas de Gerald – ses angoisses bizarres et singulières – m'était apparu comme le plus complexe et le plus surprenant que j'aie jamais rencontré. La partie intacte de son cerveau qui le maintenait en vie était le souvenir de quelque chose produit autrefois par son imagination. Imagination qui n'avait pas été endommagée par le shrapnel incrusté dans l'arrière de sa tête, et, pour Gerald Gault, la réalité était devenue un fantasme consolateur, un rêve, un souhait ardent. Plus solide et tangible pour lui que l'univers fragmenté qu'il trouvait si difficile à former et à embrasser.

Un amour de la couleur bleue, quelques faux souvenirs d'une fille inexistante nommée Sylvie, c'était tout ce qui restait de Gerald Gault après sa terrible blessure : des fondations si fragiles, si éphémères – trop peu substantielles pour construire une vie autour ? Peut-être est-ce tout ce dont n'importe lequel d'entre nous a besoin. En regagnant mon bureau, j'ai vu une grive s'attaquer à des vers sur la pelouse ennuagée. Les infirmières pressaient les malades de rentrer. Une porte a claqué quelque part. Le vent a tiré sur ma cravate et ma veste, et des gouttes de pluie ont commencé à crépiter sur mon visage tourné vers le ciel.

La femme sur la plage avec un chien

Chacun vit sa vraie vie, sa vie la plus intéressante, à l'abri du secret.

ANTON TCHEKHOV

Pour une raison quelconque, Garrett Rising décida, alors qu'il était à trente kilomètres de Boston en route pour New York, qu'il lui fallait voir l'océan : il avait, il le sentait, besoin par-dessus tout de ce large horizon, il avait besoin du bruit des vagues. Il savait que ça le calmerait, et il abandonna donc l'autoroute et prit à l'est en direction de Cape Cod.

Enfant, il y avait déjà séjourné. Il devait avoir onze ou douze ans quand la famille Rising avait passé trois semaines durant l'été à Provincetown dans un cottage loué. Il en conservait de vagues souvenirs : une maison jaune moutarde, des fenêtres qui coinçaient, l'incessante colère de son père, la baie tranquille face à la ville et l'océan tumultueux de l'autre côté des dunes.

En s'arrêtant à Orleans pour faire le plein, il fut saisi d'un léger frisson d'excitation. Face à ses problèmes, face à ses nouvelles déceptions, il faisait quelque chose de spontané – et de stupide, sans aucun doute – mais il s'en fichait, et d'ailleurs il ne voyait pas en quoi ça pouvait blesser quiconque. Il savait seulement qu'il ne pouvait pas rentrer chez lui tout de suite – il avait besoin de la consolation des vagues.

Garrett Rising était un homme de haute taille, souple et mince avec de larges épaules ; une légère brioche aussi mais, après tout, se défendait-il, il avait quarante et un ans, l'âge du siècle, et il ne pouvait pas grand-chose à l'affaire. Il avait des cheveux blonds striés de gris, un petit nez fin aux narines écartées. Beaucoup de femmes lui avaient dit que c'était son petit nez fin qui les avait amenées à le regarder plus d'une fois.

« Un film épatant », dit le pompiste en lui rendant sa monnaie avec un mouvement de tête en direction du cinéma de l'autre côté de la rue : le cinéma le Rio – le nom écrit en cursive au néon cerise le long de la façade du bâtiment. On y jouait *Automne écarlate.*

« Ah oui ? répliqua Garrett. Il faut que j'essaye de le voir un de ces jours.

– Vous ne le regretterez pas. »

Garrett reprit la route. Il venait de passer South Wellfleet et il commençait à sentir la fatigue quand il aperçut l'écriteau : PAMET RIVER INN, PROCHAIN VIRAGE À DROITE, VUE SUR L'OCÉAN, CHAMBRES DE LUXE. Il tourna et se retrouva sur une route crevassée et cahotante menant à une vaste bâtisse à un étage en bardeaux blancs avec une porte cochère et une allée circulaire en graviers, et, de chaque côté, une série de chalets individuels reliés par un passage couvert. L'auberge était protégée des vents de l'Atlantique par une colline herbeuse qui s'élevait sur le rivage au-delà. À l'abri de la colline se dressait un petit bosquet de pins maritimes. En descendant de voiture, alors qu'il prenait sa valise dans le coffre, Garrett entendit le clapot des vagues et vit, au sud, le soleil briller fort sur l'océan argenté.

Il se présenta à la réception, puis un garçon transporta sa valise jusqu'au plus éloigné des « cottages », ainsi qu'il les savait maintenant baptisés, et lui montra sa chambre. C'était un vendredi d'avril, lui rappela le garçon, l'hôtel était calme, seulement trois clients – et, jusqu'au début des vacances, le restaurant n'ouvrait que le samedi soir et le dimanche au déjeuner. Garrett lui donna cinq dollars et commanda une bouteille de whisky. Il inspecta les lieux et tira les rideaux pour laisser la belle lumière marine mieux envahir l'espace. Outre un lit double, deux fauteuils et une table basse, la chambre offrait une salle de bains, une kitchenette avec cuisinière, évier et glacière. Les murs étaient blancs et dépouillés, hormis une vieille gravure représentant un Puritain hâve et pâle découvrant une cache d'épis de maïs dissimulés sous une couverture indienne dans un sous-bois. Tu pourrais vivre ici, confortablement et sans difficulté, songea Garrett : tout ce qu'il fallait à un individu pour une vie simple, sans complication, s'y trouvait réuni, et cette idée l'excita une fois de plus. Il était content d'être venu : mais il ne téléphonerait pas chez lui pour annoncer son changement de plan avant l'arrivée du whisky.

Il s'empara du *Globe* de la veille, que quelqu'un avait abandonné sur la table basse, et avisa la manchette sur les bombardements de Londres par les nazis : des centaines de morts et de blessés. Il se remémora son unique visite de Londres, en 1932, alors qu'il se rendait à Hambourg, envoyé en Allemagne par Sean Kavanaugh pour acheter les deux imprimantes Reiner-Hoffman à des prix défiant toute concurrence. Avec ses dollars américains, il avait été un homme riche en Allemagne : il ne s'était jamais senti aussi riche depuis. À Londres, sur le chemin du retour, il était descendu au Hyde Park Hotel, dont il se demanda vaguement s'il avait été touché par les bombes. Il se souvenait de la fille qu'il avait emmenée dans sa chambre. Elle lui avait réclamé une livre et dix shillings. Ça faisait quoi ? Dix dollars ? Gentille fille – comment s'appelait-elle ? Kitty ? Mary ? Les chambres d'hôtel le faisaient toujours penser au sexe, ce qui n'était pas surprenant, songea-t-il dans une brève bouffée de honte, puisque ses seules expériences sexuelles à l'époque avaient tendance à se dérouler dans ce genre d'endroit.

Le whisky arriva. Il en but un peu puis appela sa femme à New York, lui annonça que ses projets avaient changé et qu'il était obligé de rester.

« As-tu obtenu le contrat ? s'enquit Laura.

– On y est presque, mentit-il. Juste quelques détails à confirmer.

– Dieu soit loué. As-tu téléphoné à Papa ?

– Je l'appellerai ce week-end. Il est en retraite, tu sais.

– Il aime être informé, il aime toujours…

– En tout cas, je reste. Dis-lui que je reste pour mettre au point les détails.

– Combien de temps ? » Laura ne put empêcher le soupçon de colorer sa voix.

« Je rentrerai demain.

– Où es-tu descendu ?

– Je ne sais pas encore. Je suis dans une cabine téléphonique. Je vais trouver un endroit.

– Rien de trop cher. On ne peut pas se permettre de…

– Comment va Joanna ?

– Joanna a encore la migraine. J'ai appelé le médecin. Elle n'a aucun appétit. »

Garrett écouta la liste des divers symptômes de sa fille, dit au revoir et raccrocha. Joanna avait dix-huit ans et semblait depuis sa naissance souffrir d'une chose ou d'une autre. Comment pouvait-on être en si mauvaise santé sans qu'aucun médecin n'y trouve de raison ? Sa mère en faisait trop, en avait toujours fait trop. Inutilement, perpétuellement autour d'elle : trop d'attention excite la maladie. Garrett écarta ces pensées – il sentait la colère monter de nouveau en lui. Il prit son chapeau : c'était le moment d'aller écouter le bruit de la mer.

La plage était vide et les nuages avaient caché le soleil – la lumière était devenue d'un gris monotone qui rendait les algues sur les dunes aussi ternes que de la mousse. Le vent fouetta sa cravate et le contraignit à mettre fermement les mains en coupe autour de l'allumette pour allumer sa cigarette. Il songea au vieux Mr Foley et à sa manière de lui annoncer la nouvelle : il avait été très correct – il lui avait donné trois mois de préavis. « Foley et McBride ne renouvelleront pas le contrat, Garrett, j'en suis tout à fait navré. »

Garrett fixait l'horizon sans le voir tout en essayant d'estimer les effets de cet échec sur la compagnie. Il calcula : 70 % de leur affaire tournait autour de l'impression des guides Foley & McBride – ils avaient imprimé 30 000 exemplaires du seul guide de Los Angeles. Ils étaient les imprimeurs de Foley & McBride depuis quinze ans. Il y aurait obligatoirement des licenciements : Pauly, Tom Reed, Tom Harbinger…

Il entendit un désagréable aboiement aigu, fit volte-face et aperçut un petit chien blanc avec la queue dressée en arc et une épaisse collerette de poils autour du cou, le nez dans un amas de varech au bord de l'eau. Sa laisse traînait derrière lui. Suivit un autre cri, plus distant. Garrett examina la plage au loin et vit une silhouette qui agitait les bras et hurlait quelque chose. Il ne saisit que les mots : « Monsieur, s'il vous plaît… » avant que le vent emporte le reste.

Garrett s'avança vers le chien et ramassa la laisse. Le chien aboya et lui montra les dents. C'est quoi ce genre de bête ? se demanda-t-il. Petit emmerdeur de cabot.

La silhouette approchait, vêtue d'un anorak rouille et d'un pantalon de toile beige, plutôt court. C'était une femme.

« Merci mille fois », dit-elle. Ses épais cheveux châtains étaient tirés en une queue-de-cheval lâche. Elle avait un visage anguleux aux traits fermes et une voix grave, une voix pleine d'assurance, l'assurance que procure l'argent, pensa-t-il, tandis qu'elle le remerciait avec effusion, et sincérité, d'avoir rattrapé son chien, son vilain, indiscipliné petit roquet gâté pourri. Elle portait des bagues en or ornées de pierres de couleur, remarqua-t-il en lui tendant la laisse.

Difficile de dire son âge, un peu plus jeune que lui. Il devait cesser de la dévisager ainsi.

« Quelle race de chien est-ce ? s'enquit-il.

– Un loulou de Poméranie.

– Ah oui.

– Auriez-vous une cigarette en trop ? Je ferais n'importe quoi pour une cigarette ! »

Il lui tendit son paquet, elle en prit une, ils manœuvrèrent dos au vent pour l'allumer, et leurs épaules se frôlèrent une ou deux fois.

Elle se tourna vers lui et sourit.

« Je n'en ai pas cru mes yeux quand j'ai vu un homme en chapeau et costume de flanelle trois pièces debout sur la plage. Est-ce un mirage ? ai-je pensé. Une illusion ?

– Je réside à l'hôtel.

– Le Pamet ? Ciel, suis-je aussi loin ? Comment sont les chambres ? »

Ils regagnèrent l'auberge ensemble, la femme expliquant qu'elle allait téléphoner pour demander à sa voiture de venir la chercher depuis Truro. Son vilain petit chien se nommait Euclide, dit-elle, bien qu'elle se rendît compte qu'elle n'aurait jamais dû donner un nom aussi intelligent à ce stupide clébard.

« Je m'appelle Garrett Rising », dit-il, en tendant sa main.

Elle la serra. « Et moi Anna… » Elle marqua un arrêt puis prononça un nom qu'il ne put saisir. Demonserian ? Staufferman ? Il pensa qu'il serait grossier de lui demander de répéter et donc, à la place, il lui offrit d'utiliser le téléphone de sa chambre.

Après avoir appelé chez elle, elle se promena, curieuse, autour du petit cottage. Elle éclata de rire devant la gravure, défit la fermeture Éclair de son anorak, ôta machinalement des peluches sur le plastron de son pull crème et les laissa tomber avec soin dans la corbeille à papiers tout en continuant d'examiner les lieux. Complètement docile, Euclide s'allongea sur une carpette près du lit.

« Vous avez tout ce dont un homme peut avoir besoin », dit-elle, en entrant dans la kitchenette.

Excepté une femme, se dit Garrett sans réfléchir, et à cet instant-là, ayant reconnu son besoin d'une femme, Garrett désira celle-ci, cette Anna, cette grande fille élégante et sûre d'elle, plus qu'il n'avait jamais désiré quiconque ou quoi que ce soit dans sa vie. Et comme cette sorte de reconnaissance mentale semble se transférer de manière automatique et instinctive d'homme à femme, de femme à homme, il vit Anna s'arrêter, refermer la glacière et se retourner pour le regarder. Il comprit, à la légère grimace amusée de son visage, à un imperceptible rétrécissement de son regard, qu'elle avait pris note de ce qu'il pensait, qu'elle avait remarqué le minuscule mais important changement d'atmosphère. Garrett se détendit : qu'ils le veuillent ou pas, des signaux avaient été échangés.

« Puis-je vous offrir un verre ? »

Il versa deux whiskies.

« Juste un fond », dit-elle – et tandis qu'ils trinquaient, elle le remercia encore d'avoir rattrapé Euclide. Garrett savoura la brûlure de l'alcool dans sa gorge, le petit feu dans son estomac et, enhardi, demanda à Anna s'il pouvait l'inviter à dîner.

« Jamais le vendredi, répliqua-t-elle, pas troublée. Le vendredi, nous allons au cinéma à Orleans. Qu'il pleuve ou qu'il vente. Ah, voilà ma voiture.

– Nous ? interrogea Garrett.

– Mon mari. » Elle sourit, comme pour s'excuser pensa Garrett, comme si elle aimait le début de cette aventure – son potentiel érotique.

« Mais… il est en voyage. Merci mille fois, Mr Rising. Euclide et moi sommes à jamais vos débiteurs. » À présent, elle avait l'air d'être sur le point d'éclater de rire. « Allons, Euclide, on rentre à la maison.

– Au revoir. »

Garrett la regarda précéder son chien le long des planches en direction d'une grosse Packard luisante. Le chauffeur ouvrit la portière, ramassa Euclide et le déposa sur le siège avant. La femme se retourna et agita la main, juste un mouvement du poignet. Garrett referma sa porte.

Ce soir-là, à Orleans, au Rio, Garrett assista à la projection d'*Automne écarlate*, l'esprit ailleurs, sur Anna et, inévitablement, l'avenir de Kavanaugh-Rising Inc. Au brusque retour des lumières, il demeura un moment décontenancé, se demandant pourquoi l'actrice avait été si larmoyante à la fin, et ce qui avait bien pu se passer pour qu'elle trouvât la vie si difficile. Il se leva, mit son chapeau et s'avança dans l'allée. Anna était assise au dernier rang.

« Bonjour, dit-il.

– Vous me raccompagnez ? »

Dans la voiture, juste comme ils traversaient Wellfleet, elle tendit la main vers lui et tâta l'arête dure de son pénis sous la flanelle du pantalon.

« Bien, dit-elle. C'est ce que je pensais. »

À son réveil, il fut d'abord conscient d'un gros rhomboïde éclatant de lumière jaune citron sur le mur lui faisant face. La forme du soleil l'aveugla, comme s'il s'était réveillé dans un monde différent, plus simple, fait uniquement de lumière et de murs nus. Il se tourna, remarqua que les rideaux étaient ouverts en grand et que le soleil matinal, bas sur l'horizon, emplissait la chambre. Il se redressa sur son lit et vit qu'Anna s'habillait. Elle passa vivement sa jupe et tira sur la fermeture Éclair.

« Bonjour, dit-il. Quelle heure est-il ?

– Tôt.

– Reviens te coucher.

– Il faut que je parte. »

Il s'habilla rapidement et, ensemble, ils descendirent à

travers les dunes vers la plage. Elle ôta ses chaussures et se tourna vers lui.

« Je serai chez moi en un rien de temps. Merci, Garrett. »

Il l'embrassa et elle enfonça sa langue profondément autour de la sienne, en le serrant très fort contre elle. Puis elle nicha son visage dans son cou et il l'entendit respirer très fort comme si elle se remplissait les poumons de son odeur. « C'était bien, dit-elle doucement. Quelle expression, mon Dieu.

– Quand puis-je te revoir ?

– Tout ceci est de la folie. » Elle lui donna un léger coup de poing sur le bras. « Non, non, non. Ce serait trop compliqué. C'est fini – on a eu notre petite aventure. »

Elle lui toucha les lèvres avec deux doigts pour l'empêcher d'en dire plus, tourna les talons et partit, sans regarder en arrière, s'en allant sur la plage à grands pas en direction de – où ? – Truro, avait-elle dit. Ça ne peut pas être très grand, Truro, pensa-t-il. Tu seras facile à retrouver.

Tom Harbinger lui tendit les nouvelles planches. Garrett fixait du regard l'intérieur d'un bureau de l'autre côté de la rue, où il pouvait voir la réceptionniste à travers l'épaisse vitre. Le soleil estival peignait à l'oblique un rectangle vert lumineux sur le mur vert foncé et éclairait la fille en train de parler au téléphone. Elle ressemblait un peu à Anna, pensa-t-il, en plus jeune, les cheveux plus courts, mais avec ce même visage anguleux aux pommettes saillantes. Il revit Anna au téléphone, demandant sa voiture, sa manière de nicher le récepteur sous son menton et de faire tourner les bagues sur ses doigts tout en parlant. Elle…

« Qu'en pensez-vous ? répéta Tom Harbinger. Garrett ?

– Quoi ? Oh, sûrement, ça me paraît épatant. »

Il signa la fiche et Tom emporta les planches. Drôle la manière dont les choses arrivent, se dit-il, pour peut-être la millième fois : nous perdons Foley & McBride et nous gagnons Trans-American Airlines une semaine plus tard. Il s'était cru fichu et pourtant il était sauvé. Certes, les horaires de lignes aériennes n'étaient pas aussi intéressants que des guides mais quelle importance ? Il était imprimeur – et il aurait à fournir de nouveaux horaires quatre fois par an.

Il pénétra dans son bureau et appela Laura. Le médecin estimait que Joanna souffrait des nerfs, lui expliqua-t-elle, il recommandait qu'elle entre dans une certaine clinique. Bien sûr, répondit-il, peu importe le coût : Trans-Americain Airlines l'avait remis en fonds. Il eut soudain l'image d'Anna se débarrassant de son soutien-gorge pour révéler ses seins blancs dressés, et ses entrailles se relâchèrent. Ces images lui venaient spontanément et avec une clarté absolue, palpable, comme le souvenir d'événements datant d'hier. Plus de quatre mois, à présent, et pas un jour, pas une heure sans qu'il ait pensé à elle.

Écoute, Laura, dit-il, il faut que je retourne à Boston aujourd'hui. Mais c'est vendredi. Je sais, je sais, mais le vieux Foley m'a téléphoné – il veut me voir de toute urgence – bon Dieu, je crois qu'il va me redonner les guides. Dis-lui d'aller se faire foutre, dit Laura, avec véhémence. Il faut que j'y aille, dit Garrett : quinze ans de relations d'affaires et tout ça – je le lui dois. Tu es un faible, Garrett, dit-elle. Sûr, dit-il, aussi faible qu'on peut l'être.

Le film qu'on donnait au Rio s'appelait *L'Étranger aux mains d'or* avec Dalton Paul et Jayne Callot. Garrett était arrivé tôt et, pendant un moment, s'était retrouvé dans le cinéma avec pour seule compagnie l'ouvreuse qui s'ennuyait à périr. Peu à peu, la salle s'était remplie et les lumières s'étaient enfin éteintes. Il avait un bon angle sur l'entrée mais il n'avait pas vu arriver Anna. Dès le début du film, il songea à partir et rit à l'idée qu'une femme telle qu'Anna puisse aller au cinéma tous les vendredis soir comme une quelconque ménagère. Il n'avait pas pu réserver de chambre au Pamet Inn et avait trouvé une sorte de maison d'hôtes à Orleans, propre mais spartiate. Maintenant qu'il y pensait, comment pourrait-il ramener une femme telle qu'Anna là-bas ? Ridicule, se dit-il, et il essaya de se concentrer sur le film mais il avait raté les principaux événements et le type dont il croyait qu'il était le gentil se révéla le méchant.

Il sortait des toilettes pour hommes quand il la vit, debout seule dans le foyer en train de fumer une cigarette. Dehors, il pleuvait, et une averse couleur cerise frappait de biais l'auréole de l'enseigne au néon. Elle portait un manteau léger et ses cheveux dénoués. Plus courts que lors de leur dernière rencontre, se dit-il, tandis qu'il s'approchait d'elle par-derrière et venait lui toucher doucement le coude.

« Bonsoir. »

Elle se tourna et son expression de joie pure, instantanée, ne dura qu'une seconde avant de se faire dure, affolée.

« Qu'est-ce que vous fabriquez ici ? Pour l'amour de Dieu ! »

Il lui parla à voix basse, prenant soin de garder un visage impassible. « Il fallait que je vous voie. Je deviens fou. Je pense à vous en permanence. » Il sourit. « C'est pathétique. Tout le temps, toute la journée. Je pense à vous. Je ne peux pas m'en empêcher. »

Les yeux baissés, elle chuchota. « Je sais. Moi aussi. » Puis elle leva la tête et prit un air gai. « Tiens, chéri, lança-t-elle, regarde qui est là. »

Garrett se retourna et vit l'homme à côté duquel il avait pissé dans les toilettes. Un grand type chauve un peu voûté avec un visage mou et l'air d'avoir vingt ans de plus qu'Anna.

« Je te présente Mr Rising – l'homme qui a sauvé Euclide.

– Puissiez-vous en être éternellement puni, lança le type chauve, son sourire découvrant de bonnes dents régulières. Euclide est ma *bête noire**.

– Charlie, ne sois pas cruel. Tu aimes beaucoup Euclide, tu le sais bien.

– Autant que ma propre famille. Vous habitez Orleans, Mr Rising ?

– Je ne suis qu'en visite.

– La prochaine fois que vous verrez Euclide, changez de trottoir, ça me fera plaisir. Je vais chercher la voiture, chérie. Ravi de vous avoir rencontré. »

Ils se serrèrent la main et Charlie, le mari, partit.

Anna parut sur le point de pleurer.

« Tu vois, espèce d'idiot ! À quoi joues-tu ? Tu crois que c'est quoi, tout ça ?

– Viens à New York, dit-il, sortant sa carte et griffonnant au dos. Mon bureau est au centre, Greene Street. Il y aura une chambre réservée à ton nom à l'Hôtel Hamilton au coin de la Sixième et de Houston Street pendant un mois. Viens à New York et téléphone-moi.

– Non.

– Il faut qu'on se revoie. Au moins une fois.

– Non. Va-t'en. C'est fini.

– Au moins une fois. »

Le son d'un avertisseur retentit dehors. Elle lui lança un regard furieux, rapide, désespéré, et s'en alla.

Après qu'ils eurent fait l'amour, Garrett passa sa chemise et son pantalon et commanda deux club-sandwichs avec deux bières au service d'étage. Il prit le plateau à la porte et prétendit ne pas voir le sourire narquois du garçon.

Ils mangèrent leurs sandwichs en parlant calmement l'un de l'autre, de leurs sentiments réciproques et de la conscience qu'ils avaient que le jour de leur rencontre sur la plage avait changé leurs vies.

« Le destin, dit-elle.

– Euclide, répliqua-t-il, ce qui les fit rire.

– C'est sans espoir, tu sais, reprit-elle au bout d'un moment. Je ne peux pas le quitter.

– Et je ne peux pas la quitter.
– Tu vois, c'est sans espoir.
– On peut se rencontrer ici.
– Quel genre de vie serait-ce ?
– C'est mieux qu'une vie sans se rencontrer.
– Mais quel intérêt ?
– Quel intérêt autrement ? On se verra, c'est la seule chose qui compte. »

Elle poussa un petit cri de frustration et de désespoir, se tourna dans le lit pour faire face au mur tandis que Garrett contemplait le tapis dont le motif se composait de chevaliers sur des destriers caracolant : des fanions voltigeaient au bout de leurs lances levées. La bière avait un goût amer dans sa bouche. Peut-être pourraient-ils partir à l'étranger, voler des vacances quelque part – ils pouvaient sûrement imaginer un moyen de prolonger ceci, de se ménager une vie à deux. Quelques instants ensemble valaient quand même mieux qu'une vie entière de séparation. L'idée de ne plus la voir était pire que la mort. Il sentit la main d'Anna le chercher et il la prit.

« Il faut que nous fassions quelque chose, dit-elle.
– Nous le ferons, je te le promets.
– Quoi ? »

Il sentit son moral remonter un peu maintenant qu'il la savait prête à la tenter avec lui, cette vie d'instants, d'instants de bonheur.

« Je penserai à quelque chose.
– Quoi ?
– Je ne sais pas, dit-il, en contemplant les chevaliers sur leurs destriers caracolant. Je ne sais pas. »

LES PETITES FRANÇAISES

Cadeaux

Nous atterrissons à Nice. Pan Am. Je passe la douane sans trop de problèmes et je me retrouve dans le hall d'arrivée me demandant quoi faire maintenant – s'il y a un autobus pour aller en ville, si je devrais prendre un taxi. Je vois un homme – cheveux noirs, visage blanc, costume bleu – qui me regarde curieusement. Je décide de l'ignorer.

Mais il vient vers moi.

« Tupperware ? », s'enquiert-il, onctueux.

Il prononce ça « toupervère ».

« Pardon ? fais-je.

– Ah, anglais ! », dit-il avec une certaine satisfaction comme s'il venait d'accomplir quelque chose d'intelligent. « Mr. Simpson. »

Il prend ma valise qui est plus lourde qu'il ne l'avait prévu. Il porte des lunettes teintées et ses cheveux noirs se raréfient sur l'avant. Il fait dans les quarante ans.

« Non », dis-je.

Je lui donne mon nom.

Il repose ma valise. Il examine les quelques passagers encore présents dans le hall d'arrivée. Je suis le seul à ne pas être attendu.

« *Merde** », jure-t-il doucement. Il hausse les épaules. « Voulez-vous que je vous emmène en ville ? »

Nous sortons rejoindre sa voiture. Une grosse Citroën.

L'arrière est rempli de pichets en plastique, boîtes pour congélateurs, conservateurs de salades et autres objets du même genre. Il met ma valise dans le coffre. Il repousse des piles de prospectus qui occupent le siège avant et me fait monter dans la voiture. Il explique qu'on l'a envoyé chercher son correspondant de chez Tupperware, Angleterre. Il dit avoir pensé que j'étais anglais en voyant mes vêtements. Il va même jusqu'à proclamer qu'il peut deviner la nationalité de n'importe quel Européen d'après le genre de vêtements qu'il ou elle porte. Je lui demande s'il est capable de distinguer un Norvégien d'un Danois et, pour une raison quelconque, il semble trouver ça très drôle.

Nous démarrons vivement et suivons les pancartes pour Nice *centre ville**. Je n'arrive pas à imaginer quelque chose à dire : mon français n'est pas brillant et ça ne me dit rien de parler à cet homme en anglais. Il est assis très près du volant et sifflote entre ses dents en levant de temps à autre une main menaçante à l'adresse de toute voiture qui le dépasse trop brusquement. Il me demande, en français, mon âge et je lui réponds dix-huit ans. Il dit que j'ai l'air plus vieux que ça.

Au bout d'un moment, il fouille dans la boîte à gants et en retire des photos qu'il me tend.

« Vous aimez ? », dit-il en anglais.

Ce sont des photos de lui sur une plage, debout près des rochers. Il est complètement nu. Il semble en bonne forme pour un homme de quarante ans. Sur un des clichés, je vois qu'il est accroupi et qu'un jeu d'ombres fait paraître son pénis immensément long.

« Très joli, dis-je en lui rendant les photos. *Mais non merci**. »

Il me dépose au milieu de la promenade des Anglais. Nous nous serrons la main et il s'en va. Je reste un moment à contempler l'étroite plage de galets. Nous sommes en janvier et le rivage est désert. Le ciel est bourré de nuages gris et la mer est d'un bleu-vert déplaisant. Je ne sais pas pourquoi mais j'espérais du soleil et des parasols. Je laisse mon regard errer autour de la courbe légère de la baie des Anges. Je pars de l'aéroport et continue tout le long de la côte – les palmiers, les jolis petits hôtels de style Los Angeles, peupliers bien taillés et ornements de fer forgé, les premiers immeubles d'habitation, aveugles et tristes avec leurs volets solidement clos, le Négresco et ses coupoles rose bonbon, le palais de la Méditerranée, le vieux port – pour terminer par le promontoire du cap Saint-Jean, surmonté de son invraisemblable villa. Je vois le bateau en provenance de Corse entrer fièrement dans le port. Je reste à regarder jusqu'à ce que je commence à avoir un peu froid.

C'est dimanche et je ne peux donc pas m'inscrire à l'université avant demain. Je traverse la promenade des Anglais avec ma valise, je remonte une rue et j'entre dans le premier hôtel que je vois. Il s'appelle l'hôtel Astoria. Je descends quelques marches menant à un hall obscur. Un vieil homme me donne une chambre.

Je m'installe dans ma chambre et lis pendant la plus grande partie de la soirée. Vers neuf heures et demie, je sors prendre un café. En revenant à l'hôtel, je remarque plusieurs jeunes filles debout devant les vitrines illuminées de la rue de France. En dépit de la saison, elles portent des shorts et des bottes. Elles ont toutes des parapluies (fermés) et balancent des trousseaux de clés. Je passe devant elles deux ou trois fois mais elles ne me prêtent guère d'attention. Je remarque que certaines sont étonnamment jolies. De temps à autre, une voiture s'arrête, une brève conversation s'engage, une des filles monte et la voiture démarre.

Plus tard ce soir-là, tandis qu'assis sur mon lit je poursuis ma lecture, quelqu'un frappe à ma porte. C'est la grosse fille du directeur de l'hôtel. Il lui a dit que j'étais anglais et elle me demande si je pourrais l'aider à faire une version qu'on lui a donnée comme devoir.

Je m'inscris à mes cours. Ils ont lieu dans un bâtiment appelé le Centre universitaire méditerranéen et généralement connu sous le nom de CUM (que les Français prononcent *cume*). L'endroit, situé sur la promenade des Anglais, ressemble à une élégante galerie d'art. À l'intérieur, il y a une immense salle de conférence dont trois murs sont décorés d'une scène mythologique sans intérêt. Ce matin, je suis le premier à arriver et un calme marmoréen règne sur les lieux. Je m'inscris et acquitte les droits dans un petit bureau. Je décide de remettre à demain mon premier cours car il faut d'abord trouver un logement. Une secrétaire me donne une liste d'adresses de chambres à louer. Je cherche la moins chère. Au bas de la liste est indiqué : Mme D'Amico, 4 rue Dante. L'adresse me plaît.

Au moment où je quitte le Centre, j'aperçois pour la première fois quelques-uns de mes condisciples. Ils semblent tous être des étrangers – en ce sens que peu sont français. Je remarque une grande Américaine entourée de Nigériens bavards. Il y a un certain nombre d'Arabes. Quelques filles très blondes que j'imagine être des Scandinaves. Bientôt, les gens commencent à arriver pour leurs cours et le vaste hall au sol de marbre se remplit. J'entends la pétarade d'une moto dans la petite cour devant. Entrent deux jeunes types aux cheveux longs qui conversent en anglais. Tout le monde paraît content et gentil. Je m'en vais.

La rue Dante n'est pas très éloignée du Centre. Le numéro quatre est un vieil immeuble avec des volets délavés et une façade de pierre qui s'effrite. Au rez-de-chaussée se trouve un café. CAVE DANTE annoncent des lettres de plastique. Je demande Mme D'Amico au concierge qui m'envoie au troisième et dernier étage. Je sonne à la porte, me répétant mentalement les phrases que j'ai préparées : *Mme D'Amico ? Je suis étudiant anglais. Je cherche une chambre. On m'a donné votre nom au Centre universitaire méditerranéen**. Je sonne à nouveau et j'entends des bruits étouffés à l'intérieur. J'ai l'impression qu'on me regarde à travers le petit œilleton percé dans la solide porte de bois. Après une longue conversation, on m'ouvre.

Mme D'Amico est très petite – bien en dessous d'un mètre cinquante. Elle a un mince visage pâle et des cheveux gris. Elle est habillée de noir. Elle porte aux pieds des pantoufles de feutre qui paraissent ridiculement larges, plus faites pour un homme de quatre-vingts kilos. J'apprendrai plus tard que c'est parce que parfois ses pieds gonflent comme des ballons. Ses yeux sont bruns et, quoique un peu larmoyants, brillent d'un franc soupçon. Elle semble toutefois comprendre mon français et me prie d'entrer.

Son appartement est effroyablement sombre. Ceci parce que l'usage de l'électricité est interdit durant les heures de la journée. Nous sommes debout dans un long couloir sinistre sur lequel donnent plusieurs portes. Je devine des formes – une armoire, un portemanteau, une commode, et même ce que je prends pour une cuisinière à gaz mais je présume que mes yeux ne sont pas encore accoutumés à ces ténèbres. Mme D'Amico me fait entrer dans la première chambre à gauche. Elle ouvre les volets. Je vois un lit, une table, une chaise, une armoire. Le sol est fait de carreaux rouges hexagonaux et branlants qui cliquettent sous mes pieds quand je traverse la pièce pour aller regarder par la fenêtre. Je jette un coup d'œil dans la cour centrale de l'immeuble. Tout en bas, le berger allemand du concierge se gratte les puces. De ma chambre, j'ai vue sur l'intérieur d'au moins cinq autres appartements. Je décide d'habiter ici.

Je me retourne et je note d'autres détails. La table est couverte d'une toile cirée à carreaux rouges et marron sur laquelle est posé un cendrier d'étain avec SUZE imprimé dessus. Sur un mur, Mme D'Amico a fixé deux affiches. L'une du mont Blanc. L'autre, produite par la SNCF, de Biarritz. Le soleil a réduit les couleurs vives à du bleu et du gris. Biarritz paraît aussi froid et peu accueillant que les Alpes.

Je ne suis pas l'unique pensionnaire de Mme D'Amico. Il y a aussi un ingénieur taciturne et musclé nommé Hugues. Sa chambre est séparée de la mienne par les W-C. Il est marié et rentre chaque week-end retrouver sa femme et ses enfants à Grenoble. Deux jours après mon arrivée, le téléphone sonne alors que je suis seul dans l'appartement. C'est la femme d'Hugues qui semble nerveuse et très excitée. Je réussis à l'informer que Hugues est sorti. Après quelques secondes d'incompréhension, je finis par saisir qu'il est impératif que Hugues téléphone chez lui dès son retour. Je dis que je lui laisserai le message. Je sue sang et eau sur ledit message. Je sors ma grammaire et mon dictionnaire et je fais au moins dix brouillons. Finalement, je le pose contre le téléphone. Ça en valait la peine. Hugues est très reconnaissant et, à partir de ce jour-là, plus aimable. Mme D'Amico me félicite avec insistance de mon français. Elle paraît plus impressionnée par ma prose sans fautes et correctement accentuée que par n'importe quoi d'autre me concernant. À tel point qu'elle me demande si je veux regarder la télé avec elle ce soir. Je sens que ceci constitue une sorte de percée : Hugues ne regarde pas la télé avec Mme D'Amico. Mais peut-être a-t-il mieux à faire.

Pratiquement sans effort de ma part, mes journées s'organisent sur un rythme identique. Le matin et l'après-midi, je vais suivre mes cours au Centre. À midi et le soir, je mange dans l'immense cafétéria de l'université, près de la faculté de droit. Je retourne chez moi, prends un café à la cave Dante, puis je passe le reste de la soirée à regarder la télé avec Mme D'Amico et une voisine – une grosse femme enjouée à qui je n'ai jamais été présenté mais qui s'appelle, je le sais, Mme Franchot.

Mme D'Amico et Mme Franchot s'assoient dans des fauteuils. Je prends une chaise dans le couloir et je m'installe derrière elles, avec l'écran entre leurs deux têtes. Quand la télé marche, toute autre source de lumière est supprimée et nous demeurons dans une sorte d'éclairage grisâtre irréel. Mme D'Amico lit à haute voix tout ce qui est écrit sur l'écran – les titres des programmes, les génériques en entier, les noms et les slogans des produits en réclame. Au début, je trouve cela intensément irritant, et quasiment insupportables ses incessants commentaires. Mais elle parle assez bas et, au bout d'un moment, je m'habitue à sa voix.

Nous regardons la télé dans la chambre de Mme D'Amico. Elle n'a pas de salon à proprement parler. Je pense que ma chambre en faisait fonction autrefois. Hugues couche dans ce qui fut la cuisine. Il a un évier au pied de son lit. Mme D'Amico prépare ses repas dans le couloir (j'avais raison : c'était un fourneau) et fait la vaisselle dans la minuscule salle de bains. Celle-ci ne contient qu'un lavabo et un bidet, et couteaux et fourchettes voisinent avec brosse à dents et mains en éponge sur une étagère de verre. Il n'y a pas de baignoire, ce qui m'a tout de suite créé un problème étant donné que je suis un individu plutôt propre. Et donc, tous les deux ou trois jours, je me rends place Magnan aux bains municipaux. Solennels, sans gaieté, froids avec des carreaux vert pâle partout, mais ça m'empêche de sentir mauvais.

La quatrième pièce de l'appartement est une salle à manger, bien qu'elle ne soit jamais utilisée pour les repas puisque c'est là que Mme D'Amico travaille. Elle travaille pour son fils qui est quelque chose – expéditeur je pense – dans le négoce des vins. Sa tâche consiste à mettre une ficelle à une étiquette illustrant la région d'où vient le vin et puis à attacher le tout au goulot d'une bouteille. La pièce est remplie de piles de caisses de vin qu'elle me demande parfois de l'aider à déplacer. La plupart du temps, quand je rentre, je la retrouve assise, attachant patiemment des étiquettes autour du goulot des bouteilles de vin. Ce doit être un travail d'un incroyable ennui. J'ignore combien son fils la paye mais je soupçonne que c'est très peu. Cependant, Mme D'Amico est méthodique et active. Elle travaille comme une folle. Les gens n'arrêtent pas de venir chercher les caisses terminées. J'aime à penser qu'elle fait souffrir son fils.

Il y a plein de filles qui suivent les mêmes cours que moi au Centre et que j'aimerais baiser. Assis dans la classe avec elles, je n'arrête pas d'y penser, incapable de me concentrer sur mes études. J'ai parlé à quelques personnes sans toutefois pouvoir encore en appeler aucune un ami. Je connais une Espagnole et une Anglaise mais elles habitent toutes les deux chez leurs parents en dehors de Nice. L'Anglaise se nomme Victoria et se fait draguer toute la sainte journée par un Tunisien du nom de Rida. Le père de Victoria, un ex-colonel de la RAF à la retraite, vit à Grasse. J'ai l'impression que le colonel n'aimerait pas beaucoup Rida. Victoria est une petite blonde fade. Pas séduisante du tout mais Rida est résolu. On ne peut qu'admirer sa constance. Il ne la ramène pas, il se contente d'être courtois, utile, et de tenter de faire rire Victoria. Il ne la quitte pas d'une semelle. Je suis sûr que, s'il persévère, il réussira. Victoria ne semble pas gênée par sa présence permanente mais je ne vois rien en Rida qui puisse le rendre séduisant aux yeux d'une fille. Il est de taille moyenne, porte de vilains vêtements aux couleurs criardes. Ses cheveux ont un aspect crépu, semi-négroïde, qu'il essaye de dissimuler en les aplatissant. Mais ils sont trop longs et ils rebiquent sur les côtés et sur la nuque comme un casque ou un bonnet de laine mal tricoté.

Avoir une chambre à soi procure un certain nombre de plaisirs. Parfois, la nuit, je rejette les couvertures et je me masturbe en rêvant aux filles du Centre. Dont une Suédoise appelée Danni que j'aime beaucoup. Elle a de gros seins et de longs cheveux blond-blanc. Elle est très rieuse et très amicale. Le seul ennui est qu'une de ses jambes est considérablement plus mince que l'autre. Je crois qu'elle a eu la polio quand elle était petite. Je m'imagine couchant avec elle et me demande si ce défaut me rebuterait.

Mes rapports avec Mme D'Amico sont très corrects et cérémonieux. Nous conversons en phrases polies dignes d'un salon victorien. Elle me demande, un jour, de remplir une *fiche** blanche pour la police – une chose, s'empresse-t-elle d'ajouter, que chaque pensionnaire doit faire. Elle voit mon âge sur le formulaire et lève les sourcils, un peu surprise. Elle dit qu'elle ne me croyait pas aussi jeune. Puis, un matin, à propos de rien, elle m'explique pourquoi elle lit tout ce qui apparaît sur l'écran de télé. Il semble que Mme Franchot soit illettrée. Si Mme D'Amico ne les lui lisait pas, elle ne saurait jamais même les titres des vieux films que nous regardons tous les soirs sur Télé Monte-Carlo. Je me découvre étonnamment touché par cette confidence.

Un soir, après les cours, je vais avec Rida dans un café rejoindre plusieurs de ses amis tunisiens. Ils sont tous inscrits à une organisation éducative quelconque de façon à bénéficier d'une *carte d'étudiant**. Ils m'assurent que c'est très précieux, qu'ils n'auraient pas la permission de rester en France s'ils n'en possédaient pas une. Rida, il faut reconnaître, est l'un des rares à essayer d'apprendre quelque chose. Il partage une chambre avec un homme appelé Ali qui est très grand et tiré à quatre épingles. Ali porte un blazer avec des boutons dorés et un écusson pseudo-anglais sur la poche de poitrine. Ali explique qu'il l'a acheté à un touriste. Le style anglais est *très chic** cette année. Nous buvons de la bière. Rida me raconte comment Ali et lui ont rencontré récemment une Suissesse qui faisait le tour de l'Europe en autostop. Ils l'ont ramenée dans leur chambre et l'y ont gardée. Ils l'enfermaient pendant la journée. Rida baisse la voix : « *On l'a baissé**, dit-il sur un ton de conspirateur. *Baisser. Tu comprends* ?* » Il est certain, dit-il, qu'elle se droguait puisque ça paraissait lui être égal, qu'elle ne protestait pas. Elle s'était enfuie un après-midi en leur volant toutes leurs affaires.

Le café est petit, les surfaces lisses luisent de graisse. La chaleur augmente à mesure que la soirée avance. À part une blonde au visage dur qui actionne la caisse derrière le bar, nous sommes uniquement entre hommes.

Je bois trop de bière. Je regarde les Tunisiens sodomiser la machine à sous, cognant et bombant leur pelvis contre la paroi. Les quatre pieds trépident d'indignation et de colère sur le sol carrelé. À la fin de la soirée, je prête à Rida et à Ali vingt francs chacun.

Un autre coup de téléphone alors que je suis seul dans l'appartement. C'est un médecin. Il fait dire à Mme D'Amico qu'elle peut venir voir son mari samedi. Je suis un peu surpris. Je n'avais jamais imaginé que Mme D'Amico eût un mari – je suppose parce qu'elle est toujours vêtue de noir. Je lui transmets le message et elle m'explique que son mari vit dans un hôpital. Il souffre d'une maladie. Elle se met à trembler et à tressaillir nerveusement pour illustrer la chose.

« Ah ! dis-je. La maladie de Parkinson.

– Oui, approuve-t-elle. C'est ça. *Parkingsums**. »

Cette participation involontaire à l'intimité de Mme D'Amico fait tomber une autre barrière. À partir de ce jour-là, elle utilise mon prénom – toujours précédé néanmoins de « monsieur ». « Monsieur Edward », m'appelle-t-elle. Je me sens un peu plus chez moi.

Je découvre que prêter cet argent à Ali et Rida a été un acte de générosité déplacée puisque je commence à être à court moi-même. Il y a une grève de la poste en Angleterre qui se prolonge plus longtemps que prévu. Il m'est impossible de faire venir de l'argent. Bêtement, j'avais pensé que la grève serait de courte durée. Je calcule qu'en réduisant radicalement mes dépenses je peux survivre encore trois semaines, ou peut-être un peu plus. En supposant, c'est-à-dire, qu'Ali et Rida me remboursent.

Quand il n'y a rien qui vaille la peine à la télé, je m'installe à la fenêtre de ma chambre – avec les lumières éteintes – et je regarde la vie se dérouler dans les appartements donnant sur la cour. Je peux voir Lucien, le *patron** de la cave Dante, assis à une table en train de lire le journal. Lucien et sa femme partagent leur appartement avec le frère de Lucien et son épouse. Ils travaillent tous dans le café. Lucien est un type gentil, chauve, avec une voix de tête. Sa femme a une moustache et des lunettes à l'ancienne – monture noire et verres en amande. Le frère de Lucien est un grand type poilu nommé Jean-Louis qui travaille dans la petite cuisine du café. Sa femme, un beau brin de blonde, me rappelle vaguement Simone Signoret. Un soir, elle n'a pas tiré les rideaux de sa chambre et j'ai assisté à son déshabillage complet…

Je suis désormais si fauché que je me limite à une tasse de café par jour. Je croque des pommes toute la matinée et l'après-midi jusqu'à l'heure de mon dîner solitaire au restaurant universitaire, près de la *fac de droit**. J'attends la fin des repas parce qu'on peut alors se resservir gratuitement de riz et de pâtes s'il en reste. Souvent, je demeure tout seul dans la grande salle brillamment éclairée. Je mange bol après bol de riz et de pâtes tandis qu'on passe la serpillière sur le sol autour de moi et que je suis de plus en plus cerné par les chaises qu'on hisse sur les tables. Après quoi, je me promène un peu en ville. À neuf heures et demie, je regagne l'appartement. Les putains surgissent toutes ensemble à neuf heures et demie précises. C'est très étonnant. Soudain, elles sont partout. Il se trouve que la rue Dante est en plein milieu du quartier chaud. Parfois, sur le chemin du retour, les filles m'accostent. Je ris avec insouciance, hausse les épaules et leur explique que je suis un étudiant fauché. J'imagine parfois qu'un soir une des filles m'offrira de faire l'amour pour rien mais jusqu'ici je n'ai pas eu de succès.

Si j'ai économisé ma tasse de café pour le soir, je termine ma journée à la cave Dante. Je m'assieds au comptoir en zinc. Lucien sait désormais ce que je commande et il commence à me préparer un *grand crème** dès que je franchis le seuil. Sur le comptoir, il y a des paniers pour les brioches, les croissants et les pizzas. Parfois, il en reste quelques-unes du matin ou de midi. Un soir, j'ai quelques centimes en poche et je demande à Lucien combien coûte le bout de pizza en rade sur le comptoir. À mon grand embarras, je n'ai même pas de quoi l'acheter. Je marmonne que je n'ai pas vraiment faim et déclare avoir changé d'idée. Lucien me regarde un instant et me dit de me servir. Dorénavant, chaque soir, je viens finir ce qui reste. À chaque fois, j'éprouve un élan d'affection larmoyante à l'égard de cet homme mais il paraît gêné quand j'essaye de lui exprimer ma gratitude.

Une des conséquences de mon état d'indigence, c'est que je ne peux plus me permettre d'envoyer mes vêtements au *pressing**. Et Mme D'Amico refuse qu'on lave dans l'appartement. Les chemises sales s'accumulent sur le dossier de mon unique chaise comme autant de têtières souillées. Dans un coin de l'armoire, je garde les chaussettes et les slips sales. De temps à autre, je vaporise le tas humide avec mon déodorant comme si j'étais un maniaque de la dératisation. Une fois toutes mes chemises sales, j'invente un système de rotation compliqué pour les réutiliser. L'idée, c'est de les porter chacune un seul jour, et de laisser ensuite passer une semaine avant de la remettre, dans le vague espoir que le délai l'aura plus ou moins rendue plus propre. En tout cas, il leur faudra plus de temps pour devenir *vraiment* sales. Durant le week-end, je lave subrepticement des slips et une paire de chaussettes et je les sors en cachette de la maison. Je descends sur un bout de plage isolé et je les étends sur les galets où un soleil pâle de février les sèche à peu près bien.

Un samedi après-midi, je suis assis sur la plage, occupé précisément à cette tâche. Je me demande avec tristesse si ce week-end va être le dernier que je passerai à Nice. La grève des postes britanniques continue, j'ai quarante-deux francs et un billet d'avion pour Londres. Des vaguelettes viennent pousser et réarranger les galets au bord de l'eau. Cet après-midi, la mer pullule d'algues et de matières fécales venues d'une bouche d'égout un peu plus haut sur la côte. D'inhabituels mouvements de marée ont balayé cette effluence dans la baie des Anges. Le soleil brille mais la journée est fraîche et déplaisante.

L'idée de quitter Nice me remplit d'une intolérable frustration. Nice a une tâche à accomplir pour moi, une fonction à remplir et elle n'a même pas commencé à assumer sa responsabilité.

J'entends venir vers moi des pas sur les galets. Je me retourne. C'est Rida avec une fille que je ne reconnais pas. Je refourre frénétiquement ma lessive dans le sac en plastique.

« *Salut**, dit Rida.

– *Ça va** ? je réponds nonchalamment.

– Qu'est-ce que tu fabriques ici ? demande Rida.

– Oh… rien de particulier. »

Nous échangeons quelques mots. J'examine la fille avec attention. Elle porte des jeans et un T-shirt marbré. Elle a des cheveux mi-longs, blond roux, et un visage plat constellé de taches de rousseur. Mais ce n'est pas vilain. Ses sourcils sont épilés en lignes très fines et son nez est petit et pointu. Elle semble assurée et détendue. À ma surprise, Rida m'annonce qu'elle est anglaise.

« Anglaise ? dis-je.

– Salut, fait-elle. Je m'appelle Jackie. »

Rida vient littéralement de la draguer sur la Promenade. Je ne sais pas comment il les choisit. Je pense qu'il croit tenir une autre Suissesse. Il m'a vu assis sur la plage et a dit à Jackie qu'il connaissait un Anglais qu'il voulait lui présenter.

Nous bavardons un moment. Je parle à Jackie en anglais. Nous échangeons des informations nous concernant. Originaire du Cheshire, elle vit à Nice depuis quatre mois et travaille au pair dans une famille noire américaine. Le père est un joueur de basket-ball professionnel, un de ceux qui jouent pour des équipes françaises une fois qu'ils sont trop vieux ou plus assez bons pour réussir en Amérique.

Avec tous ces discours en anglais, Rida commence à se sentir un peu isolé ; il lance impatiemment des cailloux dans l'eau. Mais il sait que le seul moyen de se faire cette fille passe par moi et il propose donc que nous allions tous dans une discothèque. L'idée me plaît parce que je sens à présent que je ne suis pas totalement indifférent à Jackie. Celle-ci suggère que nous allions au Psyché, une boîte assez chic de la promenade des Anglais. J'essaye de cacher ma déception. L'entrée au Psyché coûte dix-huit francs. Puis je me souviens que Rida me doit toujours vingt francs. Je lui rappelle le fait. J'irai, dis-je, à condition qu'il me paye mon entrée. Il accepte de mauvaise grâce.

Nous nous retrouvons à neuf heures devant le Psyché. Jackie porte des jeans blancs et un T-shirt pailleté à décolleté bateau. Elle a un rouge à lèvres rose brillant et ses cheveux paraissent propres et récemment brossés. Rida arbore un pantalon noir pattes d'éléphant et une chemise de dentelle transparente déboutonnée devant. Il s'est accroché une grosse médaille d'or autour du cou. Je suis content qu'il se soit changé. En entrant, il me pousse du coude.

« Elle est à moi, OK ? dit-il en souriant.

– Ah ! ah ! je réplique, je pense qu'on devrait laisser Jackie décider de ça, non ? »

Ce n'est pas de chance pour moi que Jackie aime danser ce que les Français appellent le *swing** mais que les Anglais connaissent sous le nom de *jive*. Je trouve cette danse impossible à apprendre. Rida, au contraire, est une sorte d'expert. Je reste assis dans une alcôve sombre avec un whisky-Coca (l'entrée donne droit à une boisson gratuite) en attendant nerveusement mon heure.

Rida et Jackie reviennent s'asseoir. De petites gouttes de sueur perlent sur le front de Jackie. La chemise en dentelle de Rida lui colle dans le dos. Nous bavardons. Un slow commence et j'invite Jackie à danser. Nous nous balançons sans problème au rythme de la musique. Son corps est chaud contre le mien, ses cheveux propres mouillés plus sombres sur ses tempes. Comme si c'était la chose la plus naturelle du monde, je pose mes lèvres à la naissance de son cou. Il est moite aussi, conséquence des efforts prodigués au cours du *swing**. Sa main se déplace d'un centimètre dans mon dos. J'embrasse sa joue, puis sa bouche. Elle refuse d'utiliser sa langue. Elle passe ses bras autour de mon cou. Je m'interromps un instant pour jeter un coup d'œil à Rida. Il nous regarde. Il allume une cigarette et en examine le bout incandescent.

À ma surprise, dès que nous nous rasseyons, Jackie demande à Rida s'il aimerait danser puisqu'on passe un nouveau disque de *swing**. Elle danse avec lui un moment. Rida la fait tournoyer habilement autour de la piste. Je sirote mon whisky-Coca – qui a perdu ses bulles maintenant – en me demandant ce que concocte Jackie. C'est une curieuse fille. Quand ils reviennent à la table, Rida annonce qu'il doit partir. Nous exprimons notre déception. En me serrant la main, il me fait un clin d'œil. Sans rancune, je pense qu'il veut dire.

Nous allons, un moment plus tard, dans un autre club appelé le Go-Go. Jackie paye mon entrée. À l'intérieur, nous rencontrons un des joueurs de basket de Jackie. Très noir – presque nubien d'apparence –, incroyablement grand et mince, il est visiblement une sorte de célébrité sportive à Nice puisqu'on n'arrête pas de nous servir des verres à titre gracieux pendant que nous sommes à sa table. Je bois beaucoup de whisky-Coca. Bientôt trois autres joueurs de basket noirs nous rejoignent. Je deviens très silencieux. Les Noirs sont gentils et exubérants. Ils arborent des masses de bijoux d'apparence fort coûteuse. Jackie danse avec tous, flirte innocemment, s'assied sur leurs genoux et hurle de rire à leurs plaisanteries. Tous les Français du club semblent les adorer. Les gens défilent à notre table pour demander des autographes. Je me sens en comparaison petit et anémique. Mon personnage fait lamentablement prétentieux et infantile. Je pense à mon dénuement, à mes vêtements sales, à ma chambre minable et je ressens une pitié inconnue pour moi-même, j'éprouve dans mes os l'angoisse d'un réfugié.

Puis Jackie me dit : « On s'en va ? » et soudain je me sens rétabli. Nous marchons à travers les rues désertes et calmes, avec pour seul bruit le son de l'eau dans les caniveaux nettoyés automatiquement. Nous passons devant un café à l'intérieur duquel trois putains attendent leur souteneur. Elles bavardent avec exubérance.

Jackie frissonne et je la prends obligeamment par la taille. Elle pose sa tête sur mon épaule et de cette façon nous atteignons cahin-caha son appartement. « Ch-chut, prévient Jackie en ouvrant la porte, fais attention de ne pas les réveiller. » Je sens la pression s'accentuer dans ma gorge et je me demande si le lit a des ressorts qui grincent.

Nous sommes assis dans la petite cuisine sur des chaises modernes très dures. Mes fesses sont engourdies et drôlement gelées. La lumière fluorescente, j'en suis sûr, ne peut être guère flatteuse à en juger par son effet sur le visage pâle de Jackie. Peu à peu, je sens un désespoir de plomb m'envahir tandis que nous conversons dans ce module efficace et triste d'un immeuble luxueux. *Immeuble de très grand standing**, annonce la publicité de l'agent immobilier à l'extérieur. Nous nous sommes un peu embrassés et j'ai tâté à travers le T-shirt ses deux petits seins pointus. Ses lèvres minces ne fournissent aucun coussin tendre aux miennes. Nous bavardons maintenant de manière molle et décousue.

Jackie me raconte qu'elle quitte Nice la semaine prochaine pour retourner en Angleterre. Elle veut devenir hôtesse de l'air, dit-elle, mais seulement sur des vols intérieurs. Les vols intercontinentaux, paraît-il, bousillent votre teint et vos règles. Sans enthousiasme, j'émets l'opinion que ce pourrait être amusant si, disons, je prenais un jour l'avion à bord duquel elle se trouverait. Le visage de Jackie s'anime de manière surprenante à cette idée. Il semble que ce soit le bon moment pour échanger nos adresses, ce que nous faisons. Je remarque qu'elle épelle son nom « Jacqui ».

Parler de départ nous ramène à une certaine sentimentalité. Nous nous embrassons de nouveau et je glisse ma main sous son T-shirt.

« Non, dit-elle gentiment mais avec une redoutable fermeté.

– Je t'en prie, Jackie, tu t'en vas bientôt. » Je me sens soudain très las. « Enfin, laisse-moi au moins les voir alors », dis-je avec audace et irritation.

Jackie réfléchit un moment, la tête penchée de côté comme si elle entendait quelqu'un l'appeler au loin.

« Bon, OK, dit-elle, si c'est ce que tu veux. Et si c'est tout. »

Elle se lève, retire son T-shirt et fait glisser les bretelles de son soutien-gorge dont les bonnets tombent. Sous l'éclairage irréel du tube de néon, sa poitrine ne projette aucune ombre. Les mamelons sont très petits, les seins pâles et coniques semblent presque pointer vers le haut. Elle les exhibe pendant cinq secondes environ, sans me regarder, les yeux baissés sur eux comme si elle les voyait pour la première fois. Puis elle les reniche dans son soutien-gorge et remet son T-shirt. Elle ne fait aucun commentaire. On dirait qu'elle vient de me montrer la cicatrice de son appendicite.

« Écoute, dit-elle d'un air dégagé à la porte, je te donnerai un coup de fil avant de partir. Peut-être qu'on pourrait se revoir.

– Oui, dis-je. C'est ça. Bonne idée. »

Dehors, il fait jour. Je consulte ma montre. Il est cinq heures et demie. Il fait froid et le ciel est rempli de nuages gris. Je rentre lentement à pied chez Mme D'Amico à travers une lumière de l'aube aiguë, cinglante. Quelques cafés sont déjà ouverts. À demi endormis, les *patrons** balayent les trottoirs. Je me sens sale, avec une gueule de bois. Je monte péniblement les marches jusqu'à l'appartement. Il règne, me semble-t-il, dans ma chambre une distincte odeur fétide de renfermé ; l'atmosphère exsude comme un air rance recyclé encore plus perceptible après la fraîcheur sans compromis du matin. J'ôte mes vêtements. J'ajoute ma chemise anormalement souple à la pile sur le dossier de la chaise. Je fais un nœud de mes chaussettes et une boule de mon slip – comme pour emprisonner leur odeur dans leurs plis – et je les jette dans le coin de l'armoire. Je m'étends nu entre les draps. Mon corps commence à me démanger de partout. Je me masturbe un peu à tout hasard mais je suis trop las et trop triste pour prendre la peine de m'appliquer.

Des petits coups tremblotants à ma porte me réveillent. Je me sens affreusement mal. Je louche sur ma montre. Il est sept heures. Je ne peux pas avoir dormi plus d'une heure.

« *Monsieur Edward ? C'est moi, Mme D'Amico**. »

Je dis « *Entrez* » mais aucun son ne sort de ma bouche. Je tousse et me passe la langue sur les dents, en salivant énergiquement.

« *Entrez, madame** », dis-je dans un murmure.

Mme D'Amico entre. Ses cheveux sont épinglés n'importe comment et son vieux visage brille de larmes. Elle s'assied sur le lit et se met immédiatement à sangloter doucement, ses épaules maigres tremblantes sous le cardigan noir.

« Oh, madame, dis-je affolé. Que se passe-t-il ? »

Je trouve affligeant de voir Mme D'Amico, d'habitude si convenable et si cérémonieuse, exhiber sans vergogne une telle faiblesse humaine. Je suis également – et bien mal à propos – très conscient de ma nudité sous les draps.

« *C'est mon mari*, pleure-t-elle. *Il est mort**. »

Peu à peu l'histoire s'articule. Il semble que M. D'Amico, souffrant de la maladie de Parkinson, fumait une dernière cigarette dans sa chambre à la clinique avant que l'infirmière ne vienne le coucher. Il aurait allumé sa cigarette et tenté d'éteindre l'allumette en la secouant. Mais ses doigts tremblants laissèrent filer l'allumette incandescente qui tomba sur la paroi en plastique du fauteuil dans lequel il était assis. Le siège s'embrasa en quelques secondes. Le pyjama et la robe de chambre de M. D'Amico prirent feu et, bien que le malheureux eût réussi à se laisser glisser par terre, ses cris ne furent pas suffisants pour attirer immédiatement l'attention des infirmières. Il fut gravement brûlé. Son corps frêle ne résista pas au choc et il mourut dans la nuit.

J'essaye de remettre un peu d'ordre dans mes esprits engourdis, tente de rassembler tout ce que je possède en matière de vocabulaire français.

Mme D'Amico me regarde d'un air pitoyable.

« *Oh, monsieur Edward**, gémit-elle, les lèvres tremblantes.

– *Madame*, réponds-je faiblement, *c'est une vraie tragédie**. »

Cela me paraît d'une ineptie crasse étant donné les circonstances, presque insolent, ma langue de bois ôtant toute sincérité à mes mots. Mais il semble que cela fasse de l'effet sur Mme D'Amico qui baisse la tête et commence à pleurer à petits coups de sanglots aigus. Je sors un bras de dessous mes draps et je lui tapote gentiment l'épaule.

« Allons, allons, madame, dis-je. Tout ira bien. »

En me penchant vers elle, je remarque qu'elle tient à la main une lettre froissée. Je regarde de plus près sans arriver à déchiffrer le nom mais je vois bien que le timbre est anglais. C'est sûrement pour moi. La grève des postes, je m'en rends compte brusquement, doit être terminée. Soudain, je comprends que je peux rester. Je pense tout de suite à Jackie et à notre soirée bizarre et pas très satisfaisante. Mais désormais je m'en fiche. Je retrouve mon entrain et mon moral. J'ai une brève vision mentale de M. D'Amico dans son fauteuil en flammes et j'entends les sanglots silencieux de sa femme à côté de moi. Mais ceci ne gâte pas vraiment la découverte que je suis peu à peu en train de faire. Pour une raison connue d'eux seuls, les gens, semble-t-il, tiennent à me donner des choses. Des photos de nus, des pizzas froides, leurs petites amies, leurs épouses, leurs seins à voir, et même leur chagrin. Peu importe mes actes ou mon comportement, les cadeaux arrivent spontanément et d'eux-mêmes. Et ils continuerons à venir. Je me sens plus confiant à propos de mon séjour à Nice. Tout ira bien désormais, j'en suis sûr. Ça va marcher. Je pense à tous les cadeaux qui m'attendent. Je pense aux Suédoises du Centre. Je pense au printemps et aux journées de soleil…

Les sanglots de Mme D'Amico font toujours trembler légèrement le lit. Je gratifie la tête baissée d'un sourire bienveillant.

« Allons, allons, madame, je répète. Ne vous inquiétez pas. Tout ira bien. Vous verrez. Tout ira bien, je vous le promets. »

Histoire vache*

« Tu es donc encore vierge », dit Pierre-Étienne triomphalement en écrasant sa cigarette.

Il fallait bien que ça arrive, pensa Éric. Ils n'avaient pas cessé de parler sexe tout l'après-midi. Soumis à un interrogatoire serré, Éric avait évoqué une cousine plus âgée nommée Joan, en introduisant l'idée suggestive de vacances au bord de la mer et d'un pique-nique à deux dans les dunes. Il avait tenté de laisser les détails dans le vague mais des conversations de ce genre en revenaient toujours impitoyablement aux choses spécifiques, et Pierre-Étienne et Momo (Maurice) s'étaient montrés infatigables dans leur quête de la vérité. Cette fois, ils l'avaient vraiment coincé. Oui ou non, exigèrent-ils de savoir, tu l'as fait ou pas ?

« Je peux pas y croire, dit Momo. Jamais ? »

Éric secoua la tête en essayant de dissimuler sa rougeur par un sourire. Ils étaient assis à la terrasse d'un café sur la place principale de Villers-Bocage, un jour de marché avec la place remplie de bétail et de gens. L'attention d'Éric fut momentanément distraite par la vue d'un fermier rubicond, vêtu de la blouse paysanne normande typique, qui tirait énergiquement sur la queue d'une vache comme s'il essayait de la déraciner. Éric frémit.

Il reporta son regard sur ses deux compagnons. Pierre-Étienne avait le même âge que lui. À Pâques, il avait passé quinze jours en Angleterre, chez Éric. Momo était le frère de Pierre-Étienne – un peu plus vieux, presque dix-sept ans, rondouillard et s'efforçant de se laisser pousser une moustache. Éric ne l'aimait pas tellement : son attitude de tolérance amusée à l'égard des deux garçons plus jeunes était extrêmement irritante. Éric savait que Momo avait une sorte de petite amie, mais il n'avait jamais vu Pierre-Étienne avec une fille.

Éric sirotait son diabolo-menthe. Il adorait cette fraîche boisson verte, limpide et cliquetante de glaçons. C'était ce qu'il y avait de mieux en France, décida-t-il. Il n'apprendrait jamais la langue, il en était certain, et en ce qui le concernait, ça ne valait pas le sacrifice de ses deux dernières semaines de vacances d'été. Le père de Pierre-Étienne était le directeur de l'abattoir de Villers-Bocage et en conséquence la famille mangeait de la viande à tous les repas, chaque sorte de morceau et d'animal imaginables : porc, veau, bœuf, rognons, cœur, cervelle, tripes spongieuses et révoltantes, agneau, queue de bœuf, pieds panés, grosses saucisses pourpres, tout ça rouge, pas assez cuit et suintant le sang. Éric retournerait directement en pension d'ici trois jours et il se surprenait parfois à rêver d'un hachis parmentier ou d'un bon ragoût bien épais.

« Mais tout de même, toi aussi, tu l'es – puceau ? répliqua-t-il à Pierre-Étienne, esquissant une molle contre-attaque.

– Bien sûr que non ! »

Pierre-Étienne parut offensé.

« Mais tu n'as pas de petite amie, dit Éric. Comment as-tu fait ?

– Non, dit Momo. Il n'a pas de petite amie mais il a Marguerite.

– Et qui c'est ? »

Marguerite Grosjean cria au revoir à sa mère et enfourna sa grosse carcasse dans sa minuscule 2 CV. Comme d'habitude, sa mère ne répondit pas. Marguerite alluma sa cinquième Gauloise de la journée. Elle demeura un moment sans bouger dans sa voiture. Il n'était que cinq heures et demie et Villers-Bocage se trouvait à dix minutes seulement de route dans la brume matinale. Elle tira sur sa cigarette et se gratta la cuisse. Sa mère se pencha par la fenêtre du premier étage pour lui crier dessus. Rien que de vagues sons. Puis la vieille sortit et se précipita vers la voiture en hurlant des insultes. Marguerite rabattit la vitre. Des arcs de postillons s'écrasèrent sur le verre. Marguerite laissa passer quelques secondes. C'était comme ça tous les matins. Puis elle mit le moteur en marche et démarra, abandonnant seule dans la cour la petite silhouette échevelée encore tremblante de rage.

Elle arriva à l'abattoir un peu en avance et elle entra donc dans le bar voisin où elle se commanda un *café-calva**. Le garçon la servit. Il était nouveau. Il lui sourit et lui dit bonjour mais Marguerite parut ne pas le remarquer. Il trouva la chose un peu curieuse car il se l'était faite contre le mur derrière le café pas plus tard que trois jours auparavant, alors qu'elle venait de quitter son service de nuit. Il lui répéta son bonjour mais elle ne répondit pas. Il haussa les épaules et s'éloigna mais il garda l'addition pour lui. Ça ne faisait pas beaucoup mais quand même. Un des garçons bouchers qui travaillait à l'abattoir lui avait raconté Marguerite et tous les bouchers, ouvriers agricoles, employés à la conserverie et autres chauffeurs de camions. Il suffit de demander, avait dit l'homme, c'est tout, une simple requête, et il avait tapoté sa tempe de son index. Le garçon avait intercepté Marguerite alors qu'elle revenait des toilettes. Le boucher avait raison.

Il songea à lui demander de nouveau, là maintenant, tout de suite, pour voir si c'était vraiment vrai, mais la claire lumière du matin n'était guère aimable pour la grosse fille et il continua donc à essuyer les tables.

Par-dessus un mur, derrière l'abattoir, Éric, Pierre-Étienne et Momo regardaient s'écouler le flot des ouvriers de l'équipe du matin.

« Laquelle c'est ? s'enquit Éric.

– La grosse là-bas qui entre dans la voiture. »

Éric vit des tas d'autos et pas de grosses bonnes femmes.

« Quelle voiture ?

– Celle-là », dit Momo, montrant du doigt une vieille 2 CV qui démarrait.

Éric ne put pas vraiment distinguer la conductrice, mais seulement un visage blanc et des cheveux noirs. Il sentit son cœur battre d'excitation.

« Qu'est-ce que je dois faire ? demanda-t-il.

– Tu vas simplement vers elle et tu lui demandes ce que tu veux.

– *C'est tout* ? Simplement demander ?

– Oui, c'est tout.

– Mais pourquoi est-ce qu'elle le fait ? Faut... faut-il que je la paye ou quoi ? »

Les deux jeunes Français éclatèrent d'un rire ravi.

« Non, non, dit Momo. Elle fait ça pour rien. Elle aime ça.

– Ah, fit Éric d'un air entendu. Une nympho. Mais vous êtes sûrs ? Vous ne racontez pas des craques ? Elle fait ça juste comme ça ?

– Tout le monde va avec Marguerite, dit Momo avec emphase. *Nous,* on y a été.

– Nom de Dieu ! Toi aussi ? demanda Éric à Pierre-Étienne.

– Bien entendu. J'y suis allé trois fois. C'est facile.

– Merde alors ! », dit doucement Éric.

La facilité de toute cette affaire le sidérait. Dire que ça allait réellement se passer.

« Mais je ne comprends toujours pas *pourquoi*. Pour quelle raison ? Pourquoi fait-elle ça ? »

Marguerite gara sa voiture derrière l'abattoir, à proximité des parcs à bétail surpeuplés de bêtes remuantes et grincheuses. En entrant dans la pièce où elle travaillait, elle sentit la forte odeur familière ammoniaquée d'entrailles et d'excréments lui chatouiller les narines. Elle décrocha du portemanteau sa combinaison de travail en plastique et la boutonna étroitement sur sa vaste poitrine. Elle enfila ses bottes de caoutchouc et coiffa d'un bonnet blanc ses cheveux noirs drus que commençaient à parsemer quelques mèches grises.

Elle entendit les hommes arriver, l'échange des saluts et des menues plaisanteries habituelles du matin. Quelques types vinrent lui dire bonjour. Adossée à l'essoreuse, elle contemplait les vastes bassines d'acier. Elle ne pensait à rien, elle attendait simplement que Marcel amène sur son chariot le premier baquet tremblotant d'entrailles gélatineuses brunes et pourpres.

Puis commencèrent à s'égrener les sons familiers du massacre. Le bruit sourd d'air comprimé, *phut,* au moment où le tueur enfonçait dans le crâne de l'animal la pointe rétractable de quinze centimètres. Le claquement du portail de l'enclos s'ouvrant pour laisser dégringoler la bête sur la rampe de béton, le raclement des sabots sur le ciment. Ensuite, le ronflement du treuil hissant la carcasse par une patte arrière et, presque simultanément, le clapotis du sang jaillissant de deux ouvertures jumelles pratiquées dans la gorge. Une minute à peine, le temps d'enlever la peau, avant que la scie circulaire ne vrombisse en tailladant de haut en bas la carcasse suspendue. La première bête, aujourd'hui, était une vache, Marguerite reconnut le second clapotis – celui du lait, cette fois, lorsque la lame gémissante coupa en deux le pis. Puis la dégringolade en cascade des entrailles. La plainte des trolleys – tandis que la carcasse était expédiée au bout du câble vers les bouchers et la caverneuse usine de réfrigération – fut ponctuée des coups sourds et des éclaboussements de l'abattage de l'animal suivant.

Huit vaches plus tard, Marcel apporta sur son chariot le premier des baquets. Il était simplet et avait un bec-de-lièvre. Il ne parlait jamais beaucoup. Il ouvrit les robinets des tuyaux et des tourniquets d'arrosage et plongea ses mains nues dans la masse gluante des viscères qu'il transporta à grandes brassées dans les éviers remplis d'eau. Il existait de longs gants de caoutchouc spécialement affectés à cet usage mais Marcel soutenait qu'ils ne lui rendaient son travail que plus difficile.

Penchée sur les bassines fumantes débordantes, Marguerite sépara vivement les abats les plus gros des longs morceaux d'intestin. Elle lança les panses sur un grand plateau à hauts bords que Marcel emporta plus tard dans la salle des tripes. Sa combinaison fut bientôt couverte d'une boue verdâtre de sang et d'immondices. Elle transporta un seau de viscères nettoyés jusqu'à l'essoreuse et enfonça un bout d'intestin entre les rouleaux. Elle fit tourner la manivelle en grognant un peu. À l'autre bout, un flot vert et pourpre jaillit, éclaboussant les bottes de Marguerite et le sol d'où il fut balayé dans les caniveaux par le tuyau d'arrosage de Marcel.

Les longs morceaux pâles d'intestins vidés étaient rassemblés dans un seau en zinc de l'autre côté de l'essoreuse. Marguerite les lava une dernière fois avec un jet d'eau puissant afin de les débarrasser de la moindre saleté avant que Marcel ne les emporte pour les faire transformer en gras-double. Elle continua à travailler ainsi jusqu'à l'heure du déjeuner, s'arrêtant de temps à autre pour fumer une cigarette ou boire un coup à la bouteille de Calvados qu'elle gardait sur le rebord de la fenêtre.

Cette nuit-là, dans son lit, Éric pensa au lendemain. Tout était arrangé pour midi. Apparemment, Marguerite mangeait toujours son casse-croûte dans sa voiture. Momo écrirait un mot qu'Éric lui remettrait. C'était tout ce qu'il aurait à faire.

Il se demandait à quoi ça ressemblerait. Quelle impression ça lui ferait. Que diraient Morton et Haines quand il leur raconterait à l'école ? Est-ce que ce serait différent de quand il le faisait tout seul ? Il glissa sa main dans le pantalon de son pyjama et se caressa, laissant courir ses doigts sur son net petit buisson de poils pubiens. Il n'arrivait pas du tout à se l'imaginer, du tout. Ça paraissait si facile. Et si quelque chose ne marchait pas comme prévu ?

Les trois garçons se postèrent derrière l'abattoir dès onze heures. Éric n'arrêtait pas de se racler la gorge et ses paumes suintaient de transpiration bien que la matinée fût fraîche. Momo avait écrit le petit mot : il se montrait particulièrement gentil ce jour-là.

« Qu'est-ce qu'il faut que je dise ? demanda Éric pour la dixième fois.

– Tu dis simplement : « *Vous êtes madame Marguerite* ? *» et tu lui donnes le mot.

– *Vous êtes madame Marguerite* ?*

– Parfait, dit Momo. *Très bien**. »

Il lui tendit le bout de papier. Éric le déplia. Momo avait écrit en lettres capitales : *JE VOUDRAIS TE SAUTER GROSSE TRUIE**.

« Qu'est-ce que ça veut dire ? demanda Éric à Pierre-Étienne.

– Ça signifie : Je veux faire l'amour avec vous, jolie madame. »

Éric fronça les sourcils :

« Tu es sûr ? J'ai toujours cru que *sauter** voulait dire faire un bond.

– Oh, c'est simplement une expression dont on se sert », répliqua en hâte Pierre-Étienne.

Il jeta un coup d'œil à Momo qui ajouta :

« C'est une manière plus agréable de s'exprimer.
– Ah, bon. Je vois. D'accord. »

En voyant Marguerite apparaître, Éric fut surpris de découvrir combien elle était grosse. Quand elle monta dans sa voiture, celle-ci tangua sur ses amortisseurs comme un bateau dans la tempête. Une frousse aveugle s'empara tout d'un coup de lui et il fut persuadé qu'il ne serait pas capable d'aller jusqu'au bout. Mais Momo et Pierre-Étienne ne cessaient de le pousser comme s'ils étaient conscients du doute accablant qui croissait dans son esprit. Les conséquences d'une reculade à ce stade – l'immense supplice de honte et d'insultes à endurer – étaient trop cruelles pour être envisageables. Il était trop tard maintenant pour se dédire. En tout cas, il se sentait étrangement protégé des événements et de tout embarras par la barrière du langage : il avait l'impression de se regarder en vidéo. D'ailleurs, si elle l'insultait ou appelait la police, il ne comprendrait rien et puis, quoi qu'il arrive, il repartait chez lui demain.

Cependant, lorsqu'il traversa le parking en faisant crisser le gravier sous ses pas, il se sentit très seul et très vulnérable. Il se retourna vers Momo et Pierre-Étienne qui lui firent énergiquement signe de continuer. Ils avaient décrit l'affaire comme la chose la plus naturelle au monde, quelque chose que tout jeune habitant de Villers-Bocage faisait automatiquement – une initiation sans problème. En ajoutant quelques remarques méprisantes à l'endroit des petits délicats sans couilles qui rechignaient devant l'occasion. « *Ce sont vraiment des gonzesses, des tantouzes**. » Éric demanda ce que ça signifiait. « *Des pédés, des homosexuels** », avait dit le gros Momo, la voix rauque de dédain. À présent, en traversant le parking, Éric sentait le regard des deux garçons comme un aiguillon dans son dos.

Marguerite était assise à la place du passager à l'avant de sa voiture qui penchait lourdement du même côté. Elle avait terminé son sandwich. Éric regarda l'avant-bras qui reposait sur le bord de la vitre : gros et mou, très blanc, d'un blanc de frigo, avec une petite ombre de poils tout du long. Les ongles étaient bordés de ce qui paraissait être de l'encre marron.

Éric s'éclaircit la gorge.

« *Êtes-vous madame Marguerite* ? », demanda-t-il en tendant le petit mot.

« *Êtes-vous madame Marguerite* ? »

Marguerite tourna la tête. Le garçon se tenait à contre-jour et tout d'abord elle ne put pas vraiment le voir. Elle prit le papier qu'il lui tendait mais il ne s'en alla pas. Elle ouvrit le mot et lut. Elle sentit son visage rougir de colère et sa bouche se serra. À sa surprise, l'adolescent ne bougea pas : elle s'était attendue à le voir détaler en riant, ravi de sa plaisanterie dégueulasse. Mais il ne souriait même pas : il paraissait un peu nerveux.

Marguerite ouvrit la portière et descendit de voiture. Elle croisa les bras sur sa poitrine et mitrailla le garçon du regard. Il était grand et mince avec des cheveux blonds raides qui lui retombaient sur le front. Il avait le visage gauche et inégal de l'adolescence comme s'il avait emprunté des traits à quelqu'un de plus gros. Il avait de petits boutons roses aux commissures des lèvres et sur le menton.

« *Ah bon* ! dit-elle, la colère faisant trembler sa voix. Tu *veux m'sauter*.

– Heu… ah, *pardon* ? », dit le garçon.

Elle perçut son accent. Sa colère diminua. De toute façon, elle ne durait jamais longtemps. C'était lui la victime de la plaisanterie.

« *Anglais* ? », demanda-t-elle. Il fit un signe de tête affirmatif. Marguerite chercha du regard les amis du garçon, ceux qui avaient organisé le coup mais elle ne vit personne. Elle brandit le papier. « *C'est ordurier, ça*. »

Mais il ne la comprit pas. Il souriait, nerveux, incertain, et elle eut soudain pitié de lui. Elle respira lentement et le regarda de nouveau. La colère avait à peine effleuré le lac placide de sa totale indifférence. Elle ne laissait que rarement son esprit influencer le cours de sa vie. Cela ne lui avait rapporté qu'angoisse et difficultés. Et maintenant elle accueillait donc passivement toute impression qu'elle en recevait. Elle ne connaissait pas le doute et elle ignorait la rancœur.

« D'accord », dit-elle en lui faisant signe de la suivre.

Elle le conduisit hors du parking vers un ensemble de cabanes, de garages et d'entrepôts. Elle ouvrit une porte en bois à l'arrière d'un garage et le fit entrer. À travers un vasistas, un rayon de soleil éclairait une rangée de vieux cageots et de cartons. Dans un coin se trouvait une espèce de lit : un matelas et une couverture. Il y avait aussi un évier sale, une table et une chaise. Quelques journaux et des magazines gisaient sur une table. La pièce servait aux gardiens : un refuge si la pluie tombait dru, un endroit où fumer tranquillement une cigarette en bavardant, quelque part où emmener Marguerite.

Elle arriva derrière l'adolescent qui regardait autour de lui, l'air gêné. Elle lui caressa les cheveux : ils étaient très propres et très brillants. Il fut surpris et tourna vite la tête en portant machinalement la main à sa nuque. Marguerite lui sourit, amusée par sa jeunesse et sa réticence.

« *Vas-y** », dit-elle, montrant le matelas.

Le garçon commença à déboutonner sa chemise puis la fit glisser de ses épaules. Il envoya balader ses chaussures. Marguerite fut surprise : jamais aucun homme n'avait encore pris la peine de se dévêtir pour elle – un pantalon baissé sur les genoux, tout au plus – et elle-même n'ôtait que l'essentiel.

Gêné par la manière intense dont elle le regardait, Éric restait planté debout en caleçon. Marguerite comprit en sursautant qu'il attendait qu'elle se déshabille. Elle contempla le corps imberbe, les jambes minces, le léger dessin des côtes, la saillie du bassin, et le tout lui parut presque douloureusement beau. Tout en se débattant avec les boutons de sa robe, elle sentit une drôle de boule grossir dans sa gorge puis, l'espace d'un instant, la totale désespérance de sa vie la taillada comme un rasoir et ses yeux s'étoilèrent de larmes.

Éric gisait immobile dans les bras de Marguerite. Elle le serrait très fort contre elle en promenant ses mains tout le long de son corps et en murmurant des phrases tendres qu'il ne comprenait pas. Éric avait conscience d'une étrange fatigue en lui et, maintenant que c'était terminé, il avait hâte de quitter cette petite pièce et cette grosse femme pâle avec sa curieuse odeur. Au début, quand elle s'était déshabillée et s'était allongée contre lui sur le matelas, il avait été paralysé par la nervosité. Ce qui l'avait frappé ce n'était pas les seins lourds et plats avec leurs mamelons bruns et rigides, les aisselles touffues ou le ventre pendouillant mais la choquante blancheur de cette peau à nu. Elle était blanche au point d'en être presque grise, comme il se rappelait son bras le jour où on lui avait ôté son plâtre.

Le bref et décevant accouplement s'était achevé en quelques secondes, du moins c'est ce qu'il semblait à Éric, qui, à présent, passait en revue ses sensations comme une secrétaire ses dossiers, à la recherche de quelque chose de mémorable, de vaguement excitant. Elle l'avait embrassé puis l'avait fait rouler sur elle, le manipulant et le poussant à la manière dont il avait vu un jour opérer un tourneur sur métaux. Mais maintenant elle paraissait simplement vouloir le garder serré contre elle et Éric ne savait pas quoi faire. Et puis il y avait l'odeur. Il avait cru d'abord qu'elle venait du matelas avant de comprendre que c'était l'odeur de la peau de la femme, une odeur acide, organique, presque vivante.

Éric était troublé quant à son rôle : les choses ne s'étaient pas passées comme dans les livres ou les histoires qu'il avait entendues. Il était demeuré passif, remplissant simplement une fonction. Il n'avait rien senti. Un jour qu'ils attendaient le train pour rentrer en pension, Haines lui avait fait remarquer un groupe de femmes en combinaisons de travail noires armées de grands balais qui remontaient le quai en direction des voies de garage. Les nettoyeuses de wagons étaient réputées pour ça, avait dit Haines. Elles couchaient pour dix shillings n'importe où avec n'importe qui.

D'un geste hésitant, Éric souleva sa main du matelas et la posa sur le sein de Marguerite. Le mamelon était rugueux, épais comme une petite framboise brune. La paume d'Éric remonta avec lenteur et prudence sur le renflement mou. Il caressa doucement le mamelon et laissa ses doigts jouer dessus. Elle dit alors quelque chose et l'enlaça avec une force qu'il trouva surprenante au point que, dans un moment de panique, il eut l'impression que la chair blanche visqueuse allait, telles des vagues de boue, envelopper totalement son corps. Elle tendit le bras vers son bas-ventre, pressant de l'autre main le visage d'Éric contre son cou et il sentit son odeur, il la sentit envahir ses poumons comme de l'eau.

Il se dégagea en se tortillant et se redressa. Il pointa le doigt sur sa montre :

« Je dois partir », dit-il.

Il se rhabilla rapidement. Seule sur le matelas, Marguerite, soudain consciente de sa nudité, se couvrit de sa robe.

Accroupi dans un coin, Éric essayait de nouer ses lacets, le visage rouge d'embarras, incapable de dire un mot, le silence pesant comme une menace. Du coin de l'œil, il aperçut la jambe de Marguerite, la cuisse veinée de pourpre avec son duvet de poils noirs et il sentit sa lèvre trembler de dégoût. Il s'approcha d'elle, en évitant soigneusement son regard et en respirant par la bouche.

Marguerite demeurait très silencieuse. Éric fouilla dans ses poches et en sortit deux billets de dix francs.

« Voilà, dit-il en les tendant. *Merci** », ajouta-t-il en se sentant idiot.

Mais elle lui replia simplement les doigts sur les billets et repoussa sa main qui un instant parut planer, détachée, entre eux. Soudain, Éric souhaita qu'elle eût pris l'argent. C'eût été mieux.

« Eh bien, dit-il, salut. *Au revoir**. »

Dehors, l'air lui parut frais et odorant. Il inspira profondément et tenta de se débarrasser de l'humeur qu'il sentait fondre sur lui aussi inévitablement que la nuit...

Le soleil tapait fort. On en était à cette curieuse pause dans l'année : le plein été glissant dans l'automne. Quand les choses commençaient à pourrir, les guerres à éclater, les chiens à devenir fous. Les feuilles des arbres et l'herbe paraissaient fatiguées, vieilles et piétinées.

« Comment était-ce ? s'enquit Pierre-Étienne quand Éric les rejoignit.

– Fantastique, mentit machinalement Éric.

– Tu es resté longtemps, dit Momo.

– Ah oui ? Oh, bon, tu sais ce que c'est.

– As-tu... vraiment ? », demanda Pierre-Étienne.

Éric le regarda curieusement.

« Oui. Ça s'est passé exactement comme tu avais dit. » Il frissonna. « Elle est grosse. Énorme... tu vois. » Il soupesa deux gigantesques seins devant lui. Pierre-Étienne et Momo le contemplaient avec un étonnement mal déguisé. « Elle pue », dit Éric.

Ils éclatèrent d'un rire gêné. Éric toucha sa poche arrière et entendit le froissement des billets. Il fit demi-tour et s'éloigna de l'abattoir en direction de la place du marché. Pierre-Étienne et Momo le suivirent tout en discutant ferme.

« Allez, venez, cria Éric. Je vous paye un diabolo-menthe. »

Entendant Marguerite lui dire au revoir, Marcel leva la tête, surpris. D'habitude, ils se séparaient sans un mot. Elle se rendit au café et se commanda à boire. Le soleil de la fin de l'après-midi étirait les ombres dans la rue, une brise légère balayait un bout de papier sur le trottoir, une lumière ambre se reflétait parfois sur le chrome d'un garde-boue. Quelques bouchers de l'abattoir, appartenant à l'équipe de jour, entrèrent dans le café mais Marguerite ne leur prêta pas la moindre attention. Elle pensait à des cheveux propres et brillants, à un corps lisse, à une caresse.

Elle commanda un autre calva. Elle rentrerait tard à la maison aujourd'hui ; peut-être qu'elle irait voir un film ou bien qu'elle resterait simplement ici au café. Elle trouvait la soirée agréable : il lui semblait voir quelque chose de solide et d'achevé dans la profondeur des ombres ; la douceur des taches jaunes du soleil sur les tables lui plaisait bien. Elle but la dernière goutte de son calva. Le petit Anglais avait été gentil et elle l'avait rendu heureux.

Le garçon lui apporta sa deuxième consommation. En la posant devant elle, il lui murmura sa requête à l'oreille. Elle tourna la tête. L'homme se pencha par-dessus la table avec un air confidentiel. Elle détailla ses cheveux gras, sa dent en argent, sa montre voyante.

« Alors ? demanda-t-il, souriant, le sourcil levé.

– Non, dit Marguerite brusquement avant même d'avoir réfléchi. Non. Demain, peut-être. On verra. Mais pas aujourd'hui. Pas aujourd'hui. »

*Alpes-Maritimes**

Anneliese, Ulrike et moi, nous entrons dans la chambre de Steve. Assis à une table, Steve est en train d'écrire une lettre.

« Salut, fait-il en levant la tête. J'en ai pour une seconde. » Il griffonne sa signature et met la lettre dans une enveloppe. Tous les trois, nous le regardons. Il se lève et se retourne pour nous faire face. Ses cheveux longs, coiffés en arrière, lui tombent sur les épaules. Peut-être est-ce dû à l'obscurité de la pièce mais, sur la pâleur spectrale de son caleçon de bain, sa verge semble bizarrement colorée – presque brune. « Installez-vous, dit-il. Je vais aller me mettre quelque chose sur le dos. »

J'ai une petite amie à présent – Ulrike – et donc tout devrait bien aller. Et c'est le cas, je suppose, excepté que je désire Anneliese, sa sœur jumelle. J'observe soigneusement Anneliese pour voir sa réaction à la nudité de Steve (Steve désire Anneliese aussi). Ulrike et elle se sourient. Toutes deux pressent en même temps une main sur leurs lèvres, les yeux rétrécis d'amusement ravi devant l'excentricité de Steve. Machinalement, je souris aussi, mais je suis, en réalité, envahi d'une brûlante irritation en me rappelant l'allure nonchalante de Steve lorsqu'il a quitté la pièce, la manière dont son pénis a claqué contre ses cuisses…

Bent entre. Un Suédois rougeaud, lunetteux, avec un visage carré et joufflu et de vilains cheveux frisottants. C'est le garçon qui partage l'appartement avec Steve.

« Est-ce qu'il fait toujours ça ? s'enquiert Anneliese.

– J'en ai peur, réplique Bent lugubre. Il arrive, il se met à poil. »

Les filles donnent libre cours à leur hilarité. Je demande une boisson non alcoolisée.

Rencontrer Ulrike n'a pas été facile. Anneliese et elle suivaient un cours plus avancé que moi au Centre et nos classes coïncidaient rarement. Je me souviens d'avoir été frappé par mes rares visions de cette élégante fille à l'air plutôt solide. Je crois que c'est Anneliese que je vis d'abord, mais je ne peux pas en être certain. Le fait est que celle que j'ai rencontrée en premier, c'est Ulrike. Comment pouvais-je savoir qu'elles étaient jumelles ? Quand j'ai découvert qu'il ne s'agissait pas d'une seule et même personne, il était trop tard.

Un jour, à l'heure du déjeuner, je montais au restaurant universitaire voisin de la *faculté de droit** (*le restau U de la fac**, comme disent les Français) quand j'ai entendu quelqu'un appeler mon nom.

C'était Henni, une Finnoise de mes relations, avec Anneliese. Du moins, j'ai cru que c'était Anneliese mais il se trouvait que c'était Ulrike. Jusqu'à ce qu'on les connaisse toutes les deux, il est très difficile de faire la différence.

Nous avons déjeuné ensemble. Et puis Ulrike et moi nous sommes allés prendre un café dans un bar nommé Le Pub latin. Nous parlâmes français, moi non sans peine. Il ne fut pas question d'une sœur jumelle, ce premier jour, aucune Anneliese. Je parlai de mon père ; je mentis avec modestie sur mon âge et avec plus d'enthousiasme sur mes ambitions. Bientôt, Ulrike m'interrompit pour me dire qu'elle parlait très bien l'anglais. Après quoi, ce fut beaucoup plus facile.

Ulrike : grande, les épaules larges, le visage rond et le teint net – quoique ses joues et son nez aient tendance à briller à mesure que la journée passe – des cheveux épais et raides couleur cacahuète, avec une raie au milieu… Anneliese et elle ne sont pas des jumelles tout à fait identiques. Pour être franc, Anneliese est plus jolie, bien que, pour compenser, Ulrike ait, comme on dit, meilleur caractère. Récemment, Anneliese s'est fait faire des mèches blondes, ce qui, tout en la distinguant de sa sœur (trop tard, trop tard), ajoute, à mon avis, énormément à sa séduction. À Brême, où elles habitent (père inspecteur de police), elles furent toutes deux de très jeunes championnes de gymnastique. Ulrike m'a raconté qu'elles avaient cessé de concourir « après que nos seins ont poussé », mais elles ont hérité de leur entraînement sévère une carrure robuste et harmonieuse. Elles ont la hanche étroite et l'épaule large, avec des deltoïdes anormalement puissants qui donnent à leur silhouette l'allure fuselée d'un corps d'homme. Lorsqu'elle est nue, les seins ronds et tendres d'Ulrike semblent avoir été ajoutés après coup – comme chez un nu féminin de Michel-Ange. Quand elle ôte son T-shirt, on s'attend à voir les seins plats aux tétons minuscules d'une championne de natation. Quant à Anneliese, je l'imagine pareille. Même si un soir j'ai tâté ses seins – sous le chandail de laine jaune qu'elle porte souvent –, je ne l'ai pas encore vue nue.

Steve revient, en jeans délavés, des sandales et une chemise en étamine qu'il a ramenée de son dernier voyage au Maroc. Il verse du vin à tout le monde. Steve est un Américain, pas mal plus vieux que nous – approchant la trentaine, peut-être même l'ayant atteinte. Il est très propre, jusqu'à l'obsession presque, constamment sous la douche, constamment préoccupé par les extrémités de son corps – ses cors au pied, ses dents, ses cuticules. Il a une moustache, une chose nette, blonde, style général Custer, retroussée et frisée aux bouts. Cette ressemblance avec le général Custer est amplifiée par sa longue chevelure souple et châtaine qui lui arrive aux épaules. Il a passé plusieurs années à sillonner la Méditerranée – Rhodes, la Turquie, Ibiza, Hammamet. Il est très probable qu'il fait le trafic de drogues pour vivre. Il n'est pas riche mais pas pauvre non plus. Aucun d'entre nous ne sait d'où il tire ses revenus. Au retour de son dernier voyage au Maroc, il a aussi acheté un long manteau afghan couleur beurre frais que je guigne. Je le connais vaguement depuis que je suis à Nice mais récemment, vu son intérêt pour Anneliese, j'ai tendance à le voir plus souvent que je ne le souhaiterais. Chaque fois que j'en ai l'occasion, je critique Steve pour la gouverne d'Anneliese, mais subtilement, comme si mes réserves à son égard étaient simplement le résultat d'une étude désintéressée de la nature humaine. Juste avant que nous arrivions à l'appartement, j'ai réussi à faire accepter par Anneliese qu'il y avait quelque chose de désagréablement sinistre en Steve. Maintenant qu'il ne peut pas nous entendre, nous échangeons des réflexions sur sa nudité. Je ne crois pas que les filles la jugent aussi offensante que moi.

« Je pense que c'est le comble de l'égoïsme, dis-je. Je n'ai pas demandé à voir son pénis ! »

Les filles et Bent se marrent.

« Je trouve qu'il est étrange », dit Anneliese, avec une curieuse expression sur la figure.

Impossible de savoir si elle trouve cela séduisant ou pas.

Ulrike et moi continuâmes à nous voir. J'appris bientôt l'existence d'Anneliese, fis dûment sa connaissance et compris mon erreur. Mais, à ce moment-là, j'étais « associé » à Ulrike. Reporter mes attentions sur Anneliese eût blessé et offensé sa sœur, et contraint Anneliese à prendre le parti d'une Ulrike blessée et offensée. Je me retrouvai piégé : à la fois ennuyé et soumis au supplice de Tantale. Je finis par voir Anneliese presque aussi souvent qu'Ulrike. Elle semblait bien m'aimer – à mon grand chagrin, nous devînmes « amis ».

Je me forçai à me concentrer sur Ulrike – par qui j'étais sincèrement attiré – mais elle n'était que l'ombre sur le mur, pour ainsi dire. Bien entendu, je me montrais discret et plein de tact : Ulrike et Anneliese pour commencer ne surent rien de mes vrais désirs. Mais, tandis que se développaient entre nous nos liens d'amitié, j'en vins à penser à d'autres solutions. Je me rendais compte que je ne pourrais jamais « posséder » Anneliese comme je le faisais de sa jumelle ; je ne pourrais jamais lui imposer ou lui prouver ma véritable affection... Et je résolus donc d'en faire une sphère d'influence – unilatéralement et sans autorisation –, d'étendre ma tutelle et ma protection sur elle. Si je ne pouvais pas l'avoir, eh bien, personne d'autre ne l'aurait !

« Quand devrions-nous aller chez Cherry, à votre avis ? », s'enquiert Bent avec sa précision grammaticale habituelle. Nous débattons de l'affaire. Cherry est une Américaine d'une beauté transparente, irréelle – et par conséquent parfaitement inerte. Elle habite sur les hauteurs de Villefranche une villa qu'elle partage avec d'autres étudiantes d'un collège de Ann Arbor, Michigan. Elles vivent en vase clos et plutôt chastement, ces jeunes Américaines, depuis que leur innocente amabilité leur a valu des ennuis à leur arrivée à Nice. Les jeunes Tunisiens du Centre les avaient invitées dans leur chambre à prendre une tasse de café et les filles, gentilles, curieuses de rencontrer des étrangers et contentes d'avoir l'occasion de pratiquer leur exécrable français, acceptèrent gaiement. Et, quand les Tunisiens essayèrent de se les faire, elles en furent outragées. Les Tunisiens sidérés ne comprirent absolument pas les larmes, les gifles, les menaces. Enfin tout de même, raisonnaient-ils, si une fille accepte de prendre une tasse de café dans votre chambre, ne pense-t-elle pas qu'à une seule chose ? Résultat, les filles déménagèrent de Nice à Villefranche dans leur villa haut perchée où – mis à part leurs cours au Centre – elles passaient le plus clair de leur temps. Leur français se détériora au-delà de toute rédemption. Elles ne purent bientôt fréquenter que des anglophones et toutes mouraient d'impatience de retourner aux États-Unis. Étranges et tristes exilées que ces filles, tels des passagers en transit permanent. Le moment présent – toujours le plus important – ne leur offrait rien. Leur temps était soit le passé soit le futur, leur mode la nostalgie ou l'anticipation. Et maintenant l'une d'elles – Cherry – se séparait de leur groupe, ses expériences à Nice l'ayant confirmée dans son désir de se marier. Elle retournait épouser son « beau » médusé et ce soir elle donnait sa soirée d'adieux.

Nous décidons de partir, de prendre la route de Villefranche. Le gentil Bent a une voiture – une VW – mais il explique qu'il doit faire un détour pour aller chercher sa petite amie. Ulrike annonce qu'elle et moi ferons de l'auto-stop. Steve et Anneliese peuvent aller avec Bent, dit-elle. Je veux protester mais je me tais.

Ulrike et Anneliese habitent une grande villa datant d'avant la guerre et réaménagée, près de la fac de *lettres**, à Magnan. Elles louent une grande chambre dans l'appartement du rez-de-chaussée qui appartient à un poète uruguayen (il enseigne l'espagnol à l'université) appelé César.

Un soir – pas très longtemps après nos premières rencontres –, je raccompagne Ulrike chez elle. Il est tard. Je me promets à moi-même que, si nous arrivons à la villa après minuit, je demanderai à rester, vu la longue trotte qu'il me faut faire pour regagner ma chambre, rue Dante, en ville. La brave Ulrike m'invite à prendre une tasse de café. Sur l'arrière de l'appartement, les fenêtres sont à ras du sol et donnent sur un jardin. Ulrike et Anneliese les utilisent en guise de portes pour éviter de passer par le hall commun. Nous grimpons par la fenêtre et entrons dans la chambre, qui est grande, spartiate et propre. Il y a deux lits, un divan de couleur vive et quelques chaises en bois peintes récemment en rouge brillant. Quelques gentils dessins ont été épinglés au mur et il y a une seule plante, qui prospère d'une manière presque indécente sous les soins dont elle est l'objet – les feuilles toujours vert foncé et brillantes, la terre humide et bien étale dans le pot. Le reste de l'appartement se compose de la chambre de César, son bureau, une cuisine et une salle de bains.

Nous buvons notre café, nous devisons – aimablement, à bâtons rompus. Anneliese, au cinéma avec des amis, n'est pas encore rentrée. Je consulte ma montre : il est plus de minuit. Je présente ma requête et Ulrike m'offre le divan. À un moment, après que nous avons ôté le couvre-lit et mis une couverture, nous nous retrouvons debout très près l'un de l'autre. Je me penche vers elle, ma main caresse légèrement son épaule, nous nous embrassons. Nous nous asseyons sur le lit. Tout est agréablement direct et sans complication.

En revenant, Anneliese paraît contente de me voir. Après un autre café et un supplément de conversation, les filles vont discrètement se mettre en pyjama dans la salle de bains. Pendant leur absence, je me déshabille en ne conservant que mon slip et mes chaussettes et je me glisse dans mon lit. Les filles reviennent, les lumières s'éteignent et nous échangeons de gais *bonsoir** !

Sur le petit divan dur, je demeure éveillé dans le noir, Ulrike et Anneliese endormies dans leurs lits à quelques mètres. Je me sens au chaud, content, à l'abri – comme le membre d'une famille unie et heureuse, comme si Ulrike et Anneliese étaient mes sœurs et que, quelque part dans la maison, derrière la porte, reposaient nos tendres parents.

Le lendemain matin, je rencontre César. Il est mince et fébrile avec des cheveux secs en bataille. Il parle un anglais rapide mais très défectueux. Nous parlons de Londres où il a vécu deux ans avant de venir à Nice, Ulrike me raconte qu'il est très connu comme poète en Uruguay. Elle me raconte aussi qu'il a eu une liaison avec Anneliese au début de leur séjour dans l'appartement – mais à présent ils sont simplement amis. Malheureusement, ceci entraîne un changement d'attitude de ma part à l'égard de César : je l'aime bien mais désormais le ressentiment nous séparera. Chaque fois qu'Anneliese et lui bavardent, je me découvre à chercher des traces de leur ancienne intimité – mais il semble qu'il n'en existe plus.

Nous possédons tous, qu'on le veuille ou pas, les gens que nous connaissons, et nous sommes en retour possédés par eux. Nous forgeons et possédons tous dans notre esprit une image des autres qui est inviolable et intime. C'est à nos risques et périls que nous rendons publiques ces images intimes. La révélation est un mouvement audacieux qui doit être longuement réfléchi. Malheureusement, cette impulsion se produit au moment où nous sommes le moins capables de la contrôler, quand nous sommes distraits par l'amour – ou la haine…

Mais nous pouvons posséder les autres sans qu'ils en soient jamais véritablement conscients. Par exemple, je possède Steve et Anneliese de manières qu'ils n'imagineraient jamais.

Je me demande souvent ce que pense Anneliese quand Ulrike et moi baisons de l'autre côté de la chambre en sa présence. Est-elle irritée ? Curieuse ? Contente ? L'intimité de nos arrangements domestiques me cause un certain embarras au début mais les filles ne paraissent absolument pas troublées. J'affecte une insouciance identique. Mais, bien que nous vivions dans cette promiscuité, nous maintenons un décorum bizarrement collet monté. Nous ne nous promenons jamais nus. Ulrike et moi nous déshabillons pendant qu'Anneliese est dans la salle de bains ou alors toutes lumières éteintes. Je n'ai pas encore vu Anneliese nue. Et elle est constamment avec nous – Ulrike et moi n'avons jamais encore passé une nuit seuls. Depuis sa liaison avec César, elle n'a plus de petit ami. Mon vague embarras s'envole vite et je commence à tirer plaisir de la présence d'Anneliese la nuit – comme celle d'un chaperon muet et incroyablement permissif. Un jour, à mon regret, elle me dit combien elle est heureuse qu'Ulrike « m'ait » ; combien elle est contente que nous soyons ensemble. Les jumelles sont typiquement proches l'une de l'autre : Anneliese est plus composée, plus assurée, avec un sentiment protecteur à l'égard d'Ulrike qui est plus vulnérable et facilement blessée. Je la rassure sur ma fidélité et tente de ne rien laisser paraître de mon effort sur mon visage.

Avec une certaine consternation, je regarde Steve – silhouette exotique dans son manteau afghan et ses cheveux flous – rejoindre Anneliese à l'arrière de la VW de Bent. Ulrike et moi leur faisons un signe d'adieu puis nous prenons la route qui mène de l'appartement à la promenade des Anglais. Bien qu'il soit neuf heures passées, la nuit n'est pas désagréablement fraîche. Pour la première fois, l'air printanier ne pince plus – présage d'un bel été. Nous descendons la rue de la Buffa et traversons vers la rue de France. Les putains dans les entrées des boutiques paraissent contentes de la clémence du temps. Elles s'interpellent d'un seuil à l'autre avec des voix claires ; certaines portent même des shorts.

Il ne fait pas si chaud que ça. Ulrike porte un imperméable de PVC blanc et une écharpe. Je passe mon bras autour de ses épaules et j'entends le craquement du plastique. La lueur des réverbères se reflète sur son nez et ses joues… L'idée de Steve et Anneliese sur la banquette arrière de la voiture de Bent m'inquiète.

Je passe de plus en plus de nuits chez Ulrike. Mme D'Amico, ma logeuse, ne fait aucun commentaire sur mes absences prolongées. Je reviens régulièrement dans ma petite chambre pour changer de vêtements mais j'ai de moins en moins envie d'y passer mes nuits seul. Son odeur de renfermé, l'affreuse vue sur la cour intérieure, les assommantes conversations avec l'autre pensionnaire me rappellent à quel point ma vie était pauvre – à tout point de vue – avant que je ne rencontre Ulrike et Anneliese. Je m'étais senti très fier et content de moi durant mes premières semaines à Nice mais, aujourd'hui, le changement de circonstances projette rétrospectivement un triste éclairage sur ma vie antérieure dans cette curieuse ville. Je suis content d'avoir échangé une indépendance solitaire pour l'intimité surpeuplée de la villa. En fait, durant une semaine ou à peu près, nous vivons encore plus à l'étroit. Les jumelles accueillent une amie de Brême, du nom de Clara – vingt-deux ans, un visage aigu, un air franc –, en disgrâce avec ses parents et qui passe un mois ou deux à visiter des amis en attendant que les humeurs se calment en Allemagne. Je lui demande ce qu'elle a fait. Elle m'explique qu'elle a eu une liaison avec l'associé – et plus vieil ami – de son père. L'affaire a été découverte et le scandale a eu des retombées sur le conseil d'administration ; poursuites judiciaires entamées, démissions exigées, OPA complotées. Clara semble demeurer très calme, son seul regret étant que la fille de son amant – dont elle avait été inséparable depuis l'enfance – refuse à présent de la voir ou de lui parler. Des vies entières ont été bouleversées irréparablement.

Clara occupe le divan. Elle dort nue et se montre moins soucieuse de pudeur que les jumelles – plusieurs fois j'ai entr'aperçu ses petits seins blancs. Je découvre que je tire un plaisir encore plus grand de l'aspect dortoir de notre organisation. La nuit, je reste docilement étendu à côté d'Ulrike et j'écoute les trois filles bavarder en allemand. Je suis incapable de comprendre un seul mot – elles peuvent tout aussi bien parler de moi, pour ce que j'en sais. Clara fume des cigarettes françaises dont l'agréable odeur acide continue de flotter dans l'air après l'extinction des feux. Ulrike et moi attendons diplomatiquement cinq minutes avant de faire l'amour. Cet arôme de Gauloises ou de Gitanes est à tout jamais associé à ces moments d'obscurité palpitante d'émotion : le corps solide et tiède d'Ulrike, l'anticipation du plaisir charnel, les chuchotis de Clara et d'Anneliese s'installant dans leurs lits, leurs bâillements feints.

Sur la promenade des Anglais, les voitures étincelantes défilent. Ulrike et moi tendons nos pouces qui fendent l'air. Nous obtenons toujours immédiatement un passage et nous avons ainsi fait en auto-stop toute la Côte d'Azur, de Saint-Raphaël à Menton, et à toute heure du jour ou de la nuit. Une fois, par une soirée tiède, près d'Aix-en-Provence, nous décidâmes tous les trois, spontanément, de dormir dans un bois. Nous nous enveloppâmes dans des couvertures pour nous retrouver au réveil, à l'aube, trempés de rosée.

Une voiture s'arrête. Le conducteur – un homme – va à Monte-Carlo. Nous lui demandons de prendre la « haute corniche ». La villa de Cherry est perchée si haut au-dessus de la ville que la montée à pied à partir de la côte est absolument épuisante. Ulrike s'assied devant – le sexe du conducteur détermine notre position. À notre surprise, nous avons découvert que souvent des femmes seules s'arrêtent pour nous trois. Elles sont, en règle générale, beaucoup plus généreuses que les hommes : au cours de nos périples, les femmes nous payent beaucoup plus fréquemment à boire et à manger, et, une fois, on nous a même donné cent francs. Quelque chose en nous attire cette sorte de largesses. Il existe quelque chose de magique autour du trio que nous formons, Ulrike, Anneliese et moi.

C'est pourquoi – sans parler de ses mœurs personnelles barbares – j'éprouve un tel ressentiment à l'égard de Steve. C'est un intrus, un importun : sa présence, son intérêt pour Anneliese me menacent, moi, nous. Le trio devient un banal quatuor ou – pire – deux couples.

De la petite terrasse de la villa de Cherry, on a une vue parfaite de Villefranche et de sa baie, que perlent les lumières brillantes du port et les phares des voitures sur la route de la côte. Le bruit étouffé de la circulation, la déchirure phonique de la motocyclette d'un loubard montent vers la villa pour rivaliser avec les rythmes et les sons de l'intérieur. *Crosby, Stills, Nash and Young live, The Yes Album, Hunky Dory*... curieux comme ces trente-trois tours marquent et fixent certains moments de notre existence – précis comme des almanachs. Un *ars brevis* pour le quotidien.

Enveloppée de l'affectueuse envie de ses amies, Cherry fait le tour de ses invités. Ce n'est pas tant son mariage imminent qui provoque ce sentiment que la perspective du « vrai » Coca-Cola, du « vrai » lait et de la « vraie » viande qu'elle va pouvoir enfin consommer d'ici quelques jours. Les filles d'Ann Arbor évoquent infatigablement leurs repas américains. Pour elles, la France, Nice représentent une période d'abstinence, une pénitence dont elles seront récompensées en calories et en hydrates de carbone dès leur retour au pays.

Je rentre mine de rien à l'intérieur pour surveiller Steve et Anneliese. Mon erreur est de les avoir laissés voyager ensemble dans la voiture de Bent. Cela a conféré à leur « couple » une reconnaissance implicite, sans que Steve ait eu à lever le petit doigt. En vérité, il se montre étrangement passif à l'égard d'Anneliese, comme s'il était content de prendre son temps. Peut-être a-t-il un peu peur d'elle ? Peut-être est-ce dû à son immense vanité : le temps lui-même convaincra Anneliese de la logique et de l'inévitabilité de leur union… ? Pour l'heure, je le vois assis le plus près possible d'Anneliese, comme si la proximité seule suffisait à la posséder.

Ulrike parle à la petite amie de Bent, Gudrun, une autre Scandinave. Nous formons un équipage polyglotte au Centre – pratiquement chaque pays d'Europe y est représenté. Ce soir, on entend six langues différentes… Je me verse un verre de vin d'une bouteille sans étiquette. La boisson abonde. J'avais apporté une bouteille de Martini Rosso en guise de cadeau d'adieu à Cherry mais je l'ai laissée dans la poche de mon manteau quand j'ai vu la quantité de vin déjà offerte.

Le vin est froid et râpeux. Tiré, sans aucun doute, d'une grande barrique de la *cave* locale. Bon marché et pas très fort. C'est le vin que nous buvions le soir de mes audaces.

César donnait une soirée pour quelques-uns de ses étudiants du cours de littérature espagnole. À force de consommer consciencieusement, la plupart des gens avaient réussi à se rendre très saouls. César chantait des chansons folkloriques uruguayennes – peut-être étaient-ce ses propres poèmes – en s'accompagnant stupidement lui-même à la guitare. Je vis Anneliese ramasser quelques bouteilles vides et quitter la pièce. Un moment après, je la suivis. La cuisine était vide. Puis, du hall, j'aperçus la porte de la salle de bains entrouverte. Je la poussai. Anneliese se remettait du rouge à lèvres.

« Je n'en ai pas pour longtemps », dit-elle.

Je me mis derrière elle et passai mon bras autour de sa taille. Un geste amical, fraternel. Elle se pencha vers le miroir, pinçant, gonflant, repinçant ses lèvres pour étaler le rouge orange. Nous nous adressâmes à nos reflets.

« Une soirée réussie, dis-je.

– César est peut-être un poète mais il est incapable de chanter. »

Nous rîmes, je la pressai contre moi. Un petit jeu sans

malice. Et puis je couvris ses seins de mes paumes. Je contemplai nos images dans la glace : nos visages côte à côte, mes mains accrochées à sa poitrine.

« Anneliese... », commençai-je, révélant tout avec un seul mot, observant son expression changer tandis qu'elle entendait puis interprétait.

« Hé, petit poivrot, dit-elle en riant, maligne, avant de se retourner pour me taper sur le flanc. Je ne suis pas Ulrike ! »

Nous nous séparâmes. Je titubai un peu comme un ivrogne. Nous nous sourîmes, de nouveau bons amis. Mais cet instant demeura entre nous, comme un secret. Désormais, elle savait.

La soirée se termine. Les gens partent peu à peu. Je regarde Steve. Il semble avoir son bras autour d'Anneliese. Ulrike me rejoint.

« Qu'est-ce qu'on fait ? dis-je à Steve.

– Cliff nous ramène en ville. Il dit qu'ils sont peut-être au café, ce soir. »

Je vérifie ceci auprès de Cliff qui, contre toute attente, est français. C'est un type ennuyeux et inoffensif qui – avons-nous découvert à notre grande surprise – fait le coursier en drogues pour les nombreux musiciens de rock, exilés fiscaux, qui vivent sur la Côte d'Azur. De temps à autre, ces stars et leur entourage émergent de leurs débauches et de leurs villas barricadées et descendent dans un café sur le port de Villefranche. Les gens s'assoient autour pour regarder bouche bée ces personnalités et s'interroger sur leurs compagnons – les mystérieux hommes de main, les femmes pâles et hagardes, les mouflets braillards.

Une douzaine d'entre nous se met en chemin. Nous descendons la route qui serpente en une série de virages en épingle à cheveux sur la face raide des collines jusqu'aux scintillements de la ville en bas. Steve, je note, tient la main d'Anneliese. Je hais l'expression de son visage : donjuanesque. Je me sens soudain en proie à une insupportable colère. Quel *droit* a-t-il de faire ça, de s'insinuer dans nos vies, de s'emparer ainsi de la main d'Anneliese ?

Nous quatre et Cliff sommes restés à la traîne des autres. Cliff, avec ses bribes d'anglais, nous raconte sa dernière visite à la villa de la vedette de rock. J'écoute à peine – quelque chose à propos d'un homme et d'une poule… Je me retourne. Anneliese et Steve se sont arrêtés. Il ôte son manteau afghan et en couvre comme d'une cape les épaules d'Anneliese. Il feint de s'agenouiller à la manière d'un chevalier et Anneliese lui fait la révérence. Ces gestes, je le reconnais avec inquiétude, représentent les prémices du langage privé d'un couple – actions, mots et souvenirs partagés dont lui seul peut interpréter la signification et l'importance, et qui excluent le reste du monde. Mais ils m'indiquent en même temps que rien d'intime – baisers, caresses – ne s'est encore passé entre eux. Il ne me reste que quelques instants.

Les autres membres de notre bande ont quitté la route pour pénétrer dans une mince brèche entre les maisons menant à un étroit défilé de marches – sur à peu près cent mètres – qui coupe directement à travers la colline jusqu'à la ville au-dessous. Les marches sont raides et sombres avec beaucoup d'angles et de détours absurdes. Montant d'en bas, j'entends des claquements de pas et des cris excités. Cliff arrive le premier, Ulrike suit. Je m'accroupis pour nouer un lacet. Anneliese passe. Je saute et, d'un mouvement très léger, je m'insinue entre elle et Steve.

Dans la sombre percée des escaliers, il y a juste place pour deux personnes de front. Je pose mes mains sur les rampes de fer et ralentis mon allure. Anneliese dégringole derrière Ulrike. Steve bute dans mon dos. Bientôt je ne peux qu'à peine distinguer les cheveux blonds d'Anneliese.

« Puis-je passer, s'il te plaît ? »

Je fais semblant de ne pas entendre Steve bien qu'il me cogne les talons. En bas devant moi, Anneliese disparaît à un tournant.

« Allons, vas-y, bon sang !
– C’est pas si simple dans l’obscurité. »

Brutalement, Steve essaye d’arracher mon bras à la rampe. Il jure. Je m’immobilise complètement, verrouille mes coudes et me prépare à sa poussée.

« Espèce de connard d’Anglais ! »

Il me frappe fort dans le dos. Je descends en courant les marches jusqu’à un étroit palier à partir duquel elles tournent. Je fais face à Steve. Il est maigre et légèrement plus grand que moi mais je ne suis pas intéressé par des prouesses physiques, je veux simplement le retarder. Plus loin en bas, sur les volées de marches, le bruit des pas diminue. Je défends le pont. Steve halète.

« Qu’est-ce que tu crois faire ? Pour qui te prends-tu ? Son père ? Tu n’es pas le propriétaire de ces filles, tu sais. »

Il me lance un coup de poing. Je baisse la tête et ses jointures heurtent douloureusement mon crâne. Steve laisse échapper un hurlement. À travers un flash de lumière violette je me jette sur lui tandis qu’il masse son poing engourdi. Avec une facilité surprenante, je réussis à le jeter lourdement à terre. Je fais immédiatement demi-tour et dévale les marches. Je les dégringole cinq par cinq, le bout de mes doigts effleurant les rampes comme des balanciers.

Ulrike et Anneliese attendent au pied des escaliers. Les autres ont continué en direction du port. J’attrape les filles par la main.

« Vite, dis-je. Par ici ! »

Étonnées, elles se mettent à courir avec moi, en riant et en me questionnant. Nous prenons des petites rues. Finalement, nous faisons halte.

« Que s’est-il passé ? demande Anneliese.
– Steve m’a attaqué, dis-je. Tout à coup. Il a essayé de me frapper. Je ne sais pas pourquoi. »

Nos pas claquent sur les galets, le long de la *plage publique** de Villefranche. Je passe la bouteille de Martini à Ulrike qui s'arrête pour en avaler une gorgée. Nous avons discuté de Steve et de ses névroses durant toute une heure agréable. Au bout de la baie, une petite cabane verte se dresse au bord de la route côtière. Supportée par d'épais pilotis de bois, elle empiète sur la plage. Nous nous installons à l'abri de son auvent, le manteau afghan de Steve étalé sur les galets. Nous nous serrons pour nous tenir chaud, nous nous passons et repassons la bouteille et nous décidons de regarder l'aube se lever sur Vintimille.

Nous nous étendons tous les trois, moi au milieu, sur le fort pratique manteau de Steve. Bientôt, Ulrike s'endort. Anneliese et moi bavardons tranquillement. Je lui passe le Martini. Elle le porte à sa bouche avec précaution. Je remarque que, comme beaucoup de femmes, elle boit maladroitement à la bouteille. Elle met ses lèvres autour du goulot et renverse en même temps la tête et la bouteille. Quand on boit ainsi, une partie du liquide dans votre bouche revient dans la bouteille au moment où vous rebaissez la tête après avoir bu.

« Ooh, je crois que je suis saoule », dit-elle en me rendant le Martini.

Je presse mes lèvres sur le goulot tiède, j'essaye de goûter son rouge, je lève la bouteille, j'essaye de garder cette première gorgée dans ma bouche, en la faisant tourner autour de mes dents et de ma langue…

Ulrike émet un petit ronflement, se recroqueville contre mon flanc gauche et me repousse contre Anneliese. En dépit de ce que vous pouvez penser, je ne désire d'Anneliese rien de plus que ce que je possède pour l'instant. Je contemple la Méditerranée, j'entends le clapotis et le crépitement des minuscules vaguelettes paresseuses sur les galets, je perçois une fugitive grisaille lunaire – une éclaircie – dans l'air.

L’amant de rêve

– Aucune de ces filles n’est française, hein ?

– Non. Mais elles sont européennes.

– Pas la même chose, mon vieux. C’est française qui compte.

– Naturellement…

Je ne sais pas de quoi il parle, mais il me paraît politique d’approuver.

– Tu connais une Française ?

– Naturellement, je répète.

C’est presque un mensonge mais à ce stade peu importe.

– Oui, mais bien ? Enfin, assez bien pour l’inviter ?

– Certes, pourquoi pas.

Là on est en plein bobard, mais ça m’est égal. Je me sens à l’aise dans mes pompes, adulte, rempli d’assurance. Ce mensonge peut germer et croître pendant un bout de temps.

Appuyé contre un mur au milieu d’un pâle parallélogramme de soleil printanier, je parle à mon ami américain, Preston. Le mur appartient au Centre universitaire méditerranéen, une vaste villa enrobée de stuc, à Nice. Devant nous une petite cour pavée cernée d’une balustrade. Au-delà, la promenade des Anglais, ses quatre couloirs envahis par la circulation. Par-dessus les toits étincelants des voitures, j’aperçois la Méditerranée. La baie des Anges paraît grise et triste en cette saison : l'eau vieille, fatiguée – cendrée, boueuse…

– Il faut que nous fassions quelque chose… dit Preston, avec une trace de fureur désespérée dans la voix.

Le « nous » me plaît. Preston gratte bruyamment ses cheveux courts.

– Avec le nouvel appart et tout…

– Tu as quitté l'hôtel ?

– Ouais. Tu veux passer ce soir ?

Il bouge sa grande carcasse, comme dérangé par une démangeaison fugitive, et tapote ses poches – poitrine, hanches, cuisses – à la recherche de ses cigarettes.

– On a un bar sur le toit.

Je suis intrigué, mais j'explique qu'il me faut refuser l'invitation car nous sommes lundi, et tous les lundis soir je dîne dans une famille française, des amis d'amis de ma mère.

Preston hausse les épaules, puis trouve et allume une cigarette. Il fume une marque américaine appelée Picayunes, fabriquée à la Nouvelle-Orléans. Il en a apporté deux mille avec lui lors de sa venue en France. Il n'a jamais fumé rien d'autre depuis l'âge de quatorze ans, affirme-t-il.

Nous regardons nos condisciples déambuler dans l'immeuble. Ce sont tous pratiquement des étrangers pour moi, ces brillants garçons et filles, puisque je ne suis à Nice que depuis quelques semaines, et Preston est le seul ami que je me sois fait. Vaguement envieux de leur gaieté sans complication, je regarde les autres bavarder et se mêler – Allemands, Scandinaves, Italiens, Tunisiens, Nigérians… Nous sommes tous des étrangers travaillant dur à essayer d'apprendre le français et d'obtenir nos diplômes. Excepté Preston qui ne fait pas le moindre effort et semble très content de demeurer monoglotte.

Un jeune type avec des cheveux longs s'amène en moto dans la cour. Il ne porte pas de chemise. Il est anglais et, à part moi, le seul dans ces lieux. Il fait tourner son engin sans nécessité avant de le garer et d'arrêter le moteur. Il prend un T-shirt dans une sacoche et l'enfile nonchalamment. Je songe combien j'aimerais avoir une moto et faire exactement ce qu'il a fait... Il s'appelle Tim. Un jour, j'imagine, nous serons peut-être amis. Nous verrons.

M. Cambrai m'accueille avec sa jovialité épuisante, impossible. Il me serre la main avec ferveur et crie à sa femme par-dessus son épaule : « *Ne bouge pas. C'est l'habitué !** »

C'est ainsi qu'il m'appelle : l'habitué, *l'habitué du lundi*, pour citer le titre au complet, ainsi baptisé parce que je suis invité à dîner tous les lundis sans faute. Il n'utilise presque jamais mon nom et parfois je trouve cet alias perpétuel un peu fatigant, un peu stressant. « Salut l'habitué », « Bien mangé, l'habitué ? » « Encore du vin, l'habitué ? » et ainsi de suite. Mais je l'aime bien, lui ainsi que toute la famille Cambrai ; en fait, je les aime tant que je m'en sens tout faible, insuffisant, intimidé.

M. et Mme Cambrai sont petits, en pleine forme, raffinés et vifs, le corps soigné et alerte. Tous deux sont des dentistes qui se trouvent enseigner à la faculté de médecine ici à Nice. Une bonne part de mon affection pour eux est due au fait qu'ils ont trois filles – Delphine, Stéphanie et Annique –, toutes plus âgées que moi et toutes pourvues, à mes yeux embrumés et troublés, d'une beauté incandescente, quasi surnaturelle. Stéphanie et Annique habitent encore chez leurs parents, Delphine a un appartement quelque part en ville mais dîne souvent à la maison. Ce sont ces filles que je prétends connaître, quoique connaître soit un mot bien trop peu à la hauteur pour résumer la complexité de mes sentiments à leur égard. Je viens chez elles chaque lundi soir comme un suppliant et un dévot, rempli à la fois de crainte et de respect. Silencieux et passionné, je passe deux heures environ en leur présence lumineuse, émasculé par la conscience de ma prodigieuse chance.

Je suis encore plus mortifié quand je considère la gentillesse désarmante, désintéressée de la famille. À mon arrivée à Nice, ils étaient les seuls contacts que j'avais dans la ville et, sur les instances de ma mère, je leur écrivis dûment, mentionnant le lien ténu *via* l'amie de ma mère. À ma surprise, je fus promptement invité à dîner et puis réinvité chaque lundi soir. Ce qui me faisait honte, c'est que je me savais incapable de montrer aussi vite autant d'hospitalité, même envers un ami intime, et de surcroît je ne connaissais personne qui en fût capable. Je franchis donc chaque lundi le seuil des Cambrai avec un riche mélange de sentiments gargouillant en moi : honte, culpabilité, gratitude, admiration et – cela va sans dire – désir.

La nouvelle adresse de Preston, la Résidence des Anges se situe promenade des Anglais. Je contemple l'immeuble, impressionné. Je suis souvent déjà passé devant, un édifice vulgaire et désolant sur ce boulevard célèbre, un rectangle nu de verre fumé cuivré avec des rangées empilées de balcons en aluminium doré.

J'appuie sur une sonnette sur un mince pilier de béton et parle dans un judas grésillant. À ma mention du nom de « Mr Fairfield », les portes de verre s'ouvrent doucement et je suis admis dans un foyer de granite nu où un homme taciturne me conduit à l'ascenseur.

Preston loue un petit studio avec salle de bains et kitchenette. Un module soigné et efficace, dans les tons pastel. Aux murs, une série de gravures d'oiseaux exotiques : un toucan, un aigle bateleur, une chose appelée pie-grièche bleue. Tout en regardant, je songe à mon propre logis temporaire, mon étroite chambre dans l'appartement antique et sombre de Mme d'Amico, à la salle de bains malcommode et sans baignoire que je dois partager avec les autres pensionnaires, et une soudaine vague d'envie me traverse. J'entends d'une oreille Preston énumérer les conséquences diverses de sa location : combien ce studio coûte par mois ; le supplément scandaleux qu'il lui a fallu payer avant même de le louer, et l'obligation dans laquelle il s'est trouvé de se faire rembourser son billet de retour (première classe) pour les États-Unis pour pouvoir l'acquitter. Il dit qu'il a téléphoné à son père de lui envoyer encore de l'argent.

Nous montons sur le toit, six étages au-dessus de la Promenade. À ma vague inquiétude, je découvre une petite piscine et une vaste cabane vitrée, meublée d'un bar en bambou et de sièges en rotin, et baptisée « Club des Anges » selon une enseigne au néon. Un barman en veste couleur cerise gère les lieux, un type corpulent du nom de Serge au visage pâle et à la moustache clairsemée. Bien que Preston plaisante d'un air condescendant avec lui, il m'apparaît tout de suite clairement que Serge déteste Preston et que Preston n'a pas la moindre conscience de la puissante animosité dont il est l'objet.

Je commande un grand gin-tonic à Serge et, durant une palpitante minute aiguë, je déteste Preston moi aussi. Je sais qu'il y a bien d'autres meilleurs exemples à offrir, certes, mais pour le moment cet immeuble étincelant et ses *accoutrements** feront l'affaire comme approximation de la Belle Vie pour moi. Et tandis que je sirote mon amère boisson, un sentiment non moins amer de l'immense injustice de l'univers m'envahit impitoyablement. Pourquoi ce grand Américain sans astuce, à peine plus vieux que moi, avec ses deux mille cigarettes fabriquées en Louisiane et ses billets de première classe remboursables, a-t-il tout *ça*… pendant que j'habite une étroite chambre à l'odeur de renfermé dans l'appartement décrépi d'une vieille femme ? Ma gêne financière est le résultat d'une interminable grève postale en Grande-Bretagne qui fait qu'aucuns fonds ne peuvent être transférés sur mon compte à Nice et que je dois ménager mes ressources tel un paysan névrosé conscient d'un long hiver à l'horizon. Où est mon argent, je veux savoir, où sont mes gravures d'oiseaux exotiques, mon club, ma piscine ? Combien de temps aurais-je à attendre avant que toutes ces choses deviennent l'ordinaire de ma vie ?... Je laisse cette voix désagréable geindre et gémir en moi alors qu'assis sur la terrasse nous admirons la vue de la baie. Une habitude que j'ai déjà, même à mon âge, est de ne pas résister à ces ardentes rancunes – mais de leur donner libre cours, de les laisser s'épuiser d'elles-mêmes, c'est toujours mieux en fin de compte.

En fait, je suis attiré par Preston et je tiens à ce qu'il soit mon ami. Il est grand, bien bâti – on pense au mot « découplé » –, affable et pas particulièrement intelligent. Pour moi, ses vêtements sont si américains que ça dépasse la caricature : chemises flottantes bleu pâle avec des cols boutonnés, vieux pantalons kaki assez courts pour découvrir des socquettes blanches et de grands mocassins marron. Il a des cheveux blonds courts, des traits réguliers et quelconques. Il a une montre en or, un briquet Zippo et une vilaine bague sertie d'une pierre rouge. Il m'a affirmé un jour, en toute candeur et modestie, qu'il « jouait un tennis du niveau Coupe Davis ».

Je me suis toujours demandé ce qu'il faisait à Nice et au Centre. J'ai d'abord pensé qu'il était peut-être un conscrit évitant la guerre du Vietnam mais je soupçonne à présent – d'après certaines de ses allusions – qu'il a été expédié en France en guise de châtiment. Sa famille n'en veut pas chez elle : il a fait une bêtise et ce séjour à Nice est sa punition.

Une punition pas vraiment très lourde, c'est certain : il ne prend aucun intérêt à ses cours – ceux auxquels il se donne la peine d'assister –, pas plus qu'à la langue et à la culture françaises. Il lui faut simplement endurer son exil et puis il pourra rentrer chez lui où, j'imagine, il reprendra sa douce vie de privilèges ordinaires et de facilité irréfléchie. Il parle beaucoup de son retour aux États-Unis où il prévoit d'imposer son châtiment à lui ou de tirer sa récompense particulière. Il déclare qu'il forcera son père à lui acheter une Aston Martin. Son père n'aura rien à dire, souligne-t-il avec une véhémence et une détermination atypiques. Il obtiendra son Aston Martin et c'est la brillante promesse de cette éblouissante automobile anglaise qui paraît le soutenir dans ces jours de pénitence sur le littoral méditerranéen.

Je me découvre bientôt un visiteur régulier de la Résidence des Anges où je me rends la plupart des après-midi, à la fin de mes cours. Preston et moi nous installons dans le club, près de la piscine s'il fait soleil, et nous buvons. Nous consommons de substantielles quantités (toutes à son compte) et conséquemment je suis en général pas mal ivre dès le coucher du soleil. Nos conversations sont diverses et variées mais, à un moment donné, Preston réitère son souhait de rencontrer des jeunes Françaises. Si je connais vraiment des Françaises, dit-il, pourquoi est-ce que je ne les invite pas au Club ? Je réponds que je travaille à ça et je change froidement de sujet.

Peu à peu, au fil des jours, j'en apprends davantage sur mon ami américain. Il est fils unique. Son père (qui n'a pas répondu à ses demandes d'argent) est milliardaire – affaires immobilières. Sa mère en a divorcé récemment pour épouser un autre milliardaire, plus riche. Entre ses deux couples de parents milliardaires, Preston a le choix de huit maisons aux États-Unis : Miami, New York, Palm Springs et un ranch dans le Montana. Preston a quitté l'université au bout de deux semestres et ne travaille pas.

– Pourquoi le ferais-je ? arguë-t-il, raisonnablement. Ils ont bien suffisamment d'argent pour moi aussi. Pourquoi devrais-je me casser le cul à essayer d'en gagner davantage ?

– Mais n'est-ce pas… Que fais-tu toute la journée ?

– Plein de conneries… Mais j'aime surtout beaucoup jouer au tennis. Et j'aime baiser, naturellement.

– Alors pourquoi es-tu venu à Nice ?

Il sourit.

– J'ai été un vilain garçon. (Il se tape sur le poignet et éclate de rire.) Vilain, vilain, vilain Preston !

Il refuse de me dire ce qu'il a fait.

C'est le printemps à Nice. Chaque jour, nous bénéficions d'un peu plus de soleil et dès qu'il apparaît, dans les dix minutes, je vois une fille s'allonger sur la plage publique devant le Centre pour se bronzer. Je reste souvent à la regarder s'étaler là, sur le dos, sur les galets frais – la seule tout le long de la baie. Il s'avère qu'elle est très connue, qu'elle est un phénomène annuel. Dès le commencement de l'été son bronzage est solidement installé et elle est certes très brune. En août elle est pratiquement noire, avec cette sorte de bronzage dense, mat, la peau brûlée à mort, les pores débordant de mélanine. Son ambition chaque année, dit-on, est d'être la fille la plus bronzée de la Côte d'Azur…

Je la regarde étalée là, immobile sous la pluie iridescente d'ultraviolets. Il ne fait absolument pas chaud – même avec ma veste et mon écharpe je frissonne un peu dans la brise fraîche. Pourquoi se donne-t-elle tout ce mal ? Je me le demande, mais en même temps, je dois admettre qu'il y a quelque chose d'admirable dans pareille concentration, pareil entêtement.

Finalement, j'amène ma première fille au Club pour rencontrer Preston. Elle s'appelle Ingrid, elle est dans ma classe, norvégienne mais avec des cheveux auburn foncé. Je ne la connais pas bien mais elle semble être une bonne âme, sans complication. Elle parle l'anglais et l'allemand à la perfection.

– Êtes-vous française ? demande Preston presque sur-le-champ.

Ingrid est très amusée.

– Je suis norvégienne, explique-t-elle. Est-ce important ?

Je m'excuse auprès de Preston quand Ingrid va se mettre en maillot de bain mais d'un signe de la main il m'absout, ne t'en fais pas, dit-il, elle est mignonne. Ingrid revient, nous nous asseyons au soleil et commandons le premier de nos nombreux verres. Ingrid, après quelques encouragements, fume une des Picayunes de Preston. Un seul nuage, léger, vient gâter notre agréable après-midi : plus Ingrid boit, plus sa conversation est dominée par des allusions à un Français du nom de Jean-Jacques qu'elle fréquente. Preston cache sa déception ; il est le summum des bonnes manières.

Plus tard, nous jouons au poker en utilisant des biscuits au fromage comme jetons. Ingrid, dans son maillot multicolore, est assise en face de moi. Elle est plus rondelette que je ne l'imaginais et je décide que, si j'avais à la résumer en un mot, ce serait « quelconque ». Excepté un détail : elle a des aisselles très poilues. À un moment, elle se redresse sur sa chaise, étudiant ses cartes pendant une bonne minute, se grattant paresseusement de sa main libre une morsure sur la nuque. Mon regard et celui de Preston sont attirés par l'épaisse motte de poils auburn que révèle ce geste : nous la fixons, fascinés, tandis qu'Ingrid décide de montrer ses cartes ou de monter sa mise. (Après son départ, Preston confesse qu'il a trouvé très érotique cette absence de rasage. Je suis moins convaincu.)

Ce soir-là, nous restons au club tard dans la nuit, les seuls clients comme de coutume, Serge impassible rafraîchissant nos consommations à mesure que Preston le demande. La présence d'Ingrid, la charge érotique qu'elle a déclenchée sans le savoir dans nos après-midi habituellement tranquilles et alcoolisés, semble avoir troublé quelque peu Preston et, sans véritable incitation de ma part, il me raconte la raison de sa venue à Nice. L'homme avec lequel sa mère s'est remariée était veuf, un homme plus vieux, avec quatre enfants déjà dans leurs vingt ans. Quand Preston a abandonné l'Université, il est allé habiter chez sa mère et son nouveau beau-père.

Il exhale des ronds de fumée, mange plusieurs olives, son visage se fait un instant sérieux et solennel.

– Cet homme, Michael, avait trois filles – et un fils, déjà marié – et mon vieux, tu aurais dû voir ces filles ! (Il sourit, un sourire stupide, idiot.) J'avais dix-huit ans et me voilà avec trois superbes filles dormant dans des chambres à côté de la mienne. Qu'étais-je censé faire ?

La réponse, inexprimée, paraît se glisser dans le club comme un courant d'air. Je sens mon épine dorsale se raidir.

– Tu veux dire…

– Ouais, bien sûr. Toutes les trois. Finalement.

Je ne peux pas parler, alors je réfléchis à ça. J'imagine une grande maison silencieuse, la nuit, de longs couloirs obscurs, des portes closes. Trois demi-sœurs blondes et bronzées, qui s'ennuient. Soudain arrive un grand jeune homme dans la maison, un étranger virtuel qui joue un tennis du niveau Coupe Davis.

– Qu'est-ce qui a dérapé ? réussis-je à demander.

– La plus vieille, Janie, est tombée enceinte, tu le croiras ? L'année dernière.

– Avortement ?

– Tu rigoles ? Elle a simplement épousé son fiancé en quatrième vitesse.

– Tu veux dire qu'elle était fiancée quand…

– Il ne sait rien du tout. Mais elle a tout raconté à ma mère.

– Le… l'enfant était…

– Je ne l'ai pas encore vu. (Il se retourne et appelle Serge.) Personne ne sait, personne ne soupçonnera… (Il sourit de nouveau) jusqu'à ce que le môme se mette à fumer des Picayunes. (Il réfléchit à sa vie un instant et tourne son gros visage doux vers moi :) Voilà pourquoi je suis ici. Profil bas. Pas exactement en odeur de sainteté à la maison.

La seconde fille que j'amène au Club est scandinave aussi – nous en avons huit dans la classe –, mais cette fois c'est une Suédoise nommée Danni. Danni est vive, très séduisante, à mon avis, avec des cheveux raides blond blanc. C'est une grande fille et elle serait parfaite si elle n'avait pas une jambe un peu rétrécie, notablement plus mince que l'autre, ce qui la fait boiter. Elle est merveilleusement inconsciente de son handicap.

– Salut, dit Preston. Êtes-vous française ?

Danni dissimule son incrédulité :

– Mais oui, monsieur. Bien sûr.

Comme Ingrid, elle trouve cette présomption très amusante. Preston se rend vite compte de son erreur et traite sa déception à la légère.

Danni porte un petit bikini bleu cobalt et nage même dans la piscine qui est glacée. (Serge dit qu'il y a un problème avec le système de chauffage mais nous ne le croyons pas.) Le courage de Danni impressionne Preston : je le détecte dans ses yeux tandis qu'il la regarde se sécher. Il lui demande ce qui est arrivé à sa jambe et elle lui raconte qu'enfant, elle a eu la poliomyélite.

– Merde, vous avez de la veine de ne pas avoir besoin d'un appareil orthopédique.

Ceci brise la glace et, très vite, nous nous enivrons bruyamment, à la très grande irritation de Serge. Mais il ne peut pas faire grand-chose, puisqu'il n'y a pas d'autre client pour se plaindre. Danni produit du hasch et nous fumons un joint. Typiquement, à part une légère nausée, la drogue n'a pas le moindre effet sur moi mais cela donne l'occasion à Serge de faire du zèle et, tout en débarrassant une tournée de verres vides, de dire à Preston :

– Ça ne va pas, Monsieur, non, non, ça ne va pas.

– Va te faire foutre, Serge, réplique l'autre aimablement, et l'éclat de rire impossible à arrêter de Danni se révèle contagieux.

Je perçois l'humiliation de Serge et je comprends que le rapport avec Preston se transforme rapidement : la déférence truculente a disparu ; l'animosité est maintenant ouverte, presque un défi.

Après le départ de Danni, Preston me parle de ses derniers problèmes d'argent. Son ardoise au Club se monte maintenant à plus de quatre cents dollars et la direction insiste pour qu'il la règle. Son père refuse de répondre à ses appels ou à ses télégrammes, et Preston n'a pas de cartes de crédit. Il songe à mettre sa montre en gage afin de payer une partie de sa dette et de retarder les soupçons. Je la lui achète pour cinq cents francs.

Je compte les filles dans ma classe. Je les connais à peu près toutes maintenant, assez bien pour leur parler. Ingrid et Danni sont revenues au Club et se sont enthousiasmées pour leurs après-midi là-bas ; je me rends compte que, pour mes condisciples, je suis devenu l'objet d'une certaine curiosité, résultat de ma capacité inattendue à dispenser ces petites doses de luxe et de décadence : une adresse chic, un club privé, la piscine sur le toit, le flot ininterrompu de consommations gratuites…

Preston a décidé, il y a quelque temps, d'abandonner ses cours de français, et je suis désormais son seul lien avec le Centre. C'est avec des sentiments mitigés – je me sens vaguement dans un rôle de maquereau, et bizarrement sali – que je réalise combien il est simple d'attirer des filles au Club des Anges.

Annique Cambrai est la plus jeune des filles Cambrai et la plus proche de mon âge. Elle n'a que deux ans de plus que moi mais paraît bien davantage. J'étais, je l'avoue, étrangement intimidé au début par sa beauté mûre, brune, son fin visage séduisant, et je crois qu'en conséquence elle m'a d'abord trouvé distant mais maintenant, après de nombreux dîners du lundi, nous sommes plus détendus et amicaux. Elle étudie le droit à l'université de Nice et parle bien l'anglais avec un accent américain marqué. Elle m'assure à ce propos que la plupart des universités françaises offrent maintenant un choix d'accents quand on étudie l'anglais et, à l'instar de quatre-vingt-dix pour cent des étudiants, elle a opté pour l'américain.

Je détecte l'occasion et la saisis au vol : aimerait-elle, dis-je, l'air dégagé, venir à la Résidence des Anges faire la connaissance d'un de mes amis américains et peut-être tester son accent tout neuf ?

Le lendemain matin, rue de France, en allant au Centre, j'aperçois Preston devant une pharmacie, en train de lire le *Herald Tribune*. Je l'appelle et traverse la rue pour lui annoncer l'excellente nouvelle à propos d'Annique.

– Tu ne le croiras pas, dis-je, mais j'ai enfin une vraie Française.

Preston fait une drôle de mine : moitié sourire, moitié grimace morose et déçue.

– C'est épatant, réplique-t-il l'air morne, merveilleux.

Une grande fille mince sort de la pharmacie et lui tend un sac en plastique.

– Je te présente Loïs, dit-il.

Nous nous serrons la main.

Je sais qui est Loïs. Preston en a souvent parlé : ma foutue quasi-fiancée, il l'appelle. Loïs, j'apprends, a pris l'avion pour venir spontanément et sans crier gare lui rendre visite.

– Et, houlala, je ne vous raconte pas à quel point Papa et Maman sont furax ! déclare-t-elle en riant.

Loïs est une jolie fille avec un visage rond, innocent, pratiquement sans maquillage. Elle est grande – même sans talons elle est aussi grande que moi – avec une masse de cheveux châtains d'une épaisseur incroyable, un genre de chevelure que, pour une raison quelconque, j'associe particulièrement aux Américaines. Je suis certain aussi, encore que je n'en aie aucune preuve, que c'est une personne très propre – physiquement, je veux dire –, quelqu'un qui se douche et se lave régulièrement, qui sent le savon et l'odeur farinée persistante du talc.

Je les accompagne jusqu'à la Résidence. L'arrivée de Loïs a résolu pour le moment les problèmes financiers de Preston : ils se sont fait rembourser son billet de retour, ils ont réglé l'ardoise du bar et le loyer déjà échu du prochain trimestre. Preston se sent assez riche pour me racheter sa montre.

Annique paraît moins mûre et moins impressionnante dans son maillot de bain, je suis content de dire, bien que je sois déçu qu'elle ait choisi de porter un pudique une-pièce vert pomme. Le chauffage de la piscine a été « réparé » et pour la première fois nous nageons tous dans le petit rectangle azur – Preston et Loïs, Annique et moi. C'est à la fois étrange et excitant de voir Annique aussi relativement déshabillée et encore plus étrange de se bronzer étendus côte à côte, hanche contre hanche, à quelques centimètres l'un de l'autre.

Loïs, de toute évidence, nous prend Annique et moi pour un couple – une idée bien naturelle étant donné les circonstances –, elle n'imaginerait jamais que je l'ai amenée pour Preston. Preston que je n'arrête pas de surprendre regardant Annique, avec, semble-t-il, une sorte de frustration et d'intense tristesse, humeur dont je suis seul conscient. Et une allégresse singulière monte en moi, non pas simplement à cause de l'innocente supposition de Loïs en ce qui concerne mes rapports avec Annique mais aussi parce que je sais maintenant que j'ai réussi. J'ai amené à Preston la parfaite jeune fille française : Annique, à son aune, représente le paradigme, l'idéal platonicien pour ce mâle américain. La voici, dévêtue, étendue près de sa piscine, dans son club, buvant à ses frais, mais il ne peut rien faire – et ce qui augmente mon excitation, c'est de me rendre compte que, pour la première fois depuis le début de notre amitié, peut-être pour la première fois dans sa vie, Preston envie quelqu'un d'autre. Moi.

À mesure que cette pensée grandit en moi, mon impossible amour pour Annique fait de même. Impossible parce que rien ne se passera jamais. Je le sais – mais Preston ne le sait pas – et, d'une certaine manière, la liaison fantôme, la liaison entre Annique et moi, qui existera dans l'esprit de Preston, dans son imagination fiévreuse et tourmentée, embellie et augmentée par sa déception et l'occasion perdue, cette liaison sera plus que suffisante pour moi, plus que je n'aurais jamais pu espérer.

Depuis l'arrivée de Loïs, je me tiens à l'écart de la Résidence des Anges. Ce ne sera plus jamais la même chose et, en dépit de mon secret ravissement, je ne veux pas narguer Preston avec le spectre d'Annique. Mais je découvre que, sans l'éperon de son envie, la tendre illusion perd inévitablement de son éclat ; car pour que ma vie de rêve, mon amour de rêve, s'épanouisse, j'ai besoin de le partager avec Preston. Je décide d'aller lui rendre visite. Preston ouvre la porte de son studio.

– Salut, bel étranger, dit-il avec un certain enthousiasme. Qu'est-ce que je suis content de te voir.

Il semble sincère. Je pénètre à sa suite dans l'appart. La petite chambre est en désordre, le lit pas fait, le sol jonché de sous-vêtements féminins. J'entends le bruit de la douche dans la salle de bains. Loïs est peut-être une fille propre, mais il est clair qu'elle est aussi du genre foutoir.

– Comment vont les affaires avec Annique, s'enquiert-il presque aussitôt avec, dans la mesure où il le peut, l'air de ne pas y toucher.

Il ne peut pas s'empêcher de le demander, je le sais.

Je le regarde :

– Bien.

Je laisse se prolonger le silence, lourd d'insinuations.

– Non, elles vont très bien.

Ses narines frétillent et il secoue la tête.

– Nom de Dieu, tu es un foutu veinard...

Loïs arrive de la salle de bains dans une robe de chambre, se séchant les cheveux à l'aide d'une serviette.

– Salut, Edward, dit-elle, quoi de neuf ?

Puis elle s'assied sur le lit et se met à pleurer.

Nous restons plantés là à la regarder sangloter doucement.

– Ce n'est rien, affirme Preston. Elle veut juste rentrer chez elle.

Il me raconte qu'ils n'ont ni l'un ni l'autre quitté l'immeuble depuis huit jours. Ils sont complètement, littéralement sans le sou. Les parents de Loïs ont annulé ses cartes de crédit et les appels en PCV aux États-Unis n'ont pas suscité de réaction. Preston n'a pas réussi à localiser son père et maintenant (signe inquiétant) son beau-père refuse de lui parler et bien que sa mère soit désireuse de l'aider, elle est impuissante pour l'instant étant donné l'état de disgrâce de Preston. Preston et Loïs ont vécu des olives, cacahuètes et autres biscuits au fromage servis au bar et, bien entendu, de quantités copieuses d'alcool.

– Ouais, mais maintenant on a même été bannis de là-haut, dit Loïs avec une âpreté inhabituelle dans la voix.

– Hier soir, j'ai tabassé ce connard, Serge, explique Preston avec un haussement d'épaules. Il fallait que je le fasse.

Il continue à énumérer leurs autres problèmes : leur ardoise au bar s'élève à plus de trois cents dollars ; Serge menace d'aller déposer plainte à moins d'être dédommagé ; la direction se montre hostile et soupçonneuse.

– Il faut qu'on sorte d'ici, dit Loïs d'un ton misérable. Je hais cet endroit, je le déteste.

Preston se tourne vers moi.

– Peux-tu nous venir en aide ? demande-t-il.

Je me sens éclater de rire intérieurement.

Dans la gare de Nice, je tends à Preston deux billets de train pour le Luxembourg et deux allers pour New York par Air Islande. Loïs les touche comme s'il s'agissait de reliques sacrées.

– Vous avez une attente de six heures à Reykjavik pour votre correspondance, je leur explique, mais, croyez-moi, il n'y a pas moyen de voyager à moins cher.

Je me laisse baigner dans leur gratitude un moment. Ils n'ont pas de bagages avec eux car il n'était pas question qu'on les voie quitter la Résidence. Preston m'assure que son père est à présent à New York et que je serai remboursé dès leur arrivée. J'ai dépensé presque tout ce que je possédais pour ces billets mais je m'en fiche – je suis enivré par ma propre générosité et l'étrange pouvoir qu'elle m'a conféré. Loïs nous laisse, en quête de *toilettes**, et Preston m'étreint gauchement.

– Je n'oublierai pas ça, vieux, répète-t-il maintes fois.

Nous célébrons notre brève mais intense amitié et jurons de sa permanence, mais pendant tout ce temps j'attends qu'il me pose la question. Je la sens croître dans sa tête telle une tumeur. À travers la foule des passagers nous voyons Loïs revenir. Il ne lui reste pas beaucoup de temps.

– Écoute, commence-t-il, à voix basse, est-ce que Annique et toi… ? Enfin, êtes-vous… ?

– Nous cherchons un appart. C'est pour ça que tu ne m'as pas beaucoup vu.

– Bon Dieu…

Loïs crie quelque chose au sujet de l'horaire du train, mais nous n'écoutons pas. Preston semble trembler, il se tourne et lorsqu'il me fait de nouveau face j'aperçois dans ses yeux les feux pâles d'un ressentiment impuissant.

– Est-ce que tu la baises ?

Je le regarde à la manière dont les hommes se regardent. Et je dis :

– Pour quelle autre raison chercherions-nous un appart ?

Loïs arrive et remarque aussitôt la mine tendue, bizarrement pincée de Preston.

– Que se passe-t-il, demande-t-elle. Tu es OK ?

Preston me désigne d'un geste comme s'il ne pouvait pas prononcer mon nom :

– Annique… Ils vont vivre ensemble.

Loïs piaille. Elle est tellement ravie, vraiment oui, vraiment vraiment elle aime beaucoup Annique.

Au moment de monter dans le train, Preston s'est calmé et nos derniers adieux sont sincères. Il fait du regard un tour attentif de la modeste gare comme s'il essayait de la graver dans sa mémoire, comme s'il souhaitait maintenant conserver quelque chose de cette ville où il a vécu avec une telle suffisance, avec un tel manque de curiosité.

– Bon Dieu, c'est dommage, dit-il avec une ferveur exquise, je sais que j'aurais pu aimer Nice. Je le sais. J'aurais vraiment pu.

Je recule, sans un mot : ceci est trop beau, trop généreux de sa part. C'est parfait.

– Fais mes amitiés à Annique, dit doucement Preston tandis que Loïs lance des « au revoir » bruyants. Il sourit :

– Salaud de veinard.

– T'inquiète, je dis en regardant Preston. Je n'y manquerai pas.

Fascination

Six heures du matin. De ma cuisine, je regarde le soleil dans le jardin frapper de biais le vieux tilleul et révéler sur la pelouse le réseau dense argenté des toiles d'araignée qui lient les brins d'herbe. Durant quelques secondes, tandis que la terre tourne et que le soleil se lève, mon rectangle touffu de verdure banlieusarde brille sous mes yeux fascinés comme un bouclier doré – avant de redevenir de l'herbe terne, mon épiphanie quotidienne disparue à jamais. Et je songe : où et quand ai-je déjà vu cela ? Lequel des myriades de souvenirs étroitement liés de ma vie s'est enflammé là ? Puis mon moment de transcendance se fait terre à terre : je me dis, je dois absolument faire réparer ma tondeuse, vite – Felicia va vouloir une pelouse tondue et c'est mon ambition permanente que de prévenir ses reproches et lamentations.

« Et là parmi l'herbe tomba / sous son propre scythe le Faucheur fauché. » *Damon le Faucheur* par Andrew Marvell. Il me faut cesser de penser à la poésie.

Je suis le premier levé et habillé dans la maison. J'entends, à l'étage, mon épouse Felicia marcher dans la salle de bains. Mon petit garçon Gareth (je n'ai jamais vraiment aimé ce prénom – celui de mon beau-père) dort encore. Y a-t-il jamais eu bébé plus narcoleptique, je me le demande. Nous le réveillons – tard – et il se montre aussitôt geignard et coléreux – n'est-ce pas censé être le contraire ?

« Edward, crie Felicia de là-haut, peux-tu me faire une tasse de thé, chéri ? »

Dès le début, tu n'as jamais aimé la ville. Aussitôt que Papa et Maman ont garé la voiture sur le front de mer, que Papa est descendu et s'est mis à courir sur place, tout en pratiquant ses exercices de respiration profonde, et que tu as entendu Maman faire son inévitable remarque sur la molécule supplémentaire d'oxygène dans l'ozone, tu t'es éloigné, embarrassé par ton père, pour aller contempler la plage de galets, la mer gris souris, la jetée et le stuc sordide des hôtels et des maisons. Tu as examiné les oisifs sur la corniche, et les promeneurs le long de la plage, à la recherche d'une indication, d'un signe quelconque suggérant que vivre dans cette ville serait possible, fournirait une certaine consolation. Un petit bonheur quotidien aurait suffi (tu avais lu Joyce) – mais ton regard n'a rien rencontré et ton âme s'est de nouveau affaissée.

Felicia m'embrasse et je grimpe dans notre (sa) Volvo. Elle est contente que j'écrive ces articles, que je sois redevenu un vrai journaliste, même free-lance, gagnant de l'argent vrai, comme elle dit, secrètement ravie que j'aie abandonné la poésie. J'ai passé trois semaines sur mon papier pour *revolver* et elle n'a pas pu croire que je le faisais gratis (elle refuse de considérer six exemplaires de la revue comme une rémunération suffisante). Passer autant de temps à rédiger « L'image du train dans la poésie britannique contemporaine » ne constituait pas, selon elle, un emploi lucratif. J'aurais voulu lui dire : écoute, ta banque te paye six – non huit – fois plus que ce que je gagne en une année fructueuse, alors pourquoi ne travaillerais-je pas à quelque chose qui me donne du plaisir ? Mais un reste de honte à l'idée d'être un homme entretenu m'a poussé (sous la pression de Felicia, de ses cajoleries), à appeler Phil et, à mon grand étonnement, il m'a passé cette commande.

J'embrasse donc ma femme, je mets le moteur en marche et je pars procéder à mes recherches en vue de ce troisième article sur la nouvelle génération de filles athlètes (les bébésportives) pour le magazine *Élite :* d'abord l'escrimeuse, puis la cycliste, et maintenant la sauteuse en hauteur.

Tu étais content d'avoir résisté aux pressions de Maman – à ses cajoleries – pour que tu t'installes dans un foyer d'étudiants ou une auberge de jeunesse, et d'avoir insisté au contraire pour une chambre meublée. Celle-ci se trouvait au-dessus d'une boulangerie, et l'odeur du pain chaud montant à travers le plancher a paru rassurer Maman tandis qu'elle fouinait alentour et que Papa et toi montiez les valises, la platine, l'ampli et les haut-parleurs. La fenêtre donnait sur le jardin et Maman s'est attardée à identifier les buissons et les arbres : forsythia, laurier, sycomore et tilleul. Un frêne, a dit Papa. Non, un tilleul, a affirmé Maman. Ils sont restés là un moment, hésitant à te laisser, hésitant à t'abandonner à ta liberté, mais ton visage fermé, ton refus marqué de proposer une tasse de thé ou un dernier petit tour ont fini par les faire partir. « Au revoir, Edward, mon chéri, a dit Maman en t'embrassant, ne travaille pas trop dur. » « Au contraire, a protesté Papa, il faut qu'il travaille dur, c'est pour ça qu'il est ici. »

Après leur départ, tu as installé tes affiches – je me rappelle la fille noire sous film plastique, et Aristide Bruant avec son écharpe rouge – et puis tu as filé à la recherche d'un pub – le Cornwallis – où tu as bu une pinte de bière et fumé trois cigarettes tout en te demandant une fois de plus comment quelqu'un d'aussi manifestement intelligent que toi avait réussi à échouer, de manière aussi spectaculaire et définitive, à sa matière préférée en classe : l'histoire.

Je n'aime pas du tout la ville, et pas seulement à cause des avions qui la survolent à basse altitude au cours de leur descente vers l'aéroport de Gatwick. Tout paraît presque neuf, ce qui est pire que neuf, et partout (les arbustes ligotés, les ronds-points à thème, la prépondérance des panneaux de signalisation, les terre-pleins bien plantés) se manifeste l'évidence de la main homogène de l'urbaniste. L'endroit possède un centre historique mais je n'y ai jamais abordé (et je ne peux qu'imaginer son église avec la quatrième plus haute flèche du Sussex, les ruines du château normand et la brasserie géorgienne) tandis que le boulevard circulaire m'emmène inexorablement vers le terrain de football et le complexe sportif où je suis censé rencontrer Juliana Lewkowitz et la regarder s'entraîner.

La répétitrice d'histoire, dans la boîte à bachot, était une femme au visage sévère, nommée Mrs Franzler. Mrs Franzler t'a demandé pour quelle université tu avais postulé et tu lui as répondu Oxford. Que voulez-vous y étudier ? L'histoire as-tu dit. Elle a voulu savoir pourquoi tu avais échoué en histoire au bachot, et tu as répliqué que tu avais souffert d'une mini-dépression – tu avais contemplé ta feuille pendant trois heures sans y tracer un mot. Pas un seul mot ? Pas même une croix. Son regard s'est rétréci sous l'effet d'une incrédulité soupçonneuse et elle t'a collé un essai d'une étonnante complication à propos des Lois sur le blé de 1813. Eh bien, alors voyons donc un peu si vous êtes intelligent, a-t-elle dit. Dehors, devant le bâtiment, appuyé contre un jeune arbre ligoté, tu as fumé une cigarette consolatrice. Puis tu es rentré dans ton garni pour travailler, et tu as vu la fille.

Je traverse le stade en direction d'un petit groupe d'athlètes en survêtement assis sur l'herbe en train d'écouter un homme mince, hypermusclé, en short et T-shirt blancs, qui lit le texte d'un clipboard. Je cherche Juliana Lewkowitz, dis-je. L'homme ne m'accorde pas la moindre attention et poursuit son laïus – il parle de nourriture, de calories, de protéines et d'hydrates de carbone. Excusez-moi, dis-je. Ça ne vous ferait rien de ne pas nous interrompre, réplique froidement l'homme en me regardant enfin. Je viens de la part du magazine *Élite* interviewer Juliana Lewkowitz. J'obtiens soudain toute son attention. Nous nous écartons des autres et il se présente : Dale Auden, il est l'entraîneur du club – l'entraîneur de Juliana. Aucun lien de parenté avec W. H. ? je demande. W. H. qui ? Il faut que je cesse de penser à la poésie. Juliana, semble-t-il, est un peu enrhumée. Il l'a renvoyée chez elle.

Tu ouvrais ta porte au moment où la fille descendait d'un pas lourd et prudent l'escalier venant du meublé à l'étage au-dessus. Les yeux fixés sur ses très hauts talons, elle descendait de côté comme une vieille, en ayant peur de trébucher. Ses cheveux blonds méchés lui tombaient sur la figure et, au moment où elle a atteint ton palier et la sécurité, elle s'est redressée et, des deux mains, a dégagé son front. À cet instant, ton cœur s'est crispé, hyperserré, et tu as ouvert la bouche pour avaler plus d'oxygène. Tu as souri en disant salut.

« Vous venez d'emménager ? a-t-elle dit.

– Oui.

– Parfait. À plus. »

Tu es resté assis une heure à tenter d'écrire quelque chose autour des Lois sur le blé. Sans succès. Elle avait une croûte sur son genou gauche.

Je téléphone à Felicia depuis l'hôtel Tudor Lodge et lui explique le problème Juliana : absurde de repartir sur Oxford pour refaire le même chemin le jour d'après. N'oublie pas que demain justement on dîne chez Tim et Rosie Mulvehay, me rappelle Felicia. J'ai oublié. Je voulais oublier. Ne reviens pas trop tard, m'avertit-elle gentiment. Après avoir raccroché, je me rends compte que j'ai aussi oublié de demander des nouvelles de Gareth.

Le Tudor Lodge se situe juste à côté du périphérique, à quinze cents mètres du complexe sportif. Un hôtel moderne, presque neuf comme tout dans cette ville. Il offre une salle de gymnastique, une petite piscine, un minigolf, un bar baptisé le Portcullis et un restaurant nommé l'Écusson. On peut se faire des films porno dans sa chambre sur la chaîne de télé à la carte. Aucune nécessité pour moi de m'éloigner des lieux.

Tu tentais une fois de plus de rédiger une des effrayantes dissertations de Mrs Franzler (sur le second gouvernement Palmerston, 1859-1865) quand la fille a frappé à ta porte. Z'auriez pas par hasard un tournevis ? s'est-elle enquise. Elle avait besoin de changer une prise. Tu n'avais pas un vrai tournevis mais tu possédais, à ton léger embarras, un canif multifonctions avec un élément tournevis, que tu as été ravi de lui prêter. Le temps qu'elle change sa prise et tu t'étais débrouillé pour ranger ta chambre, mettre la bouilloire à chauffer et enlever l'affiche avec la pin-up drapée de plastique.

« Merci beaucoup, a dit la fille en te rendant ton canif.

– Aimeriez-vous une tasse de café ? » as-tu réussi à demander. Elle a réfléchi une seconde puis répondu, oui, pourquoi pas ? J'aimerais bien une tasse de café.

Elle s'appelait Yvonne. Elle voulait devenir infirmière. Elle travaillait comme caissière chez un bookmaker et tentait de faire des économies. Elle a pris trois sucres. Elle avait un petit ami nommé Tony. La croûte sur son genou (son écusson personnel) avait disparu. Elle était née à Bedford. Elle a décliné l'offre d'une cigarette (elle ne fumait que des mentholées). Elle avait un joli petit visage fin, boudeur, agressif – comme si elle n'arrivait pas à se décider entre faire la moue ou se mettre en colère. Elle détestait aussi cette ville mais la vie y était moins chère qu'à Londres. Ses cheveux blonds méchés étaient épais et longs. Elle ne t'a posé aucune question sur toi. Tu t'es demandé comment te débrouiller pour lui faire connaître ton nom.

Dale Auden m'a intimé l'ordre d'être tôt au stade, à sept heures, et je me présente donc, comme requis, avec une légère gueule de bois (trois cognacs postprandiaux au Portcullis tout en lisant du Elizabeth Bishop pour un prochain article destiné à *revolver* : « L'impossibilité du désir dans la poésie d'Elizabeth Bishop »). À ma vague irritation, je suis le premier arrivé et le stade est fermé. Un bus s'arrête à la station voisine : une grande fille en descend, chargée d'un sac bleu marine, et s'avance vers moi. Elle porte des jeans et un coupe-vent cerise à poches multiples. Ses cheveux noirs, tirés en queue-de-cheval, dégagent son visage aux traits slaves et fermes. Elle fait cinq bons centimètres de plus que moi, et je mesure 1,80 m (oui, enfin, d'accord, 1,78 m).

Elle sourit, et montre ses dents blanches, irrégulières.

« Salut, lance-elle. Dale n'est pas encore là ? » Typique.

Je dis, le souffle soudain court : « Vous devez être Juliana. »

« Edward », a demandé Yvonne quand tu as ouvert la porte (qui lui a dit ton nom ?). « Tu sais conduire ?

– Oui. Pourquoi ?

– Tu ne pourrais pas me rendre un énorme service ? »

Yvonne t'a tendu les clés d'une Ford Fiesta cerise garée devant la boulangerie.

« C'est ta voiture ?

– Celle de Tony », a-t-elle répliqué avec une véhémence peu commune. Tu n'as pas pu t'empêcher de remarquer son agitation. « Il était censé être ici il y a une heure.

– Tony ?

– Le salaud ! »

Dans la voiture, Yvonne m'a offert une de ses cigarettes mentholées. J'ai refusé.

« Je te suis vraiment très reconnaissante, Edward, a-t-elle dit, tout en expédiant des panaches de fumée sur le pare-brise. Mais c'est comme qui dirait vraiment important. »

Tu as répondu que tu étais content de lui être utile. En fait, tu étais très excité d'être assis à côté de cette fille dans la voiture de son petit ami, ravi d'avoir abandonné ta dissert à moitié terminée (sur le déclin du servage dans l'Angleterre du XIVe siècle) et tu n'as pas pu t'empêcher de noter, lorsque tu as tendu la main pour allumer les phares, à quel point la jupe en jean d'Yvonne remontait haut sur ses minces cuisses pâles.

« Où va-t-on ? as-tu demandé.

– Dans le Kent. Et puis à l'aéroport de Gatwick. »

Dale Auden et moi nous regardons Juliana Lewkowitz s'échauffer avec quelques sprints sur 50 mètres et nous continuons à la regarder tandis qu'elle se déshabille. J'écoute d'une oreille Dale discourir (au sujet d'exercices machin-métriques, balancements des bras et prises de pieds) tout en observant la grâce dégingandée et indolente de cette fille qui se plie et s'étire. Tout chez elle est proportionné mais plus long, un peu comme dans un Gréco ou un Klimt. J'aime cette idée et je décide de commencer mon papier par le concept d'un nu de Klimt fait chair d'athlète. Ou peut-être, je rectifie, en regardant les minces cuisses pâles de Juliana, ses bras, ses poignets, ses doigts, un Egon Schiele. Son short et son débardeur – minuscules – sont faits d'un tissu élastique et moulant qui révèle l'avancée du bassin et aplatit les petits seins sur la cage thoracique.

Dale met la barre pour le saut en hauteur à ce qui me paraît être ma taille, et Juliana arpente le parcours. Dale, pareil à un sergent instructeur, aboie des ordres (« le poids sur la jambe ! » « appui latéral ! » « transfert du corps ») tandis que Juliana resserre sa queue-de-cheval et commence à se balancer d'arrière en avant en contemplant son premier saut de la journée. Puis dans un mouvement d'arc aplati, elle court, bondit, se propulse et se jette en l'air, se retourne sur le dos, bras et tête en avant, pardessus la barre, raidissant ses jambes pour la survoler avant d'atterrir sur le matelas gonflant – qui émet un sifflement et un hoquet (d'étonnement ?) au moment où cette fille-fusée retombe dessus en arrière.

Juliana se relève, grimace de déplaisir devant son saut réussi, et d'un doigt libère de la fente de ses fesses la couture de son mini-short.

« De la merde ! lui crie Dale. Une merde absolue. »

Tu étais avec Yvonne dans la Fiesta garée sur une aire de pique-nique au bord d'une route de campagne. Tout autour de vous, la province du Kent était plongée dans l'obscurité. Yvonne continuait à fumer, à tripoter la radio, à la recherche d'une station qui lui plaise. La musique rock contemporaine ne semblait guère l'attirer. Elle a grimacé de mécontentement et éteint la radio.

« Que faisons-nous exactement ici ? as-tu demandé.

– On attend quelqu'un.

– Ah. Tu ne sais pas conduire ?

– Je suis interdite. Alcootest – au-dessus de la limite.

– Ah bon. »

Elle t'a regardé. « Que fabriques-tu dans cet école ?

– La boîte à bachot ? De l'histoire. J'ai raté le sujet. Il faut que je repasse l'examen.

– Tu veux devenir historien ? »

Tu as réfléchi à la question. « Non.

– Pourquoi étudier l'histoire, alors ?

– C'était ma meilleure matière.

– Mais tu as échoué. »

Juste remarque – et puis quelqu'un a ouvert la portière arrière et s'est engouffré dans la voiture.

Dale Auden refuse de me laisser seul avec Juliana.

« Elle est à deux centimètres du record national anglais. On y va la saison prochaine, pas vrai, Juliana ?

– Je ferai de mon mieux, Dale.

– Bravo, ça c'est quelqu'un ! Oslo, nous voilà ! »

Juliana est assise sur la piste et noue ses baskets. Elle se relève, se déplie, défait sa queue-de-cheval et secoue ses cheveux bruns brillants. Le mouvement possède un naturel, une innocence qui me coupe les jambes. Dale s'éloigne enfin pour aller parler à des sauteurs de haies.

« Voulez-vous dîner avec moi ce soir ? je demande. Je sens que je n'ai pas eu vraiment l'occasion d'une vraie conversation. »

Elle jette un coup d'œil du côté de Dale – pourquoi ?

« Je ne sais pas », répond-elle.

Je lui explique que je suis descendu au Tudor Lodge, qu'*Élite* aime centrer ses portraits sur l'aspect personnel aussi bien que professionnel. Je propose de venir la chercher chez elle et de la faire reconduire en taxi. Je me montre très persuasif.

« Alors à ce soir, Mr Scully.

– Appelez-moi donc Edward, je vous en prie. »

Tu t'es retourné pour mieux voir le petit homme qui était entré dans la voiture.

« Qui c'est, nom de Dieu, celui-là ? a dit le petit homme en te regardant, furieux.

– Il s'appelle Edward. Ce salaud de Tony n'est pas venu.

– Ah… » Il a paru se détendre et il a souri. « Très reconnaissant, Edward. Je suis Tommy.

– C'est mon grand frère », a dit Yvonne avant d'éclater soudain de rire avec un naturel, une innocence, comme si tout était expliqué maintenant à ton entière satisfaction.

« Il vaut mieux se grouiller, a dit Tommy. Cet avion part dans deux heures. »

Étrange, mais Juliana paraît plus jeune quand elle est maquillée. Elle porte une robe et des chaussures à talons plats qui lui donnent un avantage de dix centimètres sur moi. Entrer à l'Écusson avec cette très grande fille mince à mes côtés me semble un événement bizarre et surréel. Et ce sentiment d'étrangeté, de dissociation, fait que je ne réussis à manger que la moitié de mon steak – je n'ai pas faim, seulement soif. Juliana ne boit pas et j'ai donc la bouteille de châteauneuf du pape pour moi seul, ce qui est aussi bien, car j'ai été très secoué par la rage froide de Felicia quand je lui ai annoncé que des circonstances indépendantes de ma volonté m'empêcheraient d'assister au dîner Mulvehay.

Faute de questions de ma part sur ses sauts en hauteur, Juliana m'en pose beaucoup sur ce que j'écris. Je lui parle de mon premier roman publié, *Anatomie morbide*, et du second, *Aztèques*, toujours inachevé après tant d'années. Je lui raconte que ce que j'aime vraiment c'est écrire de la poésie et, pour la première fois, le voile d'intérêt poli disparaît de son expression et elle me regarde avec une curiosité sincère. Elle affirme qu'elle adore la poésie. Je la regarde dans les yeux et je dis moi aussi. Tombe alors entre nous un de ces silences lourds, comme si un policier s'était placé derrière elle pour poser sa grosse patte sur son épaule : elle sait désormais que je veux lui faire l'amour, une perspective qu'elle n'avait pas envisagée jusqu'à présent. Elle rougit, penche la tête et coupe un bout de ses lasagnes. Quelque chose dans la pression et l'angularité de ses longs doigts sur le couteau et la fourchette, le renflement notable de l'os sur les poignets me donnent brusquement envie de pleurer.

« "Car Juliana vient", je murmure, "et ce que je fais à l'herbe, elle le fait à mes pensées et à moi."

– Pardon ?

– La chanson du Faucheur, d'Andrew Marvell. Quel âge avez-vous ?

– Oh… Dix-neuf ans. »

J'ai presque le double de son âge. Je pourrais être son père.

En compagnie d'Yvonne dans une cafétéria du terminal nº 1, tu as regardé Tommy se disputer avec sa femme. Il était minuit moins le quart. Il y a eu une annonce : le vol pour Palma de Majorque était retardé de trois heures.

« C'est l'avion d'Irène, a déclaré Yvonne. Ça nous fait gagner un peu de temps.

– Je dois vraiment songer à rentrer, as-tu dit en te rappelant ta dissert sur le servage que tu devais rendre le lendemain matin à neuf heures.

– Il faut raccompagner Tommy, a annoncé Yvonne.

– Le raccompagner où ?

– À la prison. C'est une prison ouverte, ne t'en fais pas. Du moment qu'il est de retour avant sept heures, on ne saura jamais qu'il était parti.

– Ah bon. »

Yvonne a pu deviner à ton expression qu'être complice de l'évasion – même temporaire – d'un prisonnier ne faisait pas exactement partie de tes plans de vie. Elle a donc expliqué que Tommy était au trou pour escroquerie, un crime sans victime.

Tu t'es enquis du but de cette expédition à Gatwick et Yvonne t'a raconté qu'Irène, la femme de Tommy, partait vivre en Espagne avec l'ex-associé de Tommy. Celui-ci devait la persuader de rester, pour le bien des enfants, d'où cette ruée à minuit sur Gatwick.

« Les enfants ?

– Ils ont deux gosses. »

Irène et Tommy nous ont rejoints à la cafétéria et on m'a présenté à Irène. Une petite femme bien en chair avec un regard entendu, vêtue d'une tenue légère et vive destinée au soleil d'Espagne. Tommy a demandé à Yvonne s'il pouvait lui dire un mot à part et ils t'ont laissé seul avec Irène. À qui tu as payé un café tandis qu'elle acceptait aussi une de tes cigarettes.

« J'apprends que l'avion est retardé, as-tu dit.

– Ah, les charters…

– Un cauchemar.

– Alors, a-t-elle voulu savoir, en te regardant avec son air entendu, est-ce que toi et Yvonne ?…

– Non. Non, j'occupe le meublé à l'étage en dessous du sien. »

Quand elle tirait sur sa cigarette, de petits sillons profonds apparaissaient sur sa lèvre supérieure. Elle a lissé les revers de sa veste à manches courtes, rajusté son décolleté, ôté et remis une boucle d'oreilles.

« Tu as déjà été à Majorque, Stephen ?

– Edward.

– Edward.

– Non, mais j'ai été à Barcelone.

– Jamais été à Barcelone. Las Palmas ?

– Ah, les Canaries.

– *Las Islas Canarias.*

– Jamais mis les pieds là-bas. »

Tommy et Yvonne sont revenus, Tommy incapable de cacher son sourire avec la nouvelle que le vol charter pour Majorque était maintenant annulé. Irène ne l'a pas cru et, malgré l'annonce qui a rapidement suivi, elle a insisté pour que tu l'accompagnes au comptoir d'enregistrement pour confirmation. Comme si ta présence devait contrecarrer tout sombre complot monté par Tommy. L'avion était en effet annulé : une grève des contrôleurs aériens français affectait la plupart des vols européens. À ta consternation, des larmes ont commencé à briller dans les yeux d'Irène.

« C'est toujours comme ça, Edward. Je ne peux jamais être heureuse. Juste quand je pense que ma vie marche

OK et que je vais enfin être heureuse, ce genre de truc me tombe toujours dessus.

– C'est peut-être le destin, as-tu dit. On ne sait jamais. Pensez aux enfants. Peut-être que ce n'est pas votre destin de partir. »

Elle a passé la jointure d'un doigt sous chaque œil tout en réfléchissant puis elle a pris ta main et l'a serrée. Tu as senti ses grands ongles mordre ta paume.

« Merci, Ed. Sincèrement. Merci. »

Dans le hall du Tudor Lodge, j'attends avec Juliana l'arrivée de son taxi. Je sens une forme de panique remuer en moi, comme un animal nerveux. Je ne peux pas laisser partir cette fille.

« Juliana, dis-je, si vous montiez dans ma chambre, je pourrais vous montrer le poème.

– Quel poème ?

– Le poème sur Juliana.

– Il vaut mieux que je rentre.

– J'aimerais écrire un livre sur vous. Le livre de votre vie.

– Voilà mon taxi. »

Je voudrais l'embrasser mais je me rends compte qu'il me faudrait tendre le cou et me mettre légèrement sur la pointe des pieds pour y arriver. Je fais un pas vers elle et elle se fige. L'impossibilité du désir dans la poésie de… La taille de Juliana me rend soudain ridicule. Elle est plantée là à me contempler, sur ses gardes, incertaine – peut-être malheureuse : peut-être ai-je gâché quelque chose. Elle me remercie pour le dîner et je la regarde disparaître à travers l'épaisse vitre de la porte du Tudor Lodge. En se penchant vers le taxi, elle se retourne et me fait un signe vif, bref et final.

L'aube pointait quand tu as garé la Fiesta cerise devant la boulangerie.

« Quelle nuit ! s'est écriée Yvonne. Je ne peux pas croire qu'Irène soit restée. Qu'est-ce que tu lui as dit ?

– Je ne sais vraiment pas », ai-je répondu. Irène et Tommy avaient échangé quelques mots, sur quoi Irène avait pris un taxi pour rentrer chez sa mère où elle avait laissé les enfants. Lors du trajet de retour vers la prison ouverte, Tommy est demeuré pensif, te demandant à plusieurs reprises de lui répéter ta conversation avec Irène. Il t'a tapoté l'épaule d'un geste reconnaissant, a embrassé Yvonne, s'est glissé hors de la voiture et a disparu dans la nuit.

« C'est juste à travers champs, a dit Yvonne. Ils vont et viennent tout le temps, d'après Tommy.

– Ils n'ont pas de gardiens dans cette prison ? as-tu demandé.

– Bien sûr que si. Mais ils font confiance aux prisonniers. C'est pour ça que ça s'appelle une prison ouverte. »

Tu as suivi Yvonne dans l'escalier, les yeux sur les veines bleu pâle au creux de ses genoux, et à ce moment-là, rien ne t'a fait plus envie que de passer ta main sur le muscle tendu de son mollet. Tu as senti le désir remuer en toi comme un animal nerveux.

Tu t'es arrêté sur le palier, tu as pêché la clé dans ta poche.

« Veux-tu une tasse de café ou quelque chose ? » as-tu proposé. Tu te voyais dans ton lit étroit avec Yvonne, ventre contre ventre ; tu respirais son odeur, tu sentais son épaisse chevelure traîner sur ta poitrine.

« Vaut mieux dormir. Je travaille dans trois heures. »

Elle a reculé, s'est effondrée un instant comme une marionnette pour feindre l'épuisement total, s'est redressée avec un sourire et t'a envoyé un baiser. Aussi évanescent qu'un baiser soufflé, as-tu pensé. Quoi de moins substantiel ?

« Merci un million de fois, Ed. À bientôt peut-être. »

Je dis à Dale Auden que je n'aime pas son ton. Ni ses insinuations.

« Et moi je ne peux pas te blairer, toi, point barre », dit-il.

Nous sommes dans le parking. Je lance mon sac à l'arrière de la Volvo et me retourne pour lui faire face. Il me pique la poitrine de son doigt.

« Tu lui as demandé de monter dans ta chambre.

– Pour continuer l'interview.

– Foutu pervers ! »

J'essaye de lui flanquer mon poing dans la figure mais il lève le bras et, du coup, je le frappe à l'épaule, très fort. Avec une vitesse étonnante, il m'immobilise grâce à une sorte de double prise du bras, me siffle des menaces et des obscénités dans l'oreille. Puis il me repousse soudain avec violence et j'atterris dans un buisson – des branches craquent…

« Je vais téléphoner à ton rédacteur en chef, dit-il. Sale pervers !

– Va te faire foutre ! » je lui crie. Il se marre et se tire. Je fais jouer mes doigts : ma main me fait mal. Va te faire foutre.

Irrité par les incessantes allées-venues et dégringolades dans l'escalier, tu as fini par sortir de ta chambre. Yvonne et un type en blouson de cuir descendaient de son meublé, Yvonne avec une valise à la main, le type trimballant un carton.

« Salut ! as-tu dit surpris. Je peux vous aider ?

– Non, merci, ça va, merci. Je te présente Tony. »

Tony a fait un signe de tête et un sourire en guise de bonjour au-dessus de son gros carton.

« Vous déménagez ? ai-je demandé, comprenant soudain.

– Ouais. On va à Penzance.

– En Cornouailles ? Bon Dieu. Je n'ai jamais été en Cornouailles.

– Faut venir nous voir », a lancé Yvonne.

Cinq minutes plus tard, elle a remonté l'escalier et a frappé à ta porte.

« J'ai oublié de te raconter, a-t-elle dit. Irène est partie pour Majorque. Hier. Elle a emmené les gosses avec elle cette fois.

– Merde.

– C'est ça la vie. »

Tu as essayé de digérer la nouvelle, te demandant si tu en étais quelque peu responsable.

« Comment va Tommy ?

– Il est un peu secoué. Pas surprenant, en fait.

– Ouais. »

Tu es resté planté là dans ta chambre avec Yvonne, tous deux silencieux, repensant à cette fameuse nuit que vous aviez passée ensemble. Puis vous vous êtes regardés. Tu as fait jouer tes doigts.

« Je t'enverrai ma nouvelle adresse, a-t-elle dit doucement.

– N'oublie pas », as-tu répondu, mais tu savais qu'elle oublierait.

Puis elle s'est avancée, a pris ta tête entre ses mains et t'a embrassé très fort, avec un petit claquement de dents, et sa langue s'est retrouvée dans ta bouche, se tortillant, oscillant. Mais avant que tu puisses lui sauter dessus, elle était partie, sortant à reculons de la chambre avec un malicieux sourire à moitié réprimé, tandis que, en bas dans la rue, Tony appuyait sur l'avertisseur de la Fiesta rouge cerise. Tu as entendu ses talons hauts claquer sur les marches.

Tu es allé t'asseoir à ton bureau, en essayant de rester calme, pensant à Yvonne et à la manière dont elle t'avait embrassé. Tu savais que c'était quelque chose que tu n'oublierais jamais, que ça deviendrait un de ces événements qui te formerait et te définirait en tant qu'individu, un lien essentiel tissé dans la cotte de mailles des souvenirs de ta vie. En regardant par la fenêtre, tu as remarqué qu'un rayon oblique du soleil matinal, coincé entre deux maisons, caressait les plus hautes branches du tilleul au fond du jardin et transformait ainsi les feuilles poussiéreuses, fatiguées par l'été, en des pièces de monnaie vert citron chatoyantes, rendant sa jeunesse à l'arbre et te faisant songer au printemps.

À mon arrivée, je trouve la maison vide. Felicia doit être partie promener Gareth dans sa poussette. La journée est douce, avec une petite brise, les nuages rapides dans le ciel bleu. Il n'est que trois heures de l'après-midi mais je me verse cinq centimètres de vodka, je remplis le verre de cubes de glace et je me prépare à la bagarre qui va certainement suivre.

Je sirote mon verre, je sens mes lèvres s'engourdir peu à peu et je regarde par la fenêtre. Les nuages filent et, soudain, le soleil vespéral à l'oblique au-dessus du toit de la maison voisine vient caresser les branches les plus hautes du vieux tilleul au fond du jardin. Un instant, un épais rayon transforme ses feuilles poussiéreuses et fatiguées par l'été en des pièces de monnaie vert citron resplendissantes, rendant sa jeunesse à l'arbre et me faisant songer au printemps.

Je suis une caméra

Souvenirs de la mouche-saucisse

Le fourmi-lion construit ses pièges dans les sols sablonneux. Il confectionne – de façon ou d'autre – un cône renversé, d'une géométrie parfaite. Enseveli, invisible, il se tapit à la pointe du cône, attendant que n'importe quel petit insecte tombe dedans. La chose faite, le fourmi-lion, dans un premier temps, ne bouge pas. Les parois du cône sont si lisses, les grains de sable qui les composent si fins, que seuls les plus gros insectes peuvent y trouver prise. Tandis que les plus petits glissent en battant des pattes sur les pentes raides de l'entonnoir, le fourmi-lion crache – ou lance d'une pichenette – des jets de sable sur ses victimes et les fait dégringoler au fond du cône d'où elles sont traînées sous le sable et dévorées.

Le plus grand cône de fourmi-lion que j'aie jamais vu était profond d'environ huit centimètres ; le prédateur lui-même n'en mesurait qu'un. Je l'attrapai sous notre maison de Signals Road, à Achimota, dans ce qui fut la Gold Coast, la Côte de l'Or. La maison était bâtie sur des pilotis de béton de deux mètres de haut. Dessous, rien que du sable, grêlé de pièges de fourmis-lions. Un paysage lunaire de cratères impeccables. Des centaines et des centaines de fourmis-lions. Une zone interdite à tout minuscule insecte rampant. Notre truc à nous consistait à déterrer un fourmi-lion et à le jeter dans le trou d'un plus grand.

Je pense toujours aux fourmis-lions lorsque je songe à notre maison d'Achimota. C'est la première de nos demeures d'Afrique dont je me souvienne, bien que nous en ayons habité deux autres avant celle-là. Je suis né dans un mess d'officiers reconverti, fait de briques de boue et couvert d'un toit en tôle ondulée. Achimota se trouvait à dix kilomètres d'Accra et de la côte. Sur les immenses plages, les rouleaux de l'Atlantique, hauts de trois mètres, venaient se briser en écume. Ces plages nous furent interdites jusqu'à ce que nous soyons plus âgés et que nous puissions surfer sur le ventre, mais restaient des parties rocheuses avec des petites flaques grouillantes de vie marine. Cinq ans, assis le derrière dans une mare, de l'eau tiède jusqu'à la taille. La vie était belle.

Nous déménageâmes d'Achimota à Legon, cinq kilomètres plus loin à l'intérieur des terres, sur le nouveau campus de l'Université du Ghana. Nous vivions dans une grande maison en forme d'U, peinte en blanc avec un toit de tuiles rouges. Et une vaste véranda, pouvant contenir trente personnes, d'où l'on avait vue sur l'immense jardin et la campagne environnante – collines herbeuses, bouquets de petits arbres tenaces.

L'insecte que j'associe avec la maison à Legon, c'est la mite de velours. Ces créatures complètement inoffensives, de la taille d'un ongle et d'un rouge vif scintillant, semblaient vraiment recouvertes d'une sorte de fourrure veloutée. Ce sont les seuls insectes que j'aie connus que l'on pût caresser. À certaines périodes de l'année, après la saison des pluies en particulier, ils proliféraient et l'herbe autour de la maison en regorgeait. Mes sœurs et moi nous organisions des ranchs de mites de velours, en les réunissant par centaines dans des corrals faits de brindilles. Les mites y erraient sans but, des mètres carrés de velours écarlate changeant, un tapis rouge en ébullition.

Nous partîmes pour Ibadan, au Nigeria, en 1964. Notre maison sur le campus de l'Université s'étalait longue et droite. Le jardin, entouré d'une épaisse haie d'hibiscus et de poinsettias, était rempli d'arbres : des frangipaniers, des fromagers et d'élégants grands pins casuarinas. J'empruntai la machette de notre jardinier et je m'attaquai aux frangipaniers. J'enfouissais la lame recourbée (made in Czechoslovakia) dans le tronc souple et tendre. L'arbre laissait couler une substance laiteuse qui s'égouttait toute la journée. Plus tard je m'achetai ma propre machette pour cinq shillings. Elle m'était très utile pour abattre plein de choses. Ibadan est situé au milieu de la jungle tropicale, tout y pousse à une vitesse fantastique. Je taillai deux piquets et les plantai dans le sol pour installer notre filet de badminton. Quand je revins de pension trois mois plus tard, ils s'étaient transformés en arbres.

L'insecte que m'évoque notre maison d'Ibadan, c'est la mouche-saucisse. En réalité, il ne s'agit pas du tout d'une mouche mais d'une sorte de fourmi boursouflée qui développe des ailes et s'envole après la pluie. La mouche-saucisse mesure deux centimètres et demi de long et elle est d'un brillant brun chipolata : d'où son surnom. Le soir, après l'averse, vous fermez toutes les fenêtres. Les ailes se déplient sur les carapaces des mouches-saucisses qui décollent en masse. Elles ne sont pas très douées pour le vol – l'air n'est pas leur élément naturel – et on dirait qu'elles ont simplement emprunté leurs ailes pour la journée. Elles se dirigent au petit bonheur vers la lumière la plus proche. À l'intérieur de la maison, vous les entendez se heurter aux fenêtres et aux moustiquaires en grillage. Des escadrons tournent maladroitement autour des éclairages, dehors. Beaucoup meurent par suite de collision en plein air, d'écrabouillage contre les murs ou autres accidents du même acabit. Le lendemain matin, la véranda craque sous les pas, couverte comme elle l'est de leurs cadavres coriaces. Des lambeaux délicats et chatoyants d'ailes abandonnées gisent dans les coins : reprenant leur existence terrienne, les mouches-saucisses survivantes ont rampé quelque part ailleurs pour compléter leur cycle de vie.

Mon père partit pour l'Afrique durant la Deuxième Guerre mondiale. Il appartenait au Royal Army Medical Corps et fut envoyé à Lagos, à Jos, au Nigeria du Nord (où l'on cultive toute l'année sur le plateau les fraises et les pommes de terre nouvelles) et sur la Côte de l'Or. Nous avons une photo de lui, très jeune et très mince, assis dans un fauteuil de rotin devant une case en bambou. Il revint en Côte de l'Or en 1950 avec ma mère, et le projet de n'y passer que quelques années. Il y resta jusqu'en 1977, date à laquelle il fut obligé de partir pour raisons de santé. Il avait attrapé une maladie curieuse et rare appelée la fièvre Q. Médecin, il avait travaillé toute sa vie en Afrique et, en fin de compte, l'Afrique fut littéralement sa mort.

Il commençait sa journée très tôt le matin. Il continuait sans interruption jusqu'à deux heures de l'après-midi, puis rentrait déjeuner à la maison. Il dormait jusqu'à quatre heures, après quoi il partait faire neuf trous de golf. Le soir, ma mère le rejoignait avec des amis sur la véranda du club (la boisson était abondante, bon marché et à crédit). Parfois, ils improvisaient un dîner. Rien de frénétique ou de débauché dans cette existence – on était très loin de Happy Valley –, mais en comparaison de la vie que ces membres de la classe moyenne, exerçant des professions libérales, auraient pour la plupart vécue en Grande-Bretagne dans les années cinquante, elle devait sembler paradisiaque.

Cette vie, ils pouvaient la mener parce que tout le monde avait des domestiques. Un matin, une semaine à peine après leur arrivée en Côte de l'Or, mes parents découvrirent un petit vieux assis sur les marches de la cuisine. Il expliqua qu'il s'appelait Kofi et qu'il avait entendu dire qu'ils cherchaient un cuisinier. Kofi fut notre cuisinier durant les quatorze années suivantes. Lui et sa famille vivaient dans un village à trois kilomètres de là. À Legon, notre maison possédait un logement de service, un simple, pour ne pas dire primitif, petit cottage en béton, situé à quelques mètres du bâtiment principal, et qu'occupait le fils de Kofi, Kwame, alors âgé d'une vingtaine d'années. Il est aujourd'hui commandant d'un bataillon de chars de l'armée ghanéenne. Kwame nous servait de baby-sitter. Mes sœurs et moi passions souvent la soirée dans sa chambre étouffante à déguster le plantain frit très épicé qu'il préparait, dans un coin, sur un petit brasero de fonte.

Au Nigeria, nous avions un cuisinier et un boy, Johnson et Israël. Johnson était très vieux, ses cheveux grisonnaient et il était très ancré dans ses habitudes. Quand je relis *Mr Johnson* de Joyce Carey, je repense toujours à notre vieux cuisinier. Le Johnson de Carey est bien plus jeune, mais ils ont tous deux beaucoup en commun. Johnson, malgré plusieurs mariages, n'avait jamais eu d'enfants. Ceci, disait-il, était la faute des femmes qu'il avait épousées et sans aucun rapport avec sa virilité. Juste avant que nous quittions le Nigeria, il se remaria avec une très jeune fille. Elle lavait notre linge et, quand Johnson s'absentait l'après-midi, elle recevait la visite d'autres hommes. Finalement elle tomba enceinte et eut une petite fille. Jamais on ne vit père plus fier.

Johnson était très grand et dégingandé, Israël extrêmement petit. Israël allait partout à pied, très vite. C'était un Ibo, originaire de l'Est du pays et, durant la guerre du Biafra, il s'engagea dans l'armée biafraise afin d'avoir de quoi manger. Un matin, on lui donna un fusil et cinq cartouches et on l'expédia dans la brousse repousser une attaque des forces fédérales. Il racontait toujours très franchement ce qu'il avait fait ensuite. Il ôta sa veste de camouflage – le seul élément d'uniforme qu'il possédât – et l'enterra. Puis il jeta son fusil et déserta.

Un jour, dans une quelconque salle d'attente ou une librairie de gare, je dénichai un exemplaire du *Scientific American*. Sur la couverture se trouvait la photo de ce qui ressemblait à un dessus-de-lit en mauvais patchwork, tout en gris, rouille et brun ocre. Sans avoir besoin de consulter le thème de la revue, *L'Architecture urbaine dans le tiers-monde* ou quelque chose d'équivalent, je reconnus immédiatement une vue aérienne du centre d'Ibadan. Ibadan demeure plus vivante dans mon esprit qu'aucune des autres villes dans lesquelles j'ai vécu. On la surnomme, parfois avec tendresse, « le plus grand village d'Afrique ». Elle a une population de plus d'un million d'habitants. La plupart des constructions, dans ses confins toujours plus étendus, sont de boue séchée et de tôle ondulée. Les rues, constamment engorgées de voitures, s'effondrent sur les bas-côtés en fossés larges et profonds... De chaque maison et de chaque boutique s'échappe à plein volume le son des radios. La nuit, les immeubles sont illuminés par des tubes fluorescents, essentiellement verts et bleus. Il existe des transports en commun mais la manière la plus courante de se déplacer dans la ville est d'utiliser des camionnettes Volkswagen. Quand vous voyez arriver une VW, vous tendez la main et elle s'arrête. Vous grimpez dedans (les portes à glissière ont été supprimées) et vous donnez six pence au gamin suspendu à l'extérieur. La camionnette parcourt certains itinéraires de base. Quand vous voulez descendre, vous tapez du poing au plafond. La VW s'arrête tout de suite.

J'utilisais ce moyen de transport pour aller du campus en ville, au Recreation Club. Là on pouvait jouer au tennis, au golf et au squash, nager dans la piscine, prendre un en-cas ou un verre aux différents bars. Pendant les vacances scolaires, le club devenait le point de rassemblement des enfants d'expatriés. Nous y passions la journée entière. Le soir, nous allions au cinéma ou à une *party*. Il y avait des tas de *parties*. Des *parties* en ville, des *parties* à l'université, des *parties* à la New Reservation, des *parties* à Bodija. Des *parties* de jeunes adolescents : les mêmes garçons, les mêmes filles, des disques et de la bière, parfois un punch au gin clandestin, fabriqué sur les rivages de criques lointaines et réputé vous rendre aveugle si vous en buviez trop.

Les excursions hors de la ville étaient rares. Parfois nous allions à la pêche. Deux heures de conduite dans la jungle pour trouver une rivière brunâtre et pêcher la perche au lancer.

Parfois nous descendions à Lagos camper pendant une semaine dans des cabines de plage branlantes de Tarqua

Bay. Pêcher sur la jetée, faire de la voile – en esquivant les cargos entrant dans le port de Lagos, s'adonner au surf sur les plages à déferlantes et, la nuit, dormir sur des lits de camp en plein air, sous les étoiles et une moustiquaire. Les Américains appellent les enfants de leur personnel militaire servant à l'étranger les « morveux de l'armée » ou les « morveux de l'aviation ». Il y avait des moments où nous étions des « morveux coloniaux ». Paresseux, nombrilistes, hédonistes et totalement dépourvus de curiosité à l'égard du pays dans lequel nous vivions.

Tout ceci changea avec la guerre du Biafra. Je me rappelle très bien le jour du coup d'État militaire qui précipita le pays dans la guerre civile. Je devais repartir en Angleterre pour le début du trimestre. Johnson, notre cuisinier, m'annonça, laconique, que je ne partirais pas. Pourquoi pas ? demandai-je. Parce que, dit-il, il y aura un coup d'État militaire lundi. Il avait raison.

Durant la guerre (1967-1970), le ton de la vie changea radicalement, ceci surtout à cause de l'écrasante présence de l'armée nigériane. Dès votre descente d'avion à l'aéroport d'Ikeja, les soldats en armes devenaient un trait permanent de votre journée. Même en permission, les soldats gardaient leurs fusils avec eux : en autobus, dans les bars, en promenade avec leurs enfants.

Un soir où nous circulions en voiture mon père et moi sur une route tranquille, nous dépassâmes, au détour d'un virage, un fût de pétrole avec une planche appuyée dessus et qui mordait de cinquante centimètres sur la voie. Ce ne fut qu'après avoir vu une demi-douzaine de soldats surgir de derrière les arbres avec leurs Kalachnikov braquées sur nous que nous comprîmes qu'il s'agissait d'un barrage. Nous stoppâmes brutalement et descendîmes. Les armes s'abaissèrent et l'auto fut fouillée. Les soldats étaient jeunes et nerveux. Ils cherchaient des passeurs de devises, dirent-ils. Ils portaient des bouts d'uniformes de camouflage complétés par leurs propres vêtements : baskets, pantalons de flanelle, une chemise hawaïenne. Leurs fusils paraissaient très vieux – des surplus du Pacte de Varsovie – avec des numéros gravés grossièrement dans la crosse. Vous regardiez ces types qui s'étaient engagés à cause de la bière et des cigarettes que l'armée fournissait gratuitement, et vous vous demandiez ce qui se passait au cœur géographique de la rébellion.

Je ne suis pas retourné au Nigeria ni dans aucune autre partie de l'Afrique depuis 1973. J'ai commencé à écrire sur ce sujet en 1976, quand j'ai pondu un roman (jamais publié) sur la guerre du Biafra, quelques exercices de réflexion ultérieurs et un occasionnel accès de nostalgie en gardent le souvenir très vif dans ma mémoire. Une pluie particulièrement abondante, une nuit chaude et humide, le chant des grillons, une bière fraîche un jour de canicule sont toujours mesurés à leur équivalent africain et toujours jugés imparfaits. Mais c'est la musique de Nat King Cole qui s'est révélée le plus efficace des déclics proustiens.

À son lever le matin, mon père avait pour habitude de mettre presque aussitôt un disque sur le grammophone en noyer ciré qu'il avait fait venir d'Angleterre. Invariablement, il choisissait un disque de Nat King Cole, dont les premières mesures étaient accueillies par de bruyantes rouspétances de la part du reste de la famille. Mais il n'y prêtait nulle attention. Il se plantait au centre de la pièce principale, les portes coulissantes grandes ouvertes pour laisser entrer la brise fraîche de l'aube, et il contemplait le paysage ensoleillé en chantant avec Nat King Cole. Il me faisait toujours l'impression dans ces moments-là d'un homme très heureux. Chaque fois que j'entends cette inimitable voix sèche, je pense à mon père et à l'Afrique au petit jour.

Hantise

1. Los Angeles

« Je m'appelle Alexander Rief. Je m'appelle Alexander Rief. Je m'appelle Alexander Rief – et je crois que je deviens fou. »

C'est dans la cabine de première classe d'un jumbo-jet, en route pour Los Angeles, que j'écrivis ces mots dans mon carnet de notes, pensant – autant que je m'en souvienne – que la simple répétition de mon nom me donnerait une sorte de prise sur une raison en passe de me fuir très vite. Je regardais mes dessins pour le projet Demarco dans Pacific Pallisades et me sentais relativement bien : j'avais déjeuné sans boire une goutte d'alcool à cause de la vague migraine dont je souffrais. Migraine qui avait débuté environ une heure après le départ de Londres : rien de très extraordinaire en soi – à ceci près que je souffre rarement de maux de tête – mais je me rappelle celle-là parce qu'elle faisait, presque physiquement, le tour de mon crâne, un peu comme si quelque chose rampait à l'intérieur, partant de la nuque et puis se déplaçant le long du côté droit pour se loger au centre du front. Je pris deux aspirines et attendis que l'analgésique fasse son effet mais sans succès apparent. La migraine augmenta d'intensité au point de ne plus pouvoir l'ignorer. Pas aveuglante, ni vibrante mais indubitablement là, lancinante. Je massai mon front du bout de mes doigts, le frottai avec le baume calmant fourni dans le sac de toilette offert gracieusement en première classe, et enfin sortis mes papiers avec l'espoir d'amoindrir la douleur en m'en détournant, ou du moins d'avoir autre chose en tête que ces visions de caillots de sang, d'attaques et de tumeurs qui commençaient à s'immiscer dans ma raison.

Je contemplais donc mes dessins des terrasses Demarco, le mouvement des sentiers descendant vers la piscine et ses plantations, et je pris mon crayon pour ajouter de petites hachures au rang de cyprès que j'avais décidé de mettre derrière le *pool-house*.

J'entreprenais d'ombrer le feuillage quand soudain je sentis mon bras se refroidir comme sous l'effet d'un courant d'air sur ma droite. En même temps je remarquai, sans toutefois le sentir, que ma prise sur le portemine en argent se renforçait, que mes ongles rougissaient et qu'une légère mais discernable poussée faisait trembloter la pointe du crayon tel un sismographe sur le point d'enregistrer une éruption majeure.

Et puis je commençai, ou plutôt ma main commença, à tracer des signes, de grands signes vigoureux à travers mon délicat dessin des terrasses Demarco. Ces signes ressemblaient à un genre de X allongé, chacune des quatre branches étirée à l'horizontale. Ma main soulevait le crayon de la page afin que le signe soit bien tracé et, dès que j'en avais fini un, elle entamait aussitôt le suivant. Bientôt mon croquis en fut recouvert et je tournai la page pour permettre au phénomène de se poursuivre. Ce qu'il fit, avec fermeté et minutie, tous les X de la même taille, sans rien de dément ni de frénétique dans leur forme.

Je demeurai là, presque sans respirer, tandis que ma

main droite continuait à marquer la page indépendamment. À un moment donné, je posai ma main gauche sur mon poignet droit mais sans pouvoir exercer la moindre force : le crayon continua à se mouvoir. J'ôtai bientôt ma main et regardai la masse des X noircir peu à peu la feuille entière. Tandis que le personnel de cabine passait et repassait dans la travée, je me penchai en avant pour donner l'impression que j'écrivais. En proie à une terreur inhabituelle, je transpirais abondamment. Alors que ma main droite se promenait à son gré sur la page, je me demandai si quelque chose s'était détraqué dans mon cerveau – si la migraine était le signe de la rupture de vaisseaux sanguins vitaux ou d'un dysfonctionnement fatal de mes neurotransmetteurs, et je commençai à percevoir dans mon oreille interne un gémissement silencieux – une mélopée confuse et désespérée – comme si mon âme, l'âme d'Alexander Rief, avait perdu le contrôle du corps qu'elle habitait.

La « crise », l'« attaque », parut durer, je ne sais pas, cinq, dix minutes, je n'avais pas regardé ma montre. Soudain, je sentis ma main droite s'arrêter et la pointe du crayon demeurer inerte sur la page. Mon bras, que je touchai doucement des doigts de ma main gauche, était de nouveau tiède. Je laissai tomber le crayon, serrai et desserrai mon poing. Mon cerveau paraissait vide, brusquement calme après le tapage de ma détresse intérieure, et je soufflai lentement. Je ramassai le crayon avec soin, le tournai entre mes doigts et écrivis mon nom : « Je m'appelle Alexander Rief. Je m'appelle Alexander Rief… » Ce n'est que dix minutes plus tard, quand je me fus quelque peu calmé, que je remarquai que ma migraine avait disparu.

> Assis dans l'obscurité croissante de ce jardin californien, notai-je ce soir-là dans mon journal, je me demande ce que diable il m'a pris à bord de l'avion. Pression du travail ? Mini dépression nerveuse ? Ces signes d'une

conduite aberrante peuvent affliger un individu de cette manière totalement imprévue, je sais, mais jusqu'ici j'ai vécu ma vie sans aucune crise de stress, aussi stressante qu'ait été la situation dans laquelle je me trouvais. À présent, je me sens fatigué mais parfaitement normal. J'ai téléphoné à Stella à Londres et j'ai décidé de ne rien lui dire de ce qui s'était passé. Est-ce sage ? Qui sait ? Il n'y a pas de raison de l'inquiéter indûment. Demain : chez Demarco pour un examen des plans redessinés. John-Jo arrive mardi par avion.

Le reste de cette soirée se déroula sans rien de remarquable : j'appelai le service d'étage, commandai une assiette de spaghettis, bus une demi-bouteille de chardonnay et tentai de demeurer éveillé le plus longtemps possible afin d'atténuer l'effet du décalage horaire, de tromper mon horloge corporelle, encore à l'heure londonienne. Je me promenai dans les jardins frais, discrètement éclairés, de l'hôtel, et repensai à ce qui m'était arrivé dans l'avion, passant en revue la séquence des événements, cherchant à découvrir si une analyse plus poussée y apporterait une réponse. Aucune explication simple ne se présenta. De retour dans ma chambre, je sortis mon carnet de notes, pour examiner mes croquis défigurés et réfléchir à cet amas touffu de signes cryptiques que ma main avait tracés à travers les pages. Qu'étaient ces X allongés ? Que pouvaient-ils signifier ? Je fis opérer au carnet un tour de quatre-vingt-dix degrés sans m'en trouver plus avancé. À la verticale, ces X ressemblaient à des sabliers schématiques. Ils paraissaient n'avoir aucun sens. J'en copiai un sur le bloc de papier à lettres de l'hôtel, me demandant soudain si cet acte allait déclencher de nouveaux symptômes mais cette fois ma main obéit à mon cerveau. Que disait Hamlet à Horatio, déjà ? « Il y a plus de choses dans le ciel et sur la terre que n'en rêve votre philosophie… » J'éteignis la lumière et m'endormis – relativement vite.

John-Jo Harrigan, mon vieil ami et associé, passa sa main dans ses cheveux roux clairsemés, plissa les yeux et, détournant son regard de l'horizon bleu barbouillé sur la mer pour le porter vers moi, me contempla, l'air franchement déconcerté.

« Demarco est très inquiet, dit-il. Il aimait tes premiers dessins. Beaucoup.

– Ils étaient mauvais. Tout était mauvais. La forme de la piscine était mauvaise.

– Il veut une piscine rectangulaire. Sa femme est une nageuse enragée. Elle aime faire ses longueurs chaque jour.

– Quand il verra les nouveaux plans, il changera d'idée. Je ne sais pas à quoi je pensais. Attends de les voir, J.-J. » Je lui tapotai la main. « La maison aura une gueule folle.

– Il affirme qu'il ne souffrira aucun retard. »

John-Jo alluma un de ses petits cigares malodorants.

« Ça me plaît, ça : "souffrir".

– Il a un doctorat de Princeton. Ce n'est pas un abruti de milliardaire.

– Nous ne sommes pas des abrutis d'architectes. Il n'y aura pas de retard. »

Nous repartîmes le long de la jetée de Malibu vers la plage.

« Je crois qu'on peut fumer sur la jetée, dis-je.

– En fait, ce qui l'a vraiment mis en rogne, je pense, c'est que tu ne t'étais pas rasé pour le rendez-vous.

– Je suis un architecte-paysagiste, pas un comptable.

– Tu te laisses pousser la barbe ? » ricana John-Jo comme si l'idée était inconcevable.

Je tâtai mon menton piquant, râpeux.

« Je n'avais simplement pas envie de me raser, répliquai-je, avec une grimace. Rêverie californienne.

– Tu n'es qu'un foutu hippie ! s'écria John-Jo en rigolant. J'ai prévenu Stella, elle a refusé de m'écouter. Je lui ai dit, je m'en souviens : "Stella, chérie, tu épouses un sacré bon dieu de hippie." » Il me sourit. « Allons boire un verre, conclut-il avec un geste en direction du bar-restaurant qui ouvrait tout juste. Et puis je m'en irai convaincre Demarco que tu es un génie. »

Je déménageai de l'élégant et impossible hôtel avec ses sombres jardins luxuriants afin de retravailler les paysages Demarco dans une solitude idéale. Je louai un studio dans Venice, à une rue de la plage, avec canapé-lit, douche et kitchenette. Spartiate et, après une demi-journée de ménage, aussi propre qu'il pouvait l'être. J'achetai un grand bloc de papier dessin, des plumes, des pinceaux, des encres de couleur et me mis au travail. Je savais que je devais produire quelque chose d'instantanément saisissant : mes nouveaux plans différaient de manière si dramatique des précédents que Demarco devait en tomber amoureux sur-le-champ – aucune tentative de persuasion ne le ferait changer d'idée. Je n'avais droit qu'à un coup, un seul – et il fallait donc que les dessins fussent aussi achevés que possible, l'audace du concept sautant aux yeux tout de suite, à la seconde.

J'avais un téléphone mais décidai de ne donner mon numéro à personne. Je m'arrangeai avec l'hôtel pour qu'on y prenne mes messages que je recueillais deux fois par jour. Je ne fis part ni à Jo ni à Stella de mon déménagement. Je leur téléphonais comme si j'étais encore à l'hôtel – un subterfuge facile à entretenir. Plus tard tout ceci devait me retomber fatalement dessus.

> 15 mai. Mardi, je crois. Bon travail ces deux derniers jours, intense et concentré. Je pourrais vendre ces dessins à une galerie. Un événement curieux. Ma barbe poussait ; je ne m'étais pas rasé depuis mon arrivée, soit quatre jours, et ça commençait à me démanger et à me gratter. J'allai me raser et découvris que je pouvais raser ma

> mâchoire mais pas ma lèvre supérieure. Je plaçai le rasoir sous mon nez mais je ne pus bouger ma main. J'essayai de la main gauche mais avec le même insuccès – on aurait cru mes muscles figés. Refusant d'obéir aux ordres de mon cerveau. Partout ailleurs sur mon visage je procédai sans problèmes. Je rinçai la mousse et aperçus sur ma lèvre le début d'une fine et vaste moustache, une moustache qui ne s'arrêtait pas à la commissure des lèvres mais dont les poils descendaient et remontaient sur la joue dans un vague mouvement de guidon. Bizarrement, ce que je vis me plut. Je me faisais penser à de vieilles photos de cow-boys célèbres : Buffalo Bill, Wyatt Earp – très XIXe siècle et qu'on devrait remettre à la mode.

Pourquoi fus-je si peu troublé ? Je n'avais jamais eu de moustache dans ma vie, alors pourquoi maintenant ? Je justifiai la chose comme un désir inconscient de me fondre dans Venice, de devenir un véritable habitant de cette bizarre Banlieue-sur-Mer, nichée entre la respectable Santa Monica et les terrains vagues des zones industrielles autour de l'aéroport.

Je passais le plus gros de la journée chez moi à travailler, avec des incursions à la laverie ou au supermarché, je dormais comme un loir sur mon lit étroit et, chaque matin, au lever du soleil, j'allais courir sur la plage. Ma moustache poussait. Je me rappelle m'être entrevu dans une vitrine alors que je revenais en serrant contre moi un sac brun plein de provisions – je portais des jeans et un T-shirt, mes cheveux gris étaient hirsutes et dépeignés – et, durant un instant, je ne me reconnus pas. Une moustache peut modifier profondément un visage familier. Je fis halte, me retournai et fixai mon reflet : là encore, ce que je vis me plut. Personne n'aurait su que c'était moi, je me souviens avoir pensé avec un sourire tout en regagnant mes pénates. Je téléphonai à Demarco et fixai un rendez-vous pour le lendemain : les dessins étaient prêts.

Ce soir-là, je me rendis dans un bar du nom de Moon. Il était sombre et décoré avec prétention sur un insistant thème lunaire – des lunes multicolores sévissaient partout. La musique était bruyante et agressive mais, vu que nous étions à Venice, la clientèle offrait une remarquable diversité – tous les âges, toutes les dégaines, du beau et du grotesque – et je ne me sentais donc pas dépaysé. Je m'assis au bar et commandai un cocktail nommé « mer de la Tranquillité », bleu de couleur, étrangement doux-amer de goût – peu m'importait son contenu. Je sirotai mon verre, mon attention totalement retenue par la fille derrière le comptoir.

> 19 mai. Cette fille n'était pas jolie, elle avait un visage dur aux traits tirés, des petites dents irrégulières et la lèvre inférieure percée d'une épinglette. Son épaule droite s'ornait du sombre tatouage d'un signe cabalistique en volutes. Elle portait un tricot de corps délavé, un cycliste en tissu élastique et de grosses godasses de montagne. Après ma troisième « mer de la Tranquillité » et mon troisième pourboire de deux dollars, elle consentit à me sourire et me demanda si je fêtais quelque chose. « Demain, répliquai-je. Mettez le champagne à rafraîchir. » Elle avait des bagues à chaque doigt, y compris les pouces. « Panier percé, hein ? fit-elle, guère impressionnée. D'où sortez-vous, à propos ? » Elle ramassa les dollars. J'étais saoul mais je la voulais, je voulais sentir cette épinglette m'égratigner le corps. Je lui dis donc mon nom, d'où je venais et que je serais là le lendemain pour mon champagne. Elle m'informa qu'elle s'appelait Leandra.

Je marchai jusqu'à la plage. C'était un dimanche et la foule dominicale avait complètement disparu à l'exception d'un patineur ou d'un cycliste filant à toute allure d'un bout à l'autre des allées cimentées. Les Veniciens étaient encore là : les colporteurs, les culturistes, les mendiants, les liseurs de tarot, les monologueurs et diverses autres âmes perdues et marmonnantes qui allaient et venaient. Je passai devant un guitariste (un cul-de-jatte, en l'occurrence) assis dans un fauteuil de coiffeur égrenant lentement ses notes, et la combinaison de la musique, de mes « mer de la Tranquillité », du bruit des vagues de l'océan invisible ajoutés à la brise tiède firent naître en moi un profond et divin moment de bonheur. Je sentis que j'avais atteint une étape importante dans ma vie, non pas un tournant ou un point critique, simplement un de ces jalons, une de ces bornes. Une douce sensation de vieillissement, peut-être, de l'horloge corporelle sonnant l'heure.

« Je vois que vous êtes un homme heureux, lança une voix. Un homme qui a réussi. »

Je reconnus le ton classique du diseur de bonne aventure et me retournai sur un grand homme mince coiffé d'un feutre noir, ceinturé, frangé et emperlousé comme s'il auditionnait pour le rôle d'un devin bohémien dans une pantomime. Il brandissait un bouquet de bruyère blanche.

« Regardez, dit-il. Vous êtes écossais et j'ai de la bruyère blanche. Je savais que je rencontrerais un Écossais aujourd'hui. »

Pas un diseur de bonne aventure, pensai-je, juste un autre de ces Veniciens déjantés.

« Je suis anglais, répliquai-je, il y a une grosse différence.

– Oh non, vous êtes écossais. Achetez ma bruyère blanche pour cinquante dollars. Elle vous portera chance.

– Non, merci. »

Je tournai les talons et m'éloignai. Je n'avais pas besoin de sa chance.

« Donnez-le à Sarah. »

Je fis halte.

« Donnez-le à votre petite amie, Sarah. Sarah, celle que vous aimez.

– Je crains que vous n'ayez tout faux. Écoutez, ça devient gênant.

– Votre fille Sarah, alors.

– J'ai deux fils. Bonsoir. »

Je le laissai et repartis à grandes enjambées puis ralentis, essayant de recouvrer la sérénité que j'avais si brièvement éprouvée mais je n'y parvins pas. Les certitudes absurdes du diseur de bonne aventure avaient brisé le charme et, chose assommante, ses mots me poursuivirent sur le chemin du retour. La bruyère blanche portait chance – pourquoi ? Qui en avait décidé ainsi ? Je ne pus pourtant m'empêcher de penser que j'aurais dû acheter son porte-bonheur.

Vêtu d'une chemise crème, d'un pantalon marron et chaussé de souliers deux tons, Odell Demarco m'attendait sur le chantier. On coulait du ciment dans les nouvelles fondations de la maison que John-Jo avait dessinée. Devant, et faisant face à la mer, s'étendait un terrain de trois hectares en pente douce que j'étais censé transformer en un jardin paradisiaque. Demarco me serra la main avec un petit sourire tendu.

« Hé, Alex ! dit-il en guise de salut. La moustache – ça me plaît, ça vous va bien.

– Merci, Odell », répliquai-je.

Il ne m'avait pas autorisé à l'appeler Odell mais il n'était pas dans les habitudes du cabinet Harrigan-Rief de lécher les bottes des clients, aussi riches fussent-ils. S'il voulait que je l'appelle Monsieur Demarco, il n'avait qu'à m'appeler Monsieur Rief.

« Où est Yolanda ? » m'enquis-je, Yolanda étant la deuxième, voire la troisième, Madame Demarco.

« Yolanda est un peu inquiète, si je peux être franc, dit Demarco, les yeux brillants de franchise inquiète. Elle a souhaité que je vienne seul à cette réunion. Mais elle m'a demandé d'insister sur la piscine de vingt-cinq mètres.

– Elle aurait dû venir, rétorquai-je, souriant. La piscine fait maintenant cinquante mètres de long. » Je posai mon carnet de dessins sur le vaste capot luisant de sa voiture. « On se met au travail ? »

Ce soir-là au Moon, je commandai à Leandra une bouteille de Krug millésimé et insistai pour qu'elle en prenne une coupe. J'entendis le « ting » de son épinglette contre le verre lorsqu'elle le porta à ses lèvres.

« Oh, j'aurais dû formuler un vœu, dit-elle. Que célébrons-nous ? »

Je levai mon verre.

« Mort aux Philistins ! » m'écriai-je.

Demarco avait fait montre d'une fermeté et d'un calme remarquables lorsqu'il m'avait viré le matin même, et, tout à coup, je vis le milliardaire en lui, et son assurance de magnat impitoyable. Il m'ordonna de rétablir sur-le-champ mes plans originaux et je refusai poliment. Il m'enjoignit de les lui rendre – avec leurs terrasses planes, leur parfaite symétrie – et de nouveau je refusai. Il me menaça d'un procès : je lui rappelai plusieurs clauses de notre contrat. Il affirma qu'il allait arrêter la construction de la maison et en faire dessiner une autre, et, à mon tour, je le menaçai d'un procès par Harrigan-Rief.

« Vous êtes libre d'accepter ou de rejeter le projet que je vous propose, dis-je. C'est tout.

– Mais il n'a ni queue ni tête ! Où est la piscine ? Qu'est-ce que c'est que cette colline à la manque que vous avez mise ici ? Et ça, qu'est-ce que c'est ?

– Un demi-hectare de bambous.

– Vous avez complètement perdu votre putain de bon sens ? Je serai la risée générale.

– Vous avez là l'occasion de vous faire la réputation d'un homme d'un goût et d'une vision extraordinaires. »

Nous échangeâmes encore quelques insultes implicites avant qu'il ne m'expulse du chantier et appelle John-Jo sur son portable.

Rétrospectivement, je pense que c'est surtout la transformation de la piscine qui lui fit piquer sa crise, et la pensée de la possible réaction de Yolanda à mon plan. J'avais en effet proposé de façonner une colline inégalement conique (au lieu d'une nette succession de vastes terrasses en dégradé) et, à la base de la colline, j'avais placé une piscine en méandre aux contours irréguliers, se rétrécissant en son milieu et formant une sorte de lac (avec débordement) du côté mer. Pas une ligne droite en vue. De plus, les sentiers que j'envisageais tournaient et serpentaient autour des pentes et à travers des ravines avant de se perdre dans la sombre verdure de la plantation de bambous.

Mes dessins ne laissaient rien à l'imagination : j'avais fait deux versions, l'une représentant la plantation terminée et l'autre l'endroit tel que je l'imaginais dans dix ans. Rien d'ambigu, tout était prévu et certain – exact. Les jardins de la Maison Demarco dans Pacific Pallisades auraient été mon plus grand triomphe.

> 23 mai. Je n'ai pas quitté ma chambre depuis trois jours. Leandra apporte nourriture, boisson et cigarettes en revenant du bar. Il semble que nous ayons pris l'habitude de faire l'amour le matin – elle dit qu'elle est trop fatiguée après une soirée de travail. J'ai été déçu de découvrir que son tatouage était le seul qu'elle eût, et qu'elle enlevait son piercing pour dormir. Elle a un corps étonnamment pâle. Si je n'ai pas trop la gueule de bois, nous faisons l'amour avant le petit déjeuner, et elle accepte volontiers les cent dollars que j'entends lui donner. Cette nuit, dit-elle, elle m'apportera des pilules pour « me remonter ».

Leandra et moi passâmes environ une semaine dans cette sorte d'attelage avant qu'elle ne se fatigue de ma personne. Du moins, je suppose que c'était de la fatigue : il s'agissait peut-être tout bonnement de désillusion. Quand elle ne rentra pas du Moon un soir, je m'y rendis le lendemain pour la chercher mais elle me déclara sans ambages que c'était fini. Je lui offris des honoraires de deux cents dollars et elle appela le directeur.

« Tu es dégoûtant, furent ses derniers mots. Regarde-toi. Prends un bain. Tu pues. »

Les jours suivants s'écoulèrent dans une sorte de brouillard. Je cessai de tenir mon journal et je me mis à boire très sérieusement. Dans une supérette ouverte 24 heures sur 24 où, poussé par la faim, j'achetais mes casse-croûte, une fille m'avait tapé dans l'œil. Elle était mexicaine, je crois, et s'appelait Encarnacion. Grassouillette, elle avait un aimable sourire, les cheveux striés de mèches blond-blanc, et de multiples fines chaînes en or autour du cou. Je m'astiquai et l'invitai à dîner. Nous mangeâmes chez un Chinois de Santa Monica et regagnâmes mon studio. Nous nous embrassions au milieu de la pièce quand la sonnette retentit.

John-Jo Harrigan était planté sur le seuil. Je vis son regard passer de moi à Encarnacion qui, sans se démonter, défroissait sa blouse.

« Il est temps de rentrer à la maison, Alex », dit doucement John-Jo.

2. Londres

21 juillet. Pris d'une torpeur saisonnière, Londres suffoque de chaleur – et je n'aime pas ma femme. Je la regarde, je vois combien elle est séduisante, je peux évo-

> quer le souvenir – et l'intensité – de l'amour que nous avons autrefois connu, mais je me rends compte qu'il m'est impossible de vivre dans le passé. Je partage la maison avec une personne de ma connaissance qui, à part des remarques appuyées sur mon tabagisme, mon alcoolisme et ma paresse, tolère ma présence, et, bien plus, fait tout ce qu'elle peut pour me réconforter au maximum.

Mais je pouvais sentir, malgré mon nombrilisme, mon égoïsme total, que sa patience et sa sollicitude n'étaient pas infinies. Mes fils Ben et Conor avaient quitté la maison, Ben pour l'université, Conor pour le Zimbabwe et l'Unesco, et nous étions plus ou moins livrés à nous-mêmes. Les amis se montraient discrets : le bruit courait que j'avais été malade, que j'avais besoin de récupérer. Seul John-Jo nous rendait régulièrement visite. Durant ces soirées d'été étouffantes, je m'installais dans le jardin, agrippé à un verre de vodka glacée et je regardais la haute silhouette de Stella se déplacer entre les plates-bandes dans l'épaisse lumière du crépuscule, élaguant les buissons et coupant les fleurs fanées, conscient que mon regard était parfaitement objectif, notant simplement la manière dont elle rejetait une grosse mèche de cheveux blond cendré, ou la forme de ses fesses tandis qu'elle se penchait pour arracher une mauvaise herbe, ou ses longues jambes quand elle avançait vers moi sur la terrasse. Et je comprenais que j'aurais pu être en train d'observer n'importe qui, Leandra, même, ou Encarnacion. Alors, dans un soudain accès d'irritation et de regret, je me rappelais que je n'étais pas allé plus loin avec Encarnacion que ce seul et unique haletant baiser mêlant nos langues et, avec un manque de logique absolu, je rendais Stella responsable de cette immense et permanente déception.

> 25 juillet. Je m'inquiète pour mes relations futures avec John-Jo. Hier, je suis allé sur le site d'enfouissement des

déchets à Slough, et le chef de chantier m'en a refusé l'entrée. J'ai donc appelé John-Jo qui m'a dit que ma visite de la semaine dernière (quand j'avais ordonné d'approfondir le vallon principal que nous avions déjà creusé) avait peut-être coûté des dizaines de milliers de livres vu que maintenant nous ne serions pas prêts dans les délais et que les pénalités de retard allaient nous tomber dessus. Je lui ai répliqué que les aménagements paysagers n'étaient pas parfaits. Il s'est écrié, je le cite : « Ce n'est qu'une putain de décharge, Alex ! – Mais elle est signée de mon nom », ai-je dit. « De *notre* nom, a-t-il corrigé. Nous sommes associés, rappelle-toi. »

Je commençai à redouter que le traitement que je suivais affectât mon humeur. Je me sentais soit léthargique et maussade, soit irritable et surexcité. Après que John-Jo m'eut ramené par avion à Londres, j'étais entré en clinique pour une semaine de convalescence : je souffrais, semble-t-il, de déshydratation, de malnutrition et d'un métabolisme sérieusement déglingué. On me mit aux tranquillisants et je dormis soixante-douze heures d'affilée. À mon réveil, désorienté mais propre et relativement calme, je me rendis compte que, durant mon sommeil, on m'avait baigné et rasé. Sur les ordres de Stella, ma moustache avait disparu. Elle me manquait, laissant ma lèvre supérieure vulnérable, étiolée. Je compris qu'il me fallait la faire repousser tout de suite. Je réclamai des cigarettes. Je ne fumais plus depuis vingt ans mais pour une raison quelconque l'envie m'en était revenue en Californie, cette zone non-fumeurs, et je n'avais pas tardé à en arriver à deux paquets par jour.

Parfois, je sentais le regard de Stella se poser sur moi à la dérobée, et avec lui une tristesse prête à m'envelopper. Même dans mes rares moments de lucidité, je ressentais sa pitié et son incompréhension, je ressentais sa compassion. De temps à autre, elle essayait de m'en parler : que se passait-il ? Étais-je malheureux ? Pourquoi – dans des moments plus explosifs – m'appliquai-je à détruire nos vies ? Elle convoqua Ben qui vint de Cornouailles passer avec nous un week-end très tendu. Je trouvai soudain Ben gauche et pas drôle, son humour de collégien (ma moustache étant le sujet d'une quantité de saillies) de plus en plus déplaisant. Je m'aperçus que ma froideur le bouleversait, très profondément, et il décida de partir. Je ne fis aucun effort pour lui dire au revoir mais je notai que Stella eut les yeux rouges et larmoyants toute la journée – et je l'entendis plus tard ce soir-là parler avec insistance à Conor en Afrique.

> 2 août. J'étais chez un opticien dans Kensington High Street hier matin, en train d'acheter ma troisième paire de lunettes de soleil en trois jours à une fille brune au regard sournois, avec suçon sur le cou – dont je venais d'apprendre qu'elle se prénommait Megan – quand je fus saisi par une sorte de transformation. Comme si je m'étais débarrassé de quelque chose ou que quelque chose m'eût quitté. Un instant je me sentis très faible et tremblant, ce qui me valut une question inquiète de la part de Megan. J'inspirai profondément et regardai autour de moi, les yeux brusquement dessillés. Je me souvins que j'étais venu dans cette boutique parce que je souffrais d'une obsession à propos de cette fille, pareille à celle expérimentée avec Leandra et Encarnacion. Je lui présentai mes excuses et partis.
>
> Je rentrai à la maison et demandai pardon à Stella : son soulagement manifeste me fendit le cœur. Nous parlâmes jusqu'à l'aube, concluant que je devais avoir eu une sorte de dépression nerveuse, que peut-être le traitement commençait à faire son effet et qu'un peu d'équilibre revenait enfin dans nos vies (je téléphonai à Ben, pauvre garçon, et m'excusai pour ma rudesse). Et pourtant, ce matin, comme je me tartinais le visage de crème à raser et tentais de raser ma moustache, mes bras se raidirent de nouveau.

« Une chose à la fois, dit Stella. Vas-y mollo. Au moins, tu penses droit. »

C'est Petra Fairbrother, ma psychiatre, qui m'encouragea à examiner systématiquement les faits et à organiser les indices. Une femme bien en chair avec des lèvres molles et de grandes mains douces qu'elle agitait beaucoup. Elle était également très intelligente mais, à l'instar de beaucoup d'Anglaises intelligentes (et d'Anglais, d'ailleurs), elle prenait grand soin de dissimuler son intellect sous un brouillard d'aimable dilettantisme. Elle repoussait les vagues diagnostics du style dépression nerveuse, crise de la cinquantaine, schizophrénie. « Ça semble, voyez-vous, bien plus intéressant que ça – c'est trop, vous comprenez, trop précis », dit-elle, pointant un crayon sur moi. Elle était particulièrement fascinée par les pages de mon carnet où s'inscrivaient les X allongés, particulièrement intriguée par le fait que ces inscriptions n'étaient pas réapparues. Elle me demanda de tracer le signe devant elle, ce que je fis sans réfléchir.

« Ça ne déclenche rien ? s'étonna-t-elle, la voix teintée de déception. Pas un tremblement, pas un frisson ?

– Rien, répondis-je, traçant une demi-douzaine de X supplémentaires.

– Je sens simplement que c'est là que se trouve la clé, annonça-t-elle, fronçant les sourcils, tirant sur une oreille et faisant de petits bruits d'explosion avec ses lèvres.

– Je pense que c'est un truc sexuel, dis-je un peu honteux. Quelque chose d'enfoui dans mon psychisme, en rapport avec un certain type de femme.

– Mais il ne se passait rien de sexuel à bord de l'avion quand tout a commencé. »

Je lui assurai que non. Puis je me souvins du mal au crâne.

5 août. Migraine. X allongés. Moustache. Cigarettes. Fantasmes sexuels. Fantasmes de prostitution. Femme de bas

étage. Anomie. Manque d'hygiène intime. Agression. Le jardin Demarco. La décharge. Hostilité à l'égard de la famille. Alcoolisme. La migraine serait-elle tout bonnement la réponse ? Ai-je besoin d'un scanner du cerveau ? J'ai eu trois jours de normalité – de quasi-normalité. Hier soir, Stella a rasé ma lèvre supérieure. Je n'ai rien senti. Nous avons fait l'amour. Pourquoi ai-je le sentiment qu'il s'agit là d'une sorte de paix factice, d'une aube trompeuse ?

Mes inquiétudes étaient justifiées. Je paraissais fluctuer entre une forme de normalité en alerte – la vie de famille reprit, j'allais même au bureau – et des humeurs que j'identifiais seulement comme aberrantes et dangereuses dans leurs conséquences.

Un jour, à Notting Hill, en quittant l'agence, je m'arrêtai pour acheter un journal et je vis une fille derrière le comptoir d'une boucherie (pourquoi les femmes qui travaillent comme bouchères ou poissonnières sont-elles tellement maquillées ?). Elle était brune avec une mâchoire un peu prognathe et une masse de cheveux secs tirés en arrière en un chignon de la taille d'une miche de pain dégageant un visage aux traits fermes. Elle avait des lèvres rouge cerise et ses yeux lourds de mascara m'étudiaient sous des paupières bleu ciel pendant que je commandais assez de viande pour nourrir un bataillon. Tandis qu'elle découpait des steaks et empaquetait des douzaines de saucisses, je la contemplai avidement – notant le duvet noir sur ses bras, ses mollets robustes au moment où elle se tournait pour prendre le hachoir, le manche de la brosse à cheveux émergeant de la poche de sa blouse en nylon. J'écrasai mon érection contre la vitre du comptoir, me demandant si cette grande gaillarde était la fille du petit homme chauve en train de hacher du veau sur le billot, et ce qu'elle ou il dirait si je l'invitais à aller prendre un verre. Je payai ma viande avec deux billets de cinquante livres – preuves, espérais-je, d'une immense richesse, et lançai :

« J'espère que je ne vous dérange pas mais je viens d'emménager dans ce quartier et je voudrais savoir s'il y a un bon pub par ici, vous voyez, un pub que vous recommanderiez… »

Elle se gratta le bras et fit la grimace :

« Qu'est-ce t'en penses, Frank ? » lança-t-elle à l'adresse du hacheur de veau. Il y eut un court débat sur les mérites des bistrots du coin jusqu'à ce que l'un de ceux-ci, appelé Le Duc de Clarence, soit choisi comme le plus satisfaisant. Je les remerciai, souris à la fille, le regard plein de messages, et partis.

Alors que je jetais mon gros paquet de viande dans la poubelle la plus proche, une déprimante vague de lucidité me submergea et mon obsession sexuelle m'apparut dans toute sa honteuse équivoque. Mais chez le boucher, je n'avais eu qu'une idée en tête, tout mon désir centré sur cette fille robuste aux mains rouges de sang. En repartant vers mon foyer et ma si patiente épouse, je sentis des larmes salées me piquer les yeux.

9 août. Il semble que j'aie frappé John-Jo hier au bureau, que je lui aie allongé une série d'uppercuts, dont l'un ait atterri sur le côté de sa mâchoire, me brisant l'annulaire gauche. Je ne me souviens de rien. Apparemment, j'étais bourré jusqu'à l'incohérence. J'avais passé ma troisième soirée d'affilée au Duc de Clarence à attendre en vain ma bouchère. Et, comme le pub fermait, j'avais acheté une bouteille de vodka et m'étais installé dans ma voiture pour la boire. J'ai dû réussir à arriver jusqu'au bureau le lendemain matin. Stella dit que j'ai accusé John-Jo de me trahir, de me voler systématiquement mes idées depuis des années, de s'être attribué tout le mérite là où il n'en avait aucun… Après quoi je me suis jeté sur lui. Pauvre Stella.

« Ça semble changer, dis-je à Petra Fairbrother. Ce n'est pas comme en Californie, où c'était permanent, maintenant ça va, ça vient, comme si on branchait et débranchait quelque chose.

– Je peux vous piquer une clope ? » s'enquit Petra.

Elle en prit une dans mon paquet et je la regardai l'allumer gauchement, comme si c'était la première fois de sa vie qu'elle tentait pareil geste, et puis je la vis inhaler profondément la fumée.

« Merveilleux, dit-elle. Ainsi, donc, vous pensez que la prise se desserre ?

– La prise ?

– Le truc qui vous a en son pouvoir…

– Vous parlez comme une sorte de nécromancien, de sorcier.

– Je m'exprime en métaphores, cher Alex. Mais, là encore, je suppose que nous pourrions, assez raisonnablement, être considérés comme des sorciers. » Elle sourit puis rejeta une volute de fumée du coin de la bouche avec bruit. « Des sorciers modernes essayant de chasser vos démons.

– Démons… répétai-je lentement. Un démon.

– Une métaphore commode. Mais vous vous battez contre des démons, Alex, ne vous y trompez pas. »

Je fronçais les sourcils, réfléchissant.

« Toutes les filles sont brunes et elles ont toutes un travail. Je ne veux pas simplement acheter du sexe, j'en suis sûr. »

Je lui racontai comment je m'étais trouvé dans une cabine téléphonique londonienne aux parois vitrées couvertes de douzaines de cartes de prostituées, illustrées d'improbables beautés nubiles de toutes races offrant leurs services.

« Je n'ai rien senti. J'aurais pu appeler n'importe laquelle. Ça a un rapport avec le type de fille, une fille qui travaille… » Je la regardai, désespéré. « Peut-être faudrait-il m'hypnotiser ?

– Qu'est-il arrivé à votre main ?

– J'ai essayé de casser la gueule de mon meilleur ami.

– Bon Dieu ! Vaut mieux se mettre au boulot. » Elle pinça les lèvres, tapota son bureau du bout des doigts. « Ça ne vous ennuierait pas que je parle à quelqu'un de votre cas ? Juste une petite idée. »

> 14 août. Hôtel Rankin, Bloomsbury. J'ai quitté la maison et Stella a demandé le divorce. Follement, stupidement, j'ai ramené chez nous une fille, une serveuse nommée Katerina, russe je crois, ou ukrainienne. Je lui ai dit qu'elle pouvait habiter avec nous, être notre pensionnaire puisque nous avions des tas de chambres libres. Stella est rentrée alors que la fille inspectait la chambre d'amis au sous-sol. Je ne l'avais pas touchée (j'en avais l'intention, bien entendu). Dans l'engueulade qui a suivi, il est apparu que John-Jo avait raconté à Stella qu'il m'avait trouvé avec Encarnacion. Stella était convaincue que j'étais embourbé dans une misérable crise de satyriasis due à la cinquantaine – elle avait été prête à la tolérer un temps mais plus maintenant. Je la dégoûtais, me hurla-t-elle, comment pouvais-je ramener une fille dans notre maison ? Qu'était-elle censée faire ? Il lui restait quand même un peu de dignité. Elle m'ordonna de quitter le domicile conjugal et j'obtempérai humblement. Demain je pars pour Édimbourg, peut-être vaut-il mieux que j'essaie de débrouiller cette affaire tout seul.

3. Édimbourg

Édimbourg en plein été était secouée par des bourrasques et une pluie battante venue du nord, entrecoupées d'apparitions d'un soleil à l'éclat déconcertant, les rues mouillées séchant sous vos yeux, les parapluies rangés, les imperméables ôtés, les jardins en terrasse dominés par le sombre château soudain remplis de candidats au bronzage à moitié nus, avant que – inévitablement – les nuages bleu ardoise se rassemblent au-dessus de Fife et de la mer du Nord pour se précipiter de nouveau sur la ville, et l'impitoyable déluge reprenait avec toute sa précédente énergie.

Je n'étais pas revenu ici depuis des années et j'avais oublié comment en août la ville s'abandonnait à son invasion annuelle de festivaliers, Princes Street et le Royal Mile résonnant de bavardages polyglottes, les palissades et les panneaux d'affichages un patchwork de posters et de publicités. Pourtant, sous cette éclatante frivolité et ce tourisme culturel, cet *Artfest* cosmopolite, l'effervescence et le pétillement de l'atmosphère – presque palpable – de gens décidés à se donner du bon temps, la vieille, austère et fuligineuse réserve des lieux paraissait simplement attendre son heure. Ces rieurs frivoles seront partis d'ici une semaine ou deux, semblait dire le message inscrit sur les visages sinistrement impassibles des habitants du cru, et alors nous pourrons nous remettre à cette affaire sérieuse qu'est la vie.

J'étais vivement conscient de cela, de la vieille cité et de ses mœurs implacables, tout en marchant le long d'un de ces « croissants » géorgiens d'un gris foncé lugubre de la Ville nouvelle, la pluie tombant de nouveau en diagonale, piquant mes joues et mon front, en direction du n° 37, et notai, à côté de la sonnette, la plaque de cuivre (marquée de larmes glacées) qui annonçait : THE ROYAL SCOTTISH INSTITUTE OF HYDRODYNAMIC ENGINEERING (Institut de technogénie hydrodynamique) et, au-dessous, cette brève injonction : *Les fournisseurs s'adressent à la porte de service de l'immeuble.*

Une minuscule bonne femme aux cheveux gris et aux yeux surnaturellement lumineux m'ouvrit la porte ; elle m'indiqua un siège dans le vaste hall plongé dans la pénombre où je fus inspecté par les nombreux portraits vernis de glorieux techniciens du XIXe siècle.

« Mr Auchinleck va vous rejoindre tout de suite », dit-elle, avant de refiler dans son bureau d'où je pus bientôt entendre, son de plus en plus rare, le bruit d'une frappe rapide sur une machine à écrire classique.

C'est Petra Fairbrother qui, sans le vouloir, m'avait fait quitter pour le Nord mon hôtel minable de Bloomsbury où elle m'avait retrouvé et informé par téléphone, l'excitation colorant sa voix, qu'elle croyait avoir une « piste » tout en n'ayant pas la moindre idée de ce à quoi elle pouvait mener.

Elle avait montré mes pages d'« écriture automatique », comme elle disait, à un de ses amis, un professeur de mathématiques à Cambridge. Il pensait que les signes, les X allongés, lui étaient vaguement familiers et il avait promis de faire des recherches. Je m'imaginai mes feuillets passés de main en main dans les salles des profs de divers collèges de l'université, le sage hochement de têtes grises sur mes hiéroglyphes, suivi de conjectures érudites… Mais, quoi qu'il en soit, l'homme rappela quelques jours plus tard pour dire que le signe avait été reconnu par un membre du département de technogénie. Il y avait toutes les chances, me rapporta Petra Fairbrother, que ce X que j'avais reproduit à dix mille mètres au-dessus de l'Atlantique représentât un concept établi en technogénie hydrodynamique, connu comme l'« onde de Saltire ».

Quelques heures dans une bibliothèque du coin me permirent de déterrer les faits essentiels à propos de l'onde de Saltire. Il s'agissait d'un phénomène découvert par l'ingénieur écossais Findlay Smith Quarrie en 1834. Un après-midi, montant son cheval le long des rives de l'Union Canal, près d'Édimbourg, l'ingénieur remarqua que, quand une péniche s'arrêtait brusquement, la masse d'eau autour d'elle, après une violente agitation initiale, se calmait et puis se déplaçait indépendamment en une vague régulière, comme si la péniche était toujours là et que le déplacement de l'eau causé par l'avancée de la péniche continuait à se produire. Ce jour-là, Quarrie avait éperonné sa monture et suivi cette vague le long du canal sur plusieurs kilomètres. La vague était miraculeusement réelle mais sa cause semblait fantomatique. « C'était comme si », nota Quarrie dans le rapport qu'il soumit à l'Institut de technogénie hydrodynamique, avec les excuses de rigueur pour la nature anthropomorphique de son observation, « l'eau se rappelait encore l'effet de la péniche ».

Dans ce même rapport, il proposa un symbole mathématique pour représenter ce phénomène : deux lignes parallèles contraintes de se croiser sous l'effet d'une torsion de force au milieu. Il le baptisa l'onde de Saltire parce que la forme qui en résultait ressemblait à une version allongée du X blanc sur fond bleu du drapeau écossais, connu familièrement sous le nom de « croix de Saltire ».

Assis dans le hall sombre de l'institut, j'attendis Mr Auchinleck, l'esprit vide mais ouvert. Je ne savais pas très bien pourquoi je m'étais senti obligé de venir à Édimbourg, ni ce que je pouvais y accomplir ou découvrir, mais au moins j'avais l'impression d'agir, de faire quelque chose de positif. Un éclaircissement pourrait résulter de cette visite et j'avais l'intuition qu'on le trouverait auprès de la personne depuis longtemps défunte de Findlay Smith Quarrie.

Des couinements de caoutchouc sur le parquet ciré précédèrent l'apparition de Mr Auchinleck. Un homme jeune, la trentaine, une masse de cheveux ondulés bruns, costume gris et chemise à carreaux sans cravate. Les couinements provenaient des grossières sandales qu'il portait, leurs semelles apparemment découpées dans des pneus de voiture. Je ne pus m'empêcher de regarder ses pieds et fus vaguement chagriné d'apercevoir les ongles de ses orteils, d'une longueur indue, émerger entre les lanières telles des griffes jaunes recourbées.

Auchinleck – « Appelez-moi Gilles », suggéra-t-il aussitôt – se révéla un type sympathique, intrigué d'apprendre que j'étais sur les traces de Findlay Smith Quarrie et de son onde de Saltire.

« Un homme fascinant, dit Auchinleck. En avance sur son temps. Je ne crois pas, pour être franc, qu'il ait vraiment su ce qu'il avait découvert avec ses ondes. » Il sourit. « Aujourd'hui tout est baptisé onde, non ? Les atomes sont à la fois des ondes et des particules, récita-t-il d'une voix chantante. Ne prétend-on pas que même la pensée est fondamentalement un phénomène ondulatoire ?

– Et c'est vrai ? demandai-je, intrigué.

– Enfin, c'est ce qu'on dit. Des ondes, des ondes partout. Voulez-vous voir à quoi il ressemblait ?

– Qui ça ?

– Quarrie. »

Gilles Auchinleck me conduisit à l'étage, dans la salle de conférences de l'institut, une rangée semi-circulaire de stalles faisant face à une estrade en bois dressée contre un immense tableau surpeuplé.

« 1834, dit-il. Les fondateurs. Voilà Quarrie debout à côté de sa célèbre pompe. »

Je m'avançai en suivant son doigt tendu pour aller contempler de près le portrait bien rendu d'un personnage rondouillard au visage rose, le ventre tirant sur les boutons du gilet de soie, plus près du genre gentilhomme campagnard que de l'idée qu'on se fait d'un ingénieur de l'époque victorienne.

« Quarrie a amassé une fortune avec cette pompe, reprit Auchinlek. Au milieu du siècle, on la trouvait dans toutes les mines de charbon du monde. »

Il poursuivit son discours mais je ne l'écoutais plus car mon regard avait été accroché par un sombre personnage à l'arrière-plan, un homme en costume noir avec une bizarre écharpe en soie blanche autour du cou. Il tenait dans une main un cigare allumé et son regard semblait transpercer le tableau. Des traits affaissés – décomposés par la maladie ou la débauche, aurait-on pensé –, mais le plus frappant c'était la vaste moustache barrant de sa noirceur un visage au teint jaunâtre, moustache dont les bouts s'étendaient au-delà des commissures des lèvres et remontaient sur les joues, en guidon de bicyclette.

« Qui est cet homme ? demandai-je, en tendant le doigt. Celui qui est derrière.

– Bonne question, répliqua Auchinleck. Si nous descendons dans la bibliothèque, je pourrai vous répondre avec certitude. »

> Édimbourg. 17 août. On dit que parfois la force d'un regard peut se faire sentir physiquement (peut-être le « regard » est-il une forme d'onde ?) et, s'il est suffisamment intense, peut obliger son objet à se retourner ; pourtant la fille derrière le bar, que je fixe des yeux depuis cinq minutes, continue à fumer sans se troubler, et à regarder partout sauf de mon côté. Elle est brune, bien entendu, jeune, avec une petite ombre d'acné aux coins de sa grande bouche. Alors qu'elle me servait mon quatrième double scotch à l'eau, j'ai remarqué que ses ongles étaient rongés jusqu'au sang. Elle est grande, avec une silhouette d'adolescent et ses cheveux sont hérissés de gel. Je suis installé ici dans un recoin, en train de griffonner, et je sens mon désir pour elle telle une douleur dans mon ventre. Tel un poignard dans mes tripes. Je vais continuer à boire ici jusqu'à la fermeture et puis je lui demanderai de venir avec moi à l'hôtel. Il y a une différence à présent : je semble être capable de m'écarter de l'attaque, de la crise, de la folie ou de quoi qu'il s'agisse, je semble être capable de reconnaître qu'elle est en route. Est-ce un signe de la diminution de son emprise sur moi ? Ou bien est-ce simplement que j'apprends à vivre avec, tout comme l'invalide et son incontinence chronique ? On

dirait qu'une partie de mon cerveau demeure mienne...
Et pourtant je refuse de me lever et de quitter cet endroit.

Wallace Kilmaron. Wallace Kilmaron. Il s'appelait Wallace Kilmaron – l'homme dans le tableau avec le cigare et la moustache. Auchinleck avait pu l'identifier grâce à une carte de repérage de la multitude des personnages (trente-trois en tout) et me fournir quelques informations. Kilmaron, expert en systèmes de drainage et d'irrigation, avait surtout travaillé en Hollande où il était reconnu comme hors pair dès qu'il s'agissait de construire écluses, canaux et ces structures compliquées qu'impliquent les assèchements de terrain. Il vécut entre 1796 et 1840. Auchinleck n'avait pas la moindre idée de la façon dont il était mort mais il n'avait pas atteint un très grand âge, même à l'aune du XIXe siècle. Plus intéressant, il avait démissionné de l'institut en 1835, d'où le manque d'informations le concernant. « La plupart des membres nous ont confié leurs archives, expliqua Auchinleck, ce qui représentait la moitié des objectifs visés par la fondation de l'institut. Quelque chose a dû aller de travers, nous n'avons rien sur Kilmaron, j'en ai peur, en dehors de ces indications de base. »

Comme s'il était responsable de cette lacune, Auchinleck passa obligeamment un coup de fil à un de ses amis de la Bibliothèque nationale d'Écosse, et un rendez-vous fut fixé pour le lendemain au cours duquel tout ce que la bibliothèque possédait sur Kilmaron serait mis à ma disposition.

J'étais en avance et m'installai dans un café pour attendre l'ouverture des portes. Je sentais en moi une tension due à ma bizarre conviction que la réponse à mon problème se trouvait à l'intérieur de cette solide bâtisse de grès gris. J'avais aussi la gueule de bois, ma soirée de beuverie ayant eu pour résultat une légère et sournoise migraine, le tout amplifié par un reste de sentiment de honte à l'idée de mes vaines avances à la fille derrière le bar. Elle avait été à peine capable de rassembler l'énergie nécessaire pour me repousser, donnant l'impression qu'il s'agissait d'un incident quotidien – des hommes d'âge mûr, ivres, l'invitant avec un air paillard à venir prendre un dernier verre. Mais tandis que j'attendais dans le café, essayant d'oublier son regard méprisant et de me concentrer sur les mots croisés du *Scotsman*, tout en contemplant la bruine matinale remplir les caniveaux, je sentis mon côté droit se refroidir comme sous l'effet d'un courant d'air et, soudain, ma main se mit à se mouvoir à travers la grille de mots croisés et à dessiner une série de symboles de l'onde de Saltire. Je dus tracer une douzaine environ de ces X allongés avant, tout aussi brusquement, de reprendre la maîtrise de mon bras.

Cette fois, j'examinai la page sans peur ni panique, la considérant plus comme une forme de communication de la part de – de la part de quoi ? – de la part de l'ombre de Wallace Kilmaron, je suppose, comme s'il me chuchotait « félicitations » à travers les décennies. Et, de l'autre côté de la rue, je vis le portier ouvrir les lourds battants de bois de la bibliothèque.

Amer et frustré, Wallace Kilmaron mourut à l'âge de quarante-quatre ans d'une « infection des poumons et du ventre », en d'autres termes de causes inconnues de la médecine de l'époque. Durant sa vie, il avait publié une douzaine d'articles scientifiques, essentiellement dans des journaux savants, en rapport avec son champ d'expérience. Un petit livre, cependant, se trouvait dans les archives de la bibliothèque, publié à compte d'auteur chez un imprimeur-libraire de Leith, et intitulé : « À propos d'un phénomène de turbulence de l'eau ». Sa date de publication était 1835 et sa lecture, ajoutée à celle des trois nécrologies parues lors de la mort de l'ingénieur, ainsi qu'à un échange de lettres dans les *Annals of Civil*

Engineering, me suffirent pour reconstituer l'histoire de Wallace Kilmaron.

En 1833, Wallace Kilmaron avait été engagé dans un important projet d'assèchement de terrains entre la rivière Waal et le bas Rhin en Hollande, projet pour lequel un réseau compliqué de chenaux de drainage avait été creusé sur une surface de quelques douzaines d'hectares. Un jour, une embarcation à fond plat, avant et arrière carrés (utilisée pour le transport de la vase et du sable dragués), avait coulé à pic dans un des chenaux. Au cours des efforts entrepris pour remettre le bateau à flot (à l'aide d'attelages de chevaux et de treuils), le courant de l'étroite voie d'eau combiné aux mouvements de la proue et de la poupe de la barge avait provoqué une série de turbulences. Depuis la rive, où il supervisait les travaux, Kilmaron avait remarqué la façon dont ces vagues « pareilles à l'ondulation progressive d'une mèche de fouet » descendaient le chenal « sans changement de forme ni diminution de vélocité ». Intrigué, Kilmaron décida de suivre le parcours d'une de ces vagues et rapporta qu'il avait marché des centaines de mètres le long d'une de ces « déferlantes », ainsi qu'il les appelait, les associant à une forme de flot de marée « une élévation d'eau nette et arrondie ». Il nota en outre que, quand le chenal changeait de direction, la vague paraissait se rétrécir en vaguelettes et puis, dès que le chenal redevenait droit, celles-ci se reformaient magiquement en la déferlante originale, comme si « contenue d'une certaine manière dans la turbulence de l'eau se trouvait la mémoire de la lame première ».

Fasciné par cette découverte, Kilmaron construisit une grande plate-forme flottante que, par une astucieuse répartition de poids, il pouvait faire osciller autour d'un axe fixe, créant par là à volonté des déferlantes régulières – ou « ondes cohérentes », ainsi qu'il les appelait désormais. Des semaines d'expérimentation lui permirent d'arriver à une certaine compréhension du phénomène, décrit, dans l'article scientifique qu'il rédigea, comme une forme de résonance, plutôt que de turbulence, représentant l'ordre plutôt que le chaos, et dépendant, pour se produire, de relations précises entre la profondeur, la largeur du chenal et son degré d'agitation. Pour désigner ces conditions, il conçut un symbole mathématique qui prit la forme de deux ondulations de mèche de fouet superposées et qui, encore plus simplifié, ressemblait à un X curieusement aplati et arrondi. Il demanda que cet état de choses soit désormais connu comme l'« onde de Kilmaron » puis revint de Hollande à Édimbourg afin de lire son article « À propos d'un phénomène de turbulence de l'eau » et présenter ses trouvailles au tout nouvel Institut de technogénie hydrodynamique. C'est alors qu'il découvrit que Findlay Smith Quarrie l'avait battu au poteau de quelques semaines, et que le petit monde de la technogénie hydrodynamique retentissait de discussions autour de l'étonnante « onde de Saltire » et de tout ce qu'elle impliquait.

> 18 août. Édimbourg. Je suis pleinement conscient de l'illogisme redoutable de ce que je vais écrire, pleinement conscient du danger dans lequel cela me place, de la manière dont cela va changer la perception que l'on a de moi, mais je sais, je suis sûr et certain dans mon cœur et dans ma tête, que tout ce qui m'est arrivé depuis ce jour de mai, quand ma main s'est mise à griffonner des symboles sur mon carnet de notes – tout cela a un rapport avec Wallace Kilmaron et sa mort en 1840.
>
> En lisant et retraçant ce qui s'était passé depuis la découverte de l'onde Kilmaron, j'ai compris que d'une façon ou d'une autre – oui, d'une façon ou d'une autre – ces événements datant de plus de cent cinquante ans étaient en train de détruire systématiquement ma vie. La preuve définitive m'en fut donnée lorsque je lus à la fin d'une de ses nécrologies que, six mois avant sa mort, Wallace Kilmaron avait épousé une de ses servantes, une certaine Sarah McBride, et lui avait laissé tous ses biens. Cette

union ne fut jamais reconnue par la famille de Kilmaron qui, plus tard, soutint devant un tribunal que le mariage et le remaniement du testament avaient eu lieu alors que Kilmaron était en état « d'ivresse et de démence ».

4. Biarritz

Didier Visconti me sourit et posa un instant sa grande main bronzée sur mon épaule.

« Il n'y a pas de quoi, Alex, dit-il. Tu as payé pour tout. Tout le monde va en parler. Je serai célèbre. C'est moi qui dois t'être reconnaissant. »

Pour une raison quelconque, j'eus envie de pleurer de gratitude, envie d'embrasser ce gros Français guilleret, envie de lui déclarer qu'il m'avait sauvé la vie. Au lieu de quoi, je répliquai :

« Je ne peux pas te dire pourquoi – ou je pourrais te le dire mais ça n'aurait aucun sens –, on pourrait penser que je suis fou. Disons que c'est quelque chose que je devais faire. »

Didier regarda la plaque, coulée en métal et encastrée dans la pelouse à la lisière du quatorzième tee. Je l'avais fait traduire en six langues : français, anglais, allemand, néerlandais, italien, espagnol. On y lisait : *L'obstacle d'eau devant ce trou est unique dans l'histoire du golf. Il est basé sur un phénomène de turbulence découvert en 1834 par l'ingénieur écossais Wallace Kilmaron, un phénomène connu sous le nom d'« onde de Kilmaron »*.

Nous suivîmes un groupe vagabond de quatre Suédoises d'âge mûr le long du fairway jusqu'au quatorzième green. Les Cerisiers étaient un nouveau golf, construit depuis six ans, à quelques kilomètres au nord de Biarritz, et dont Didier Visconti, un riche entrepreneur, était à la fois le créateur et le propriétaire, et Harrigan-Rief Associates les architectes-paysagistes. Pendant les travaux, j'avais changé le cours d'un petit ruisseau pour l'amener dans un chenal haut et étroit qui courait sur quelques centaines de mètres le long du quatorzième fairway et traversait la pelouse devant le quatorzième trou, de façon à faire office d'accident de parcours diabolique (toute balle perdue là était irrécupérable), avant de disparaître sous terre pour aller alimenter le lac artificiel aux pieds du clubhouse (architecte : John-Joseph Harrigan).

Durant les mois de construction du golf et d'aménagement du paysage, je m'étais lié d'une solide amitié avec Didier Visconti et j'avais été extrêmement séduit par cette partie de la côte atlantique. Quand j'avais proposé par téléphone depuis Édimbourg ma modification du quatorzième obstacle de parcours, Didier avait accepté sur-le-champ et j'avais pris l'avion pour Biarritz muni des pages pertinentes du livre de Kilmaron.

Un menuisier et un forgeron du voisinage avaient réussi à fabriquer une réplique miniature de la plateforme à vagues de Kilmaron (activée par un petit moteur à essence pour la faire gîter et se redresser), et je l'avais installée à l'endroit où le ruisseau était détourné dans mon chenal. Cela marchait plutôt bien et produisait une série de petites déferlantes qui parcouraient en permanence la longueur de l'obstacle d'eau.

Didier et moi restâmes dans le soleil couchant à contempler les ondes de Kilmaron filer le long du chenal tandis que les Suédoises expédiaient leurs balles et rataient le trou.

« Crois-tu que le mouvement de l'eau va les décourager ? demanda Didier. Crois-tu que ce n'est pas trop dérangeant ?

– C'est pour ça que ça s'appelle un obstacle, rétorquai-je. Je le prédis : d'ici dix ans, on verra ces ondes de Kilmaron partout. Les Américains adoreront. C'est nouveau – et un bout d'histoire vivante.

– Il faut qu'on signe un contrat, dit Didier, réfléchissant rapidement. Je te donne des royalties, d'accord ?

– Les droits sont entièrement à toi, répondis-je. Ramasse-toi quelques millions de plus. »

Didier éclata de rire, me serra la main et me donna une accolade d'ours.

« Pourquoi fais-tu ça, Alex ? s'écria-t-il en me relâchant. Pourquoi me fais-tu cadeau de ça ? Tu pourrais être riche… »

Tout en regardant les ondes de Kilmaron courir régulièrement et sans effort à mes pieds, je répliquai, pensif :

« Disons simplement… C'est pour ma tranquillité d'esprit. »

La science est pleine de ces coïncidences bizarres : deux ou trois personnes faisant la même découverte, arrivant simultanément à la même preuve, au même axiome ou à la même théorie. Que deux ingénieurs écossais aient en 1834 observé le même phénomène de turbulence de l'eau, à quelques semaines de distance, et cherché à obtenir les honneurs de la découverte est – dans les annales scientifiques – de peu d'importance. Par chance, grâce à une question de position géographique, Quarrie arriva le premier avec sa découverte et put la baptiser comme il l'entendait. Il se décida pour l'onde de Saltire – et, remarque intéressante, pas pour l'onde de Quarrie –, et je suis sûr que c'est là la source de la rancœur persistante de Kilmaron. Quarrie était riche – sa pompe pour les mines devait en faire un millionnaire – et la pompe de Quarrie était déjà connue dans le monde entier. Wallace Kilmaron, travaillant anonymement dans les champs détrempés du sud-ouest de la Hollande, crut avoir trouvé un moyen de rendre son nom célèbre pour l'éternité, d'arriver à une sorte d'immortalité. Mais ses espoirs furent brusquement anéantis. Pour certaines natures, pour certains caractères fragiles, de telles déceptions sont impossibles à supporter.

3 septembre. Cap-Ferret. Assis à l'ombre de ce bistrot de plage, j'observe les rouleaux qui viennent se briser sur le rivage. Je remonte de Biarritz vers le nord par la côte atlantique, lentement et avec beaucoup de haltes telles que celle-ci, inquiet, attendant de voir, testant, me persuadant que c'est fini, que je suis de nouveau moi-même. Hier soir, j'ai téléphoné à Stella et je lui ai annoncé que j'allais bien, que je voulais rentrer à la maison. Elle a dit non – tout de suite, avec brutalité. Elle ne voulait plus me revoir, elle n'avait aucun désir de se faire humilier davantage. Je lui ai parlé de Kilmaron et elle a ri : « Pauvre vieux ! s'est-elle écriée. Si tu crois que tu peux me mener en bateau avec ces âneries ! » En fait, mon histoire à propos de Wallace Kilmaron et la manière dont j'avais exorcisé sa mauvaise présence de ma vie a paru la mettre encore plus en fureur. « Tu es malade, m'a-t-elle dit, la voix dure de dégoût. Va demander du secours. Mais ne t'approche pas de moi ni des garçons. »
L'idée m'est souvent venue – tandis que je recherchais une réponse à ce qui m'est arrivé ces derniers mois – que peut-être la théorie de Kilmaron avait de plus larges applications. Tout comme l'onde de Kilmaron semble être une manifestation physique permanente de la mémoire du bateau ou de la turbulence qui fut sa cause originale, je me demande si des individus peuvent provoquer un effet ondulatoire similaire – un effet ondulatoire qui se propagera dans le temps.
Privé de sa petite portion de gloire et d'immortalité intellectuelle par Findlay Quarrie, Wallace Kilmaron est mort dans des affres d'amertume, de colère et de déception. Est-ce que cette turbulence, cette folle agitation de son esprit, continue d'une certaine façon après sa mort et voyage à travers le temps à la recherche de sa cible ? Dépression nerveuse, crise de la cinquantaine, maladie mentale, peut-être sont-ce là différents noms pour le

même phénomène. Je me dis soudain que tous ceux d'entre nous qui ont souffert ainsi peuvent avoir été pareillement « hantés » – serions-nous tous victimes d'ondes de Kilmaron venues du passé pour se briser sur nous ? La mort d'un individu a beaucoup de conséquences, nous atteint de bien des manières immédiates, manières que nous pouvons voir et identifier – douleur, sentiment de perte, tristesse, chagrin. Et si cela allait plus loin encore ? Et si la turbulence causée par ce soudain arrêt du parcours de la vie provoquait d'autres formes de mouvement, d'autres troubles ? Comme l'eau du canal se rappelant l'effet de la péniche, peut-être le monde et le temps se rappellent-ils la turbulence de certaines vies. Et je me demande combien d'existences Wallace Kilmaron a endommagées ou détruites depuis 1840 – en suscitant pareilles incrédulité et incompréhension – jusqu'à ce que, par chance, par un pur hasard, sa vague vienne se briser sur moi, un autre ingénieur…

Je relis ce que j'ai écrit et je conçois que ce puisse être pris pour une preuve supplémentaire de mon problème, de ma folie particulière. Stella a de toute évidence pensé qu'il s'agissait d'un dernier mensonge désespéré, une pathétique et folle tentative d'expliquer mes multiples coups et trahisons. Mais là, assis au bord de l'Atlantique, je sens en moi une différence palpable. Je me sens calme, je me sens arrivé à une sorte d'entendement. L'onde de Kilmaron continue à voyager sans changer de forme ni de vitesse. Que disait Auchinleck ? « La pensée elle-même est un phénomène ondulatoire. » Le mouvement ondulatoire domine le monde des particules subatomiques, alors pourquoi pas les vies humaines ? Ou les histoires humaines à travers le temps ? Est-ce que ce pourrait être la source de toutes nos hantises ?

Le soleil cogne dur et je déguste ma bière glacée à petites gorgées tout en regardant les vagues vertes de l'Atlantique se briser sans fin. La femme qui tient ce bar a mis de la musique rock brésilienne. Elle a un corps mince, bien musclé, et porte un T-shirt bleu pâle, assez étroit pour révéler la forme précise de ses petits seins nus dessous. Elle est teinte en blonde. Elle me sourit en tendant une autre bouteille de bière perlée de condensation. Je secoue la tête. Je note ces détails et ne sens rien de plus. La bière que je bois est idéalement fraîche. Une légère brise souffle de l'océan. Suis-je enfin libéré de Wallace Kilmaron ?

Visions fugitives

On continue tout droit et, bientôt, on aperçoit Saint-Julien-sur-Meuse. On atteint le village (totalement en ruine) après avoir traversé d'abord la ligne de chemin de fer puis une petite rivière, l'Andon. Les voitures peuvent monter jusqu'à l'église. Tourner à droite après celle-ci. On remarquera de nombreux abris et emplacements de batterie allemands. Depuis le chemin, à une centaine de mètres du village, on aperçoit sur le flanc de la colline un très vaste cimetière américain contenant près de vingt-huit mille tombes. On a d'ici une belle vue de la ville basse et de la vallée de la Meuse.

Paris. Hier. Un soleil mouillé de novembre sur des pavés luisants. Du givre fondu à l'heure du petit déjeuner. Avec un aplomb maussade, le garçon a raflé sur la table nos assiettes et nos tasses de café. Les mains de ma fille étaient écorchées, à vif d'avoir écaillé quatre cents huîtres la veille au soir, les jointures déjà marquées de minuscules croûtes brillantes. J'ai vu, quand elle m'a rendu la lettre et le vieux guide, que ses ongles étaient rongés jusqu'au sang. Elle est très belle, ai-je pensé, mais mortellement fatiguée, drainée de sa beauté.

« Qui est la petite fille avec Grand-Maman ? a-t-elle demandé. Non, Arrière-Grand-Maman. »

Je lui ai pris la photo des mains.

« Tu me parais mal nourrie, Millie, ai-je dit. C'est ta grand-tante Sarah.

– Mal nourrie… » Elle a éclaté de rire. « Tous les cuisiniers sont mal nourris. Sais-tu où tu vas ?

– En direction de Metz.

– Eh bien, conduis prudemment. Qu'est-ce qui t'a pris d'ailleurs ? Je croyais que tu étais en vacances. Est-ce bien raisonnable ?

– Je suis en vacances. Je suis venu te voir. Mais je me rends à Saint-Julien. Il faut que j'y sois le 4. » Je lui ai tendu une coupure de journal français. « C'est ce qui m'a inspiré. »

Elle lut : *MAVROCORDATO S'EST SUICIDÉ**.

« Je ne comprends toujours pas, Papa. Qui est Mavrocordato ?

– C'est un metteur en scène. C'était un metteur en scène. »

L'homme alluma sa cigarette au mégot de celle qu'il venait de fumer. La fille tendit le bras, lui ôta ses lunettes de soleil et les chaussa. Lui ôta ses lunettes de soleil et les chaussa. Elle jeta un coup d'œil boudeur à travers le pare-brise et fit la moue : « Je suis fatiguée, dit-elle. Je veux m'arrêter. » « OK, dit l'homme. On s'arrêtera à la prochaine ville, bébé. » Il se tourna et la regarda. « Ne m'appelle jamais bébé, dit la fille. Jamais. » « OK, bébé », dit l'homme. La voiture dépassa à toute allure un panneau indicateur qui annonçait : SAINT-JULIEN, 3 KM. À travers le pare-brise s'ébauchait les contours d'une ville. Une petite ville sur une colline. Une vieille église entourée de cyprès. L'homme jeta un regard à la fille.

La femme nue est debout dans ce qui ressemble à un atelier d'artiste, un genou, le droit, reposant sur une chaise longue. Une tenture décorative sur le mur derrière elle. Elle est complètement nue, le torse un peu tourné vers la droite. Dans sa main gauche, elle tient un miroir où elle se regarde. Du bout des doigts de sa main droite, elle caresse le dessous de son sein gauche, doucement. Elle a des cheveux courts, mal permanentés, le maquillage exagéré et les lèvres rouge foncé d'une soubrette. Très 1920, peut-être un peu plus tôt. De minces épaules de gamine, et une tête qui paraît un rien trop grosse pour son corps. Au bas de la photo, quelqu'un a écrit son nom d'une écriture ferme et ronde : Irène Lagut.

« OK, bébé », dit l'homme. Il jeta sa cigarette par la vitre. Extérieur jour : la voiture abandonna la route nationale et se dirigea vivement, à toute allure, vers Saint-Julien, une grosse caisse sur la bande-son : tssssss-toup-a-tssssss, tssssss-toup-a-tsssssss, tssssss, tssssss, tssssss.

Chère madame Culpepper,

Merci pour votre lettre. Je ne sais pas si je peux être plus précis mais j'essaierai. Le village était presque complètement en ruine et s'appelait Saint-Julien, je crois. Je me souviens que nous avons traversé une ligne de chemin de fer et puis une petite rivière. Il y avait une ville basse et sur une colline au-delà se trouvaient une église et d'autres bâtiments, tous pas mal démolis. Je me rappelle trois vieux cyprès brisés par l'artillerie. La ville basse était calme, quelques cadavres ici et là, mais bien nettoyée. Le capitaine Shaw a expédié notre peloton sur la route vers l'église. Il était environ trois heures par un après-midi très doux, légèrement pluvieux. C'était le 4 novembre 1918…

Sur la photo, ma grand-mère, debout, tient la main de sa fille devant le panneau indicateur. SAINT-JULIEN ressort crûment, noir sur blanc, sur une photo plutôt floue, pâlie par le soleil. Tout autour d'elles gisent les ruines de la ville basse. Sur la colline, derrière, l'église et ses cyprès fracassés. Ma grand-mère est très raide (je me demande qui a pris la photo), sa fille (ma tante Sarah) a tourné un peu la tête vers elle, comme pour lui poser une question. La photo est datée de 1920, environ deux ans après la mort de mon grand-père.

J'en ai déduit que le bruit devait être causé par la réunion spontanée de cinquante camions-poubelles décidant d'un concours de départs arrêtés sur la Septième Avenue, pas mal d'étages en dessous, certes, mais dont les vibrations sonores étaient palpables jusqu'ici. Incroyable. J'essayais d'écouter les *Variations sur un thème de Haydn* sur mon magnétophone tout en parcourant mes notes du concert de la veille au soir. L'effort requis me rappelait avec virulence la principale raison pour laquelle j'avais quitté New York. Je venais juste de monter le son quand mon petit déjeuner arriva. « C'est ouvert ! » criai-je, sans me retourner, en entendant le cliquetis métallique de la table roulante du service d'étage et le tintement du verre et de l'argenterie se frayant un chemin à coups de tremblotements percutants jusqu'à la fenêtre.

« Ah, Brahms ! » dit le garçon en arrangeant le couvert. Je tournai la tête. Sa voix, légère, roulait légèrement le R à la manière française.

Il se retourna. Elle se retourna. En tenue complète de garçon d'étage : rase-pet amidonné, pantalon noir, chaussures à lacets, nœud papillon noir. Des cheveux blonds tirés en un chignon strict. La trentaine finissante. Plus vieille que moi, calculai-je.

« *Aimez-vous Brahms* ?* dit-elle avec un sourire, en me tendant pour signature le mince carnet contenant l'addition.

– J'écris un livre sur lui », répondis-je, notant à la fois le creux soudain dans ma poitrine et le fait que son badge annonçait : JAY. Drôle de nom pour une femme.

« J'adore Brahms ! déclara-t-elle.
– Moi aussi, répliquai-je. Plus que la vie. »

... Nous étions presque arrivés à l'église quand les obus ont commencé à exploser sur la route. Certains d'entre nous se sont abrités dans le cimetière mais celui-ci était visé aussi. Le lieutenant Povitch nous a crié de redescendre dans la ville basse. John et moi, et une douzaine d'autres, avons sauté par-dessus un muret qui ceinturait le cimetière. Devant nous, à gauche, sur la colline, on voyait une ferme en ruine et une vaste grange en pierre. Il était plus raisonnable de se mettre à couvert là-haut plutôt que de risquer la descente sur la ville basse. Nous prîmes cette direction, John juste derrière moi...

Ma grand-mère et sa fille Sarah descendirent à L'Hostellerie du Coq Hardi, à Rochette, dont, selon leur guide, « la cuisine d'origine a conservé ses amples proportions et ses innombrables ustensiles de cuivre ». Mon guide à moi ne mentionne pas cet établissement mais j'ai néanmoins décidé de m'arrêter dans cette ville, ne serait-ce que pour me mettre un peu dans l'esprit de ce pèlerinage impromptu. La route de Paris est calme et je découvre, à ma vague surprise, que j'éprouve vraiment du plaisir à conduire. Je coucherai quelque part à Rochette et je continuerai sur Saint-Julien demain, en prenant mon temps, et en m'assurant que, au moment où je gravirai la colline en partant de la ville basse, il sera environ trois heures de l'après-midi. S'il tombe une pluie légère, ce sera d'autant mieux.

Que Haydn n'ait jamais rien eu à voir avec la mélodie qui inspira à Brahms ses célèbres variations est un fait bien connu mais le titre est fermement établi, alors... Et alors quoi ? Et alors, autant qu'on s'y tienne. Comment exprimer cela plus élégamment ? Comment dire que l'idée que cet idiot a découvert une variation « manquante » est une foutaise totale, complète, de première bourre ?

Jay entra dans le bar et je reposai mes notes avec guère plus qu'un frémissement, un imperceptible froissement de papier. Elle portait une robe noire courte et ses cheveux étaient relevés, quoique plus lâches, le résultat d'une artistique manipulation d'épingles et de peignes d'écaille.

Nous nous serrâmes la main. Un geste d'une formalité apparemment excessive mais c'était une étrangère, rappelez-vous. Elle n'était pas américaine. Et elle s'assit à côté de moi. Elle me sourit tandis que dans la pénombre je *sieg* hélai le garçon qui se roulait les pouces.

« Où en est l'entreprise de démolition ? s'enquit-elle.

– Le *stiletto* a été inséré entre la septième et la huitième côte. Nous sommes à mi-chemin de la garde.

– Cette nouvelle variation était censée se placer où ?

– Une autre vodka-martini et... » Je me tournai vers Jay.

« ... Une autre vodka-martini avec de la glace.

– Entre deux et trois. *Variation 2 (a)*, je suppose. Absurde.

– Obscène. Puis-je ? »

Elle prit une de mes cigarettes dans le paquet sur la table, brisa le bout filtre et la porta à ses lèvres, en la décentrant un peu. Je tendis la main vers mon briquet mais elle s'en empara la première. Elle fronça les sourcils, sans allumer sa cigarette, réfléchissant (à Brahms ?), la cigarette un peu décentrée, trois rides inégales entre ses fins sourcils blond foncé. C'est ainsi que je me souviendrai toujours d'elle, les sourcils froncés, essayant d'imaginer quelle possible sorte de variation aurait pu se loger entre les numéros deux et trois. C'est une des images que je garderai d'elle.

L'homme s'appuya contre l'embrasure de la fenêtre et posa son front sur une vitre fraîche. On entendit un bruit de chasse d'eau sur la bande-son *(over)* et l'homme ne se retourna pas. Le visage rond, impassible, d'Irène Lagut avant que la caméra descende le long de son corps. Ses petits seins, le renflement de son ventre, sa motte très nette de poils pubiens, ses genoux, ses pieds. Son nom. Irène Lagut. L'homme de profil : il ferma les yeux. La fille était dans la chambre à présent, une lumière plus forte venant de la salle de bains par la porte entrouverte. Elle portait un T-shirt blanc très ample (appartenant à l'homme ?) et une culotte noire qui ne dissimulait pas tout à fait la raie de ses fesses. L'homme se détacha de la fenêtre. « Combien de fois as-tu couché avec Urbain ? s'enquit-il sur un ton raisonnable. Tu peux me le dire. Ça ne m'affecte pas particulièrement. » La fille s'assit à la table unique de la chambre. Et se pencha un peu. D'après la configuration des plis de son vêtement, convexités et concavités, il était possible d'imaginer que, sous son T-shirt, ses seins étaient juste posés sur la table – le dessous effleurant à peine le dessus de la table. Elle avait une cigarette non allumée à la bouche, un peu décentrée, et s'était figée au moment d'arracher une allumette d'une pochette. Elle fronçait les sourcils, peut-être, imaginait-on, en train de réfléchir à une réponse à cette question. Elle te regarda droit dans les yeux, droit dans les yeux et, avec deux doigts, ôta la cigarette non allumée de sa bouche puis dit : « La France est vraiment un magnifique pays. » Ôta la cigarette de sa bouche, se tourna, te regarda droit dans les yeux et dit : « La France est vraiment un magnifique… »

Jay ôta avec soin un brin de tabac sur la pointe rose de sa langue.

« Voulez-vous… » Je m'éclaircis la gorge. « … dîner, rester ici, essayer…

– Je voudrais aller au cinéma, annonça-t-elle. J'aimerais par-dessus tout voir *Visions fugitives*.

– Décidez, Jay », dis-je.

Elle me regarda curieusement.

« Pourquoi m'appelez-vous Jay ? » demanda-t-elle.

Je lui expliquai.

Elle gloussa :

« Oh, ça ! Je n'ai fait qu'aider Jay. J'ai oublié d'enlever son badge. »

J'eus, une fois de plus, cette sensation de glissade en chute libre à l'intérieur de moi.

« Eh bien, repris-je, me voici désavantagé. Vous connaissez mon nom. Je croyais connaître le vôtre.

– C'est Irène », dit-elle.

Jusqu'aux bâtiments de la ferme, John était juste derrière moi. Il disait : « Allez, Bob, allons-y, allons-y, Bob. » En atteignant la ferme, nous vîmes qu'elle était très visible depuis les tranchées et les emplacements de tir de la ville haute. D'autres hommes qui avaient quitté en courant l'église s'étaient mis à l'abri derrière la grange, une antique bâtisse aux murs d'un mètre d'épaisseur. « Par ici, Bob, me dit John. C'est taillé sur mesure pour nous, mon pote. » J'entends encore sa voix alors que j'écris ces lignes. Il y avait un espace d'un peu plus d'un mètre entre l'angle de la ferme et l'auvent de la grange. John m'a poussé dans le dos et j'ai pris mes jambes à mon cou, j'ai contourné en courant la grange et je me suis jeté à terre. C'est alors que j'ai entendu l'explosion. Quelques tuiles se sont envolées du toit, suivies d'une fumée épaisse. Les poules qui se trouvaient à l'intérieur de la grange ont entamé un caquetage de tous les diables…

D'après la note de ma grand-mère en marge du guide, elle et Sarah mangèrent une « sorte de ragoût » le soir où elles couchèrent à Rochette, mais ni l'une ni l'autre ne firent preuve de beaucoup d'appétit. Je trouve une chambre à l'Hôtel du Cygne (deux étoiles), place des Halles, et, comme il se doit, je dîne d'un *bœuf en daube** cartilagineux à la Brasserie centrale, à cinq minutes de l'hôtel, un établissement surnéonisé, aussi obstinément fonctionnel que son nom.

En rentrant à pied le soir, je me dis qu'il existe peu d'endroits aussi résolument clos au voyageur qu'un village français en dehors des heures ouvrables. Même l'entrée de l'hôtel est fermée et il me faut sonner une demi-douzaine de fois pour arracher l'aimable patron à son écran de télé trémulant.

De ma chambre, je contemple la rue silencieuse, le reflet des lampadaires éclairant les voitures mortes en un monochrome nocturne, mouillé. J'ai cette sensation – vous devez connaître cette forme d'embarras qui naît lorsqu'on est étrangement seul – quand chaque geste, chaque grattage de tête, chaque raclement de gorge acquiert une signification curieuse, maniérée. J'ai l'impression de faire l'acteur. J'ai l'impression d'être filmé. J'ai l'impression de jouer une scène supprimée de *Visions fugitives*.

L'homme s'assit sur une chaise en bois et, tout en fumant, il regarda la fille dormir. Chant d'oiseaux, lumière matinale pénétrant à travers les volets mi-clos. L'homme était habillé mais la fille – le corps en grande partie sous un drap – était nue. Le visage d'Irène Lagut. L'homme écarta les vêtements de la fille, fouilla dans son sac en daim à franges, explora les poches de son manteau, alluma une autre cigarette, fit le tour du lit et s'accroupit en la fixant du regard. Le visage de la fille. Le visage de l'homme. Irène Lagut se tourna de quatre-vingt-dix degrés. L'homme se posta à côté de la fenêtre fermée. Se posta à côté de la fenêtre ouverte. Deux gendarmes dans la rue, en bas. L'homme se recula, se retourna et donna un coup de pied contre le lit. « Hé, lève-toi. J'amène la voiture. » La fille se réveilla et s'assit sur le lit, lentement. Son bras droit ramena le drap sur sa poitrine, pudiquement. Elle paraissait avoir vraiment dormi. L'homme quitta la pièce et la fille soupira – ennuyée, irritée. De sa main libre, elle repoussa des mèches de cheveux pour dégager son visage endormi, aux traits affaissés. Elle bâilla, un coin du drap glissa et faillit lui échapper complètement. On se demandait s'ils avaient fait l'amour la veille au soir. On entendit le bruit de la clé dans la serrure. La fille ne remua même pas la tête.

... John gisait sur le sol entre la ferme et la grange. Il gisait sur le flanc. Et il était très pâle, blanc comme un linge. Mais il n'avait aucune marque, pas une goutte de sang. Ça avait dû se passer instantanément – on m'a dit que le choc de certaines explosions peut produire cet effet. Il semble n'y avoir aucune cause évidente de mort, à part cette pâleur bizarre, comme si on vous avait retiré tout votre sang. Nous le tirâmes à l'abri du mur de la grange et nous attendîmes jusqu'à la nuit pour enfin retourner vers la ville basse. Je suis certain que tout s'est passé en moins d'une seconde et il est inconcevable qu'il se soit aperçu de quoi que ce soit. C'est exactement ainsi que je m'en souviens. J'espère que ceci vous est de quelque réconfort. J'ajouterai seulement qu'il paraissait très paisible. Le lendemain matin, notre bataillon fut retiré de Saint-Julien et nous restâmes cantonnés à Verdun jusqu'à l'armistice.

Sincèrement vôtre,
J. Robert « Bob » Quentin

***Visions fugitives* (1961). Un film de Jean-Didier Mavrocordato. Avec la participation de Alain Hoffman et Juliette Jodelet...** Je me rappelle l'affiche. Je me rappelle le cinéma du village offrant un festival de films « Nouvelle vague » des années soixante. Je me rappelle certaines scènes du film avec la précision du plus pédant des cinéphiles. Mais le reste demeure obscur. Il n'y a pas si longtemps pourtant. Douze, treize ans. Je n'ai jamais essayé de revoir le film. Le souvenir, avec tous ses manques, demeure vif, parfait encore que fragile, et je ne veux pas le troubler, je ne veux pas briser sa parfaite fragilité.

« Mavrocordato est suisse. Je suis suisse. Je crois qu'il a pour ce film utilisé un village suisse que je connais. Saint-Julien, ce n'est pas loin de chez moi.

– Où ça ?

– Près de Lausanne. »

Les lumières s'éteignirent. Le film commença. Le générique se déroula sur l'écran et la musique de jazz abrasive, mal enregistrée, remplit la salle. Coup de trompette argentin, chuintement et tapotement d'une brosse métallique sur une grosse caisse. Je ne pense pas avoir vu un film en noir et blanc au cinéma depuis plus de dix ans. Je regardai, avec la curiosité d'un anthropologiste, Alain Hoffman et Juliette Jodelet se promener main dans la main le long d'une corniche. Nice ? Villefranche ? Beaulieu ? Juan-les-Pins ? Je trouve difficile de me remémorer autre chose de la séquence d'ouverture du film. Dans la mouvance vif-argent de la pénombre, je sentis la main d'Irène Lagut s'emparer doucement de la mienne.

Qui était cette Irène Lagut ? Pourquoi Mavrocordato utilisa-t-il cette vieille photo dans son film ? En y faisant des retours constants ? Comme s'il s'agissait d'une vision de tourment absolu pour Alain Hoffman, en fuite avec l'exquise Juliette Jodelet… Étendu sur mon lit bosselé de l'Hôtel du Cygne, ma tête reposant sur le dur traversin qui se veut oreiller, je remue mentalement les images qui me viennent à l'esprit. Je ne dormirai pas, je le sais, mon esprit est à présent à l'œuvre dans l'obscurité parfaite de la chambre, dans ce calme absolu d'un silence d'hôtel – qui n'est aucunement sans bruit. Le changement de vitesse d'un camion au loin sur la *route nationale**, les gloussements du chauffage central, les craquements sourds d'une vieille bâtisse, les chuchotements de confessionnal d'une chasse d'eau quelque part à l'étage au-dessous. Chhhhh.

Vous connaissez ces heures de la nuit en roue libre, quand vos pensées errent en liberté, parfois chargées de désespoir mais parfois inspirées et presque miraculeuses – cette nuit en est faite. Et juste avant que je ne commence à sommeiller, je crois la tenir, ma Théorie de Tout. Elle concerne, je le décide, de mystérieuses paraboles, comme si un projectile était lancé, une pierre, un javelot, une flèche, expédié très haut en direction de votre vie. Un jour, il redescendra, en suivant sa courbe parabolique, et viendra vous frapper, rebondir ou simplement vous manquer. Il me semble, dans l'éblouissante obscurité de cette chambre d'hôtel aux volets clos, que, parfois, nos vies sont parsemées de ces mystérieux retours à la terre. La plupart du temps, ils passent inaperçus – ou alors nous n'en sommes qu'à moitié conscients. On s'arrête, on se retourne pour regarder et prendre ses marques – on frissonne, on réfléchit, on oublie – mais on ne se rend pas vraiment compte que l'on a croisé le chemin d'une mystérieuse parabole. Et même si c'est le cas, même si on accepte que quelque chose se soit passé, que quelque chose ait changé, on ne comprend pas, faute de pouvoir retracer cette parabole depuis son commencement. Nous connaissons tous ces moments de révélation éphémère qui touchent nos vies. Le grand problème, l'immuable problème c'est de leur donner un sens…

La mort bizarre de John Culpepper à Saint-Julien, le 4 novembre 1918. *Les Variations sur un thème de Haydn* de Brahms. Jay devenant Irène. (Voilà un cas : elle a reconnu Brahms. Et si elle ne l'avait pas fait ?) *Visions fugitives*. La décision de Jean-Didier de tourner son chef-d'œuvre de la Nouvelle vague dans cette petite ville sur la Meuse où mon grand-père est mort. L'idée erronée d'Irène selon laquelle le film aurait été tourné près de Lausanne, à l'origine de notre dispute. Le suicide de Mavrocordato (cela m'a touché, m'a effleuré, mais seulement parce que je suis ici, en France). Je ne serais pas étendu sur mon impitoyable lit de l'Hôtel du Cygne si John Culpepper n'avait pas poussé en premier son ami Bob dans l'espace à découvert entre la ferme et la grange, au lieu d'y aller lui-même.

« Brahms a choisi quelque chose de profondément obscur et à travers l'alchimie spéciale de son génie l'a transformé en l'un des airs les plus connus du répertoire orchestral. La mélodie qu'il a choisie n'a rien à voir avec Haydn, elle forme le second mouvement d'une *Partita*, probablement d'un certain Ignaz Pleyel, et qui pourrait à son tour venir d'une source plus ancienne et encore plus oubliée… »

Irène s'arrêta de lire. Elle était assise au bureau de ma chambre d'hôtel, mon tapuscrit devant elle. Elle se penchait un peu, appuyé sur ses coudes, et l'on pouvait imaginer, d'après les creux et les bosses du haut de sa robe, que sa poitrine caressait tout juste la table, que le dessous de ses seins frôlait à peine le plateau de la table.

« Intéressant, dit-elle. J'ignorais cela.

– Continuez, dis-je. Ça semble meilleur quand vous le lisez. Votre accent le fait paraître plus intelligent.

– Je pense au Brésil, reprit-elle. Je crois vraiment que je devrais maintenant aller au Brésil. »

Je reversai du whisky dans son verre et ajoutai quelques glaçons. J'avais la gorge serrée. Je ne sus rien répondre, absolument rien. Elle reposa mon tapuscrit et prit la photo encadrée de cuir de ma femme et de mes enfants, la photo que j'emporte en voyage.

« Comment s'appellent vos filles ?

– Millie. Et Lucy. Lucy et Millie.

– Quel âge ont-elles ?

– Six et quatre ans. Millie est l'aînée. »

Elle se leva, le regard distant, fit le tour du bureau et vint vers moi pour prendre son verre.

« C'est merveilleux ça, non ? dit-elle. De s'emparer de quelque chose d'aussi obscur et de le rendre aussi mémorable.

– Quoi ? Ah, vous voulez dire Brahms, les *Variations*…

– Mais nous faisons tous cela, je pense, non ? Dans nos vies, à notre façon. Ou du moins parfois nous essayons. On devrait essayer quand on a la chance de faire ce qu'a fait Brahms.

– Oui. Ce n'est pas si facile. Je suppose qu'on…

– … ou peut-être devrais-je aller au Mexique. Qu'en pensez-vous : le Brésil ou le Mexique ? »

Je m'écartai un peu d'elle, il le fallait, juste à cet instant.

« Vous savez, dis-je, il n'est pas possible que ce village ait été en Suisse. Ce village n'est pas en Suisse, ce Saint-Julien. Il est certainement en France. »

Elle rit :

« On se dispute ? demanda-t-elle. Comment pouvez-vous être aussi affirmatif ? Prouvez-le. »

L'homme enferma la fille dans la chambre et elle ne se retourna même pas au bruit de la clé dans la serrure. Quand l'homme revint et ouvrit la porte, la fille était partie. Impossible de me rappeler si on l'avait vue partir. Impossible de me rappeler comment la fille était sortie de la pièce.

Il est presque trois heures, le ciel est lourd, avec des nuages bas, serrés, grisâtres, mais il ne bruine pas tandis que je monte la rue en pente qui mène de la ville basse à la ville haute, bien qu'à présent toute trace de division ait été effacée par près de quatre-vingts ans de construction et de développement. Je passe devant un teinturier, un marchand de journaux, une épicerie, un fleuriste, une agence immobilière et une pâtisserie vide avec un écriteau À VENDRE glissé entre le store vénitien et la vitrine poussiéreuse.

L'église se dresse toujours un peu à l'écart, isolée par un large talus herbeux et un sentier de gravier, et le mur du cimetière est assez haut pour dissimuler toutes les tombes excepté les plus hautes. J'en fais le tour et m'arrête un moment à l'abri du mur pour examiner la solide ferme en pierre sur le haut de la colline et, à sa gauche, juste à côté, une superbe vieille grange. Maintenant, il y a là une route asphaltée à voie unique qui serpente entre des jardins et un champ tondu par des vaches au poil beige luisant. Je songe à John Culpepper et à son ami Bob Quentin s'abritant ici, près du cimetière. À leur place, j'aurais moi aussi foncé vers la ferme et ces épais murs de pierre.

Le soleil brillait. La réverbération était aveuglante, brouillant les contours comme si l'exposition était mauvaise. Il était difficile de distinguer les bâtiments dans les rues. L'homme demeurait planté là, en train de fumer. Il arrêta un passant et lui posa une question. Il était impossible d'entendre ce qui se disait à cause du bruit de la musique d'accompagnement et de l'insistance de la grosse caisse. Visage de l'homme examinant la rue d'un bout à l'autre. L'homme marchant vers sa voiture. Les passants se retournaient et regardaient bouche bée : il était clair qu'ils savaient que cet homme était un acteur (je me souviens avoir pensé cela, je me souviens avoir noté leurs expressions) : ils étaient sidérés de voir tourner un film dans leur petite ville.

« Vous savez, j'ai eu une pensée dérangeante : il n'était pas vraiment votre grand-père, dit Irène se dirigeant vers la porte.

– Non. Mais on l'a toujours appelé Grand-Père Culpepper. Je l'ai toujours considéré comme une sorte de bon-papa. Ma grand-mère ne cessait de parler de lui, de raconter sa mort au cours de la guerre, une semaine avant qu'elle ne se termine. C'est ainsi que je connais cet endroit, Saint-Julien, où il est mort. J'ai vu une photo, je l'ai reconnu.

– Votre grand-mère s'est remariée…

– En 1927. Elle a eu un autre enfant – ma mère. »

Elle réfléchit, en faisant la moue.

« Écoutez, je vous apporterai votre petit déjeuner. »

Elle se pencha pour m'embrasser de nouveau, mais rapidement, sur les lèvres. Je tendis la main vers elle.

« Non, dit-elle. Je vous verrai demain matin. Il faut que je parte.

– Café noir et croissants. Pour deux. Quelle était cette pensée troublante ?

– Ah, oui. Vous rendez-vous compte ? » Debout dans l'entrée, appuyée contre le mur dans l'entrée, son corps rejeté en arrière, contente d'elle. Je sentais le goût de son rouge à lèvres dans ma bouche. « … Si votre grand-père Culpepper ne s'était pas fait tuer à Saint-Julien… vous ne seriez pas ici. Bonsoir. »

Elle se redressa, me montra les paumes de ses mains, les épaules haussées, les sourcils levés, souriante – la fille qui a remporté le prix avec la dernière question du jeu télévisé.

« Café noir et croissants, dit-elle. Pour deux. »

Comment aurais-je pu savoir que je ne la reverrais jamais ?

Le directeur me regarda patiemment et sans le moindre agacement, comme si sa pratique l'avait préparé à toutes sortes de requêtes bizarres, beaucoup plus bizarres que la mienne.

« Nous avons bien, dit-il, un serveur appelé Jay qui travaille dans notre cafétéria. Jay Duveen. Mais il est en congé depuis quatre jours. Nous n'avons aucun membre du personnel du nom d'Irène. Pas dans notre ordinateur en tout cas. »

Il prononça son nom « Ayerine ».

Il sourit, un sourire pas inamical.

« Si vous pouviez vous rappeler son nom de famille, monsieur, ce serait précieux. »

Précieux. Ce serait précieux. Certes.

« Elle est suisse, dis-je. La bonne trentaine, grande, blonde. Une amie de ce Jay, j'imagine.

– Il y a plus de neuf cents employés dans cet hôtel, monsieur. Et je ne saurais vous dire combien de douzaines d'aides temporaires nous engageons chaque jour durant…

– Vous avez été très aimable. »

L'espace entre l'angle de la ferme et l'auvent de la grange est plus important que dans le souvenir de Bob Quentin. Je le mesure à grandes enjambées : quatorze mètres. Le fermier et son fils se tiennent respectueusement un peu à l'écart, observant cet étrange Américain d'âge mur en train d'examiner un angle banal de leur cour de ferme. « Allez, Bob, allons-y, allons-y, Bob », avait dit John Culpepper. Je sors de l'abri de l'auvent de la ferme, compte huit pas et m'arrête à égale distance de la ferme et de la grande grange en pierre. Sous mes semelles une herbe haute, boueuse, assez piétinée. En bas se trouve le cimetière et au-delà la vilaine banlieue semi-industrielle de Saint-Julien, les garages, les magasins de discounts, les dépôts agricoles. La ligne de chemin de fer est là et la Meuse paresseuse. Je pense que, à un poil près, je me trouve à l'endroit où est tombé John Culpepper.

L'éclairage vespéral ici près de la ferme a une couleur d'étain froid. Un reflet d'argent terni surgit d'un méandre de la rivière tandis que le ciel s'éclaircit un instant. Je dis au revoir au fermier et à son fils (« *Mon grand-père, ah, était tué ici, en, ah, mille neuf cent dix-huit** ») et je traverse le pré imbibé de rosée pour gagner l'église. À deux cents mètres environ de l'église, je m'arrête et regarde derrière moi la ferme, la grange et le fragment de ciel blanc entre elles. « Par ici, Bob, c'est taillé sur mesure pour nous, mon pote. »

En me retournant une fois encore, je vois une petite silhouette au coin du mur du cimetière. Une femme vêtue d'une robe – ou bien d'une jupe et d'un chandail – du bleu le plus pâle, avançant d'un long pas assuré et montant la colline dans ma direction. Une blonde aux cheveux mi-longs. Elle agite la main et appelle, et je crois qu'elle crie mon nom, mais je n'en suis pas sûr. Je ne peux plus être sûr de quoi que ce soit car elle me semble familière. Venant vers moi à travers l'herbe lourde de rosée du pré, par cet après-midi de froide grisaille, se dessine une vision, une vision d'Irène.

En quittant Saint-Julien, prendre le C. C. 38. La route est intéressante mais en mauvais état, et il faut être prudent durant les quelques kilomètres qui suivent. La vue est impressionnante. La colline 238, de l'autre côté de la vallée, est littéralement labourée par les obus, et pas un seul arbre ne subsiste *(voir photo, p. 18).* Après la traversée du pont sur l'Aisne et l'entrée dans la ville, on remarquera la maison sur la gauche, au numéro 8. Il s'agit du vieux relais de poste où Louis XVI fut reconnu au cours de sa fuite en 1791. Quand la berline s'arrêta près de ce relais en plein jour, le fils du maître de poste pensa avoir reconnu le roi. Ses concitoyens se gaussèrent de lui, l'accusant d'avoir des visions. Le fils du maître de poste, convaincu d'avoir raison, suivit l'attelage jusqu'à Varennes où il le rattrapa, vit ses soupçons confirmés et fit arrêter la famille royale.

On trouvera rue Chanzy plusieurs hôtels confortables et à prix raisonnables.

La vie d'artiste

La nuit transfigurée

De mes dix ou douze ans, je me rappelle l'incident
suivant :
une gifle
recherche d'un lycée   origine aryenne
lycée   amour pour Érich
bagarre
récit à Paul
à Gretl
à Rudi bons souvenirs
Wolfrum   J'essaye de le mettre de mon côté et
de le détacher de mon frère
amoureux de Paul un fauteur de troubles
expression innocente
lascivité
exercices de latin pour Papa   idées de suicide

Les *Carnets intimes* de Ludwig Wittgenstein

Selbstmord

Dans cette ville, et à cette époque, vous devez comprendre que le suicide était un choix totalement acceptable, une ligne de conduite parfaitement normale, raisonnable. Et je parle comme quelqu'un qui en connaît intimement les tentations : trois de mes frères aînés se sont supprimés – Hans, Rudi et Kurt. Ce qui laissait Paul, moi et trois sœurs plus âgées. Mes sœurs, j'en suis sûr, étaient à l'abri de cette puissante contagion du suicide. Je ne peux pas me prononcer pour Paul. Quant à moi, je dirai simplement que la solution nette qu'il offrait à mes problèmes – intellectuels et sentimentaux – m'a toujours infiniment séduit ; cette porte ouverte sur l'oubli n'a cessé de m'attirer et, aussi étrange que cela paraisse, le suicide – l'idée du suicide – se trouve à la base même de toute mon œuvre sur la morale et la logique.

Le bienfaiteur

Je descendis spécialement de Hochreith, notre maison de campagne, jusqu'à Vienne pour rencontrer Herr Ficker. La grande villa blanche du parc de Neuwaldegg était fermée pour l'été. Je fis faire ma chambre et mon lit par un des jardiniers, et sa femme mit la table sur la terrasse et m'aida à préparer le dîner. Au menu *Naturschnitzel* et *Kochsalat* avec une bouteille de Zöbinger glacé. De la nourriture simple et honnête. J'espérais que Ficker s'en apercevrait.

Je me rasai, m'habillai et sortis l'attendre sur la terrasse. Je portais une chemise à col souple jaune banane sans cravate et une veste de tweed léger achetée des années auparavant à Manchester. Ses bas de manche élimés avaient été réparés à l'anglaise, avec du cuir brun verdâtre. Mes cheveux étaient propres et encore mouillés, mon visage frais et rasé de près. J'avalai un verre de sorbet tout en attendant Ficker. La lumière du crépuscule, laiteuse et diffuse, était comme imprégnée de poussière. J'entendais le bruit étouffé des automobiles et des calèches sur les routes de Neuwaldegg et, dans le soir tombant, j'arrivais à distinguer la silhouette du jardinier marchant le long de l'*allée** de tilleuls enlacés. Une paix fugitive mais palpable m'envahit et je songeai durant quelques minutes à David et à nos vacances ensemble en Islande et en Norvège. Il me manquait.

Ficker était un jeune homme grave, plus grand que moi (remarquez, je ne suis pas particulièrement immense), avec de fins cheveux clairsemés et coiffés en arrière. Il portait des lunettes à la monture de métal tordue, comme s'il s'était assis dessus par mégarde et les avait réparées lui-même en hâte. Il était habillé de manière nette et sobre, bien rasé et sans chapeau. Ses lunettes de guingois suggéraient un certain esprit frivole et facétieux, une impression entièrement fausse, devais-je découvrir plus tard.

Je lui avais déjà expliqué, par lettre, la mort de mon père, mon héritage et la manière dont je souhaitais en disposer en partie. Il avait accepté mes conditions et promis de respecter mon exigence d'un anonymat total. Nous discutâmes des détails de façon méthodique mais je décelai, dans l'expression de sa gratitude, de forts remous d'étonnement et de curiosité.

Finalement, il n'y tint plus :

« Mais pourquoi moi ? Pourquoi ma revue… en particulier ? »

Je haussai les épaules.

« Elle me paraît exemplaire dans son genre. J'aime ses positions, son… son sérieux. Et, par ailleurs, vos auteurs me semblent les plus nécessiteux.

– Oui… c'est vrai. »

Il n'était guère plus avancé.

« C'est un trait de famille. Mon père fut un grand bienfaiteur – à l'égard des musiciens surtout. Cela nous plaît, tout simplement. »

Ficker produisit alors une liste d'écrivains et de peintres qu'il jugeait les plus méritants. J'y jetai un rapide coup d'œil : très peu des noms m'étaient familiers et, à côté de chacun, Ficker avait inscrit une somme appropriée. Deux noms, au commencement de la liste, devaient recevoir les deux plus gros montants.

« J'ai entendu parler de Rilke, naturellement, et je suis ravi que vous l'ayez choisi. Mais qui est-ce ? » Je pointai mon doigt sur l'autre nom. « Pourquoi devrait-il recevoir autant ? Que fait-il ?

– C'est un poète, dit Ficker. Je pense… enfin, aucun homme sur cette liste ne bénéficiera autant de votre générosité. Pour être entièrement franc, je crois que cela pourrait tout bonnement lui sauver la vie. »

Schubert

Mon frère Hans s'est volontairement noyé dans la baie de Chesapeake. C'était un musicien prodige qui donna son premier concert à Vienne à l'âge de neuf ans. Je ne l'ai jamais vraiment connu. Mon frère Paul, encore de ce monde, était aussi très doué : brillant pianiste, élève de Leschetitzky, il fit ses débuts en 1913. Je me rappelle Paul me disant un jour que, de tous les goûts musicaux, l'amour de Schubert était celui qui requérait le moins d'explications Quand on pense à l'immense misère de sa vie, et qu'on n'en voit pas la moindre trace dans son œuvre – une absence complète dans sa musique de toute amertume.

La banque

J'avais convenu avec Ficker de me trouver à la *Österreichische Nationalbank,* dans Schwarzspanier Strasse, à trois heures. J'y arrivai plus tôt et m'assis à une table dans un coin. Une atmosphère silencieuse et paisible : l'agitation de l'après-midi ne régnait pas encore et le bruit rare des talons des clients traversant le sol de marbre du hall de l'entrée à la rangée de comptoirs était apaisant, comme le fond sonore du cliquetis des dominos d'ivoire, ou des baisers secs des boules de billard, dans la salle de jeux de mon café favori près des ateliers des Beaux-Arts…

Accompagné de notre poète, Ficker vint à l'heure. Ses yeux rencontrèrent les miens et je lui fis un léger signe de tête avant de me pencher sur des papiers fantômes. Ficker alla demander à un guichet le chèque certifié, laissant le poète momentanément seul debout au milieu du hall de marbre en train de contempler comme un paysan les hautes voûtes sombres du plafond et les jeux du soleil sur les cuivres ouvragés des lustres.

Georg – je l'appellerai ainsi – était un jeune homme de vingt-sept ans (de deux ans mon aîné), petit, très solidement bâti, et, comme beaucoup d'hommes de sa taille, il semblait pourvu d'une tête destinée à un plus grand corps. La sienne était lourde et fruste, ses proportions exagérées par des cheveux drus coupés en brosse. Il était imberbe. Il avait une bouche molle, la lèvre supérieure débordant légèrement sur l'inférieure, et un gros nez triangulaire ; des sourcils plantés bas et des yeux en amande, un peu orientaux d'aspect. Il était ce que ma mère aurait appelé « un vilain individu ».

Il demeurait là au milieu, posant alentour un regard dépourvu d'expression, vacillant un peu, comme bousculé par une foule invisible. Il paraissait à la fois malade et solide – visage pâle, laid, regard sombre, mais avec quelque chose dans le maintien des épaules, la manière de planter les pieds sur le sol qui suggérait des réserves de force. D'ailleurs, m'avait raconté Ficker, il avait failli mourir d'une overdose de Véronal qui aurait suffi à occire un quelconque quidam en une heure ou deux. On le savait usager incorrigible de narcotiques depuis le lycée, et aussi buveur immodéré. À l'école, il utilisait le chloroforme pour se droguer. Il était aujourd'hui pharmacien diplômé, une carrière choisie, m'informa Ficker, uniquement parce qu'elle lui donnait accès à des drogues plus efficaces. Je trouvais cette suite dans les idées étrangement impressionnante. Étudier, deux années durant, la pharmacie à l'université de Vienne afin de passer les examens nécessaires à l'obtention de sa licence témoignait d'une obstination peu commune. Ficker m'avait donné à lire quelques-uns de ses poèmes. Je n'y entendis goutte : leurs images me parurent étrangement obsédantes et évocatrices mais au total complètement hermétiques. J'en aimais cependant le ton : un ton qui me semblait tout à fait remarquable.

Je l'observais, à présent, discrètement, tandis que Ficker remplissait les documents nécessaires et lui faisait signe d'approcher afin d'endosser le chèque. Ficker – je crois que ce fut une erreur – lui présenta le chèque avec un petit geste cérémonieux et lui serra la main, tout comme s'il venait de gagner le gros lot d'une tombola. Je sentis que Georg ne comprenait pas grand-chose à ce qui se passait. Je le vis retourner le chèque immédiatement, comme pour en dissimuler le montant à ses propres yeux. Il échangea quelques mots précipités avec Ficker qui lui adressa un sourire encourageant tout en lui tapotant le bras. Ficker était très heureux, presque joyeux – dans son rôle d'intermédiaire du philanthrope, il ressentait par procuration ce qu'il imaginait être la surprise ébahie de Georg. Mais il se trompait. Je le sus dès que Georg, retournant de nouveau le chèque, en lut le montant. Vingt mille couronnes. Un pharmacien prospère aurait dû travailler six ou sept ans pour gagner pareille somme. Je vis le chèque palpiter et trembler entre les doigts de Georg qui pâlit et avala plusieurs fois violemment sa salive. Il porta sa main à ses lèvres et ses épaules se soulevèrent. Plié en deux il tendit le bras pour s'appuyer sur un pilier, le corps convulsé sous l'effet d'un spasme alors qu'il essayait de garder le contrôle de son estomac en déroute. Je compris alors qu'il était un honnête homme car il ressentait la peur profonde de l'honnête homme à l'égard d'un trop heureux coup du sort. Ficker arracha le chèque aux doigts tremblants de Georg qui paraissait sur le point de chanceler. Georg laissa échapper un faible cri tandis que bile et vomi tièdes jaillissaient de sa bouche pour aller s'écraser, en les éclaboussant, sur les frais carreaux de marbre de la *Nationalbank.*

Une belle vie – une belle mort

Grâce à nos diverses réunions au sujet du partage et de l'attribution de mes donations, je finis par bien connaître Ficker. Au cours de nos discussions, nous en vînmes une fois à parler du suicide et il parut sincèrement surpris quand je lui affirmai qu'il se passait rarement un jour sans que j'y songe. Mais je lui expliquai que, si je ne pouvais pas m'accommoder de la vie et du monde, me suicider constituerait la reconnaissance ultime de mon échec. Je lui fis remarquer que cette idée représentait l'essence même de l'éthique et de la morale. Car, si quelque chose doit être interdit, ce ne peut être que le suicide. Car, si le suicide est permis, alors tout est permis.

Parfois, je pense qu'une belle vie devrait se terminer par une mort que l'on accueillerait à bras ouverts. Peut-être, même, n'est-ce qu'une belle mort qui nous permet de qualifier une vie de « belle » ?

Georg, je crois, a failli mourir plusieurs fois. Par exemple, peu avant l'incident du Véronal, il se supprima presque par accident. Georg habita un temps à Innsbruck. Un soir, après une beuverie dans un petit village voisin, il résolut de rentrer chez lui, en ville, à pied. À un moment donné, sur le chemin du retour, écrasé de fatigue, il décida de s'allonger sur la neige et de dormir. Quand il se réveilla au matin, l'univers avait fait place à un néant livide et vaseux. Un instant il crut… mais presque aussitôt il se rendit compte que, durant la nuit, une chute de neige fraîche avait recouvert son corps. Une couche, en fait, de quarante centimètres de haut. Il se releva, brossa ses vêtements et, avec une migraine retentissant tel un gong, acheva son voyage vers Innsbruck. Tout ceci me fut raconté par Ficker.

Comme je regrette de ne pas m'être trouvé sur cette route ce matin-là ! Le premier passant, encore embrumé de sommeil, à emprunter cette route au moment du réveil de Georg. Dans la lumière crépusculaire figée, une grosse bosse sur le bas-côté commence à s'agiter, des craquements et des déclivités en déforment soudain les contours lisses, puis un poing la transperce et enfin émerge cette vilaine tête informe avec sa calotte de neige glacée, jetant des regards hébétés, battant des paupières, crachotant…

La guerre

La guerre me sauva la vie. Je ne sais vraiment pas ce que j'aurais fait sans elle. Le 7 août, le jour de la déclaration contre la Russie, je m'engageai comme artilleur pour la durée du conflit et reçus l'ordre de me présenter à un régiment en garnison à Cracovie. Fou de joie, j'hésitai à rentrer directement à la maison faire mes bagages (ma famille était maintenant revenue au complet à Vienne) et je pris donc un taxi pour le Café Museum.

Je dois dire que si je m'étais engagé par sens civique, c'était avec d'autant plus de bonheur que je savais à ce moment-là que je devais *faire* quelque chose, je devais me soumettre aux rigueurs d'une routine sévère qui me distrairait de mon travail intellectuel. J'avais atteint une impasse et l'impossibilité d'avancer plus loin me remplissait d'un désespoir morbide.

Il était environ six heures lorsque j'arrivai au Café Museum (j'aimais ce café à cause de son décor moderne : ses salles carrées étaient lambrissées de panneaux de chêne couleur miel, et décorées de reproductions de dessins de Charles Dana Gibson). À l'intérieur, l'affluence était grande et l'air bruissait de conjectures sur la guerre.

Il faisait chaud et humide, l'atmosphère imbibée de relents de bière et de cigare. Une clientèle composée surtout de jeunes, des étudiants au visage glabre, venus des écoles des beaux-arts voisines, et vêtus ordinairement, sans recherche. Je fus donc un peu surpris d'apercevoir un bout d'uniforme dans un coin. Je fendis la foule pour voir de qui il s'agissait.

Georg, à l'évidence, était déjà très saoul. Assis, il se penchait bizarrement sur la table qu'il contemplait fixement. Sa posture et la concentration féroce de son regard éloignaient visiblement les gens puisque les trois sièges autour de son guéridon restaient vides. Je demandai à un garçon de nous apporter un demi-litre de Heuriger et pris place en face de Georg.

Il portait un uniforme d'officier, celui d'un lieutenant des services de santé. Il leva vers moi un regard candide, sans trace de ressentiment, ni, bien entendu, aucune lueur de reconnaissance. Il me parut tel que je l'avais vu la dernière fois : à la fois malade et habité d'une vigoureuse énergie. Je me présentai et lui dis mon plaisir de rencontrer un camarade puisque je venais moi-même de m'engager.

« C'est votre devoir de citoyen, répliqua-t-il d'une voix forte et bien articulée. Prenez donc un cigare. »

Il m'offrit un Trabuco, un de ceux qui ont un embout de paille tant ils sont forts. Je refusai – je ne fumais pas, à l'époque. Quand le vin arriva, Georg insista pour le payer.

« Je suis un homme riche, dit-il en remplissant nos verres. Où êtes-vous affecté ?

– En Galicie.

– Ah, les Russes arrivent. » Il réfléchit. « Je veux aller dans un endroit froid et sombre. Je déteste ce soleil et cette ville. Pourquoi ne nous battons-nous pas contre les Esquimaux ? Je hais la lumière du jour. Peut-être pourrai-je déclarer la guerre aux Lapons ? Une armée à moi tout seul.

– Un peu solitaire, non ?

– Je veux être seul. Tout ce que je fais en parlant aux gens c'est me polluer l'esprit… Je veux une guerre sombre, froide et solitaire. S'il vous plaît.

– Les gens vous croiront fou. »

Il leva son verre :

« Dieu me préserve de la raison. »

Je pensai à ce qu'avait dit Nietzsche : « Notre vie, notre bonheur, se trouve au-delà du Nord, au-delà de la glace, au-delà de la mort. » Je scrutais le vilain visage de Georg, ses yeux minces et ses lèvres luisantes, et sentais une sorte d'amour pour cet homme et pour son honnêteté. Je fis tinter mon verre contre le sien et demandai à Dieu de me garder moi aussi de la raison.

Tagebuch : 15 août. Cracovie

… si votre femme, par exemple, met constamment trop de sucre dans votre thé ce n'est pas parce qu'elle a trop de sucre dans son placard, c'est parce qu'elle n'a pas été instruite de la manière de sucrer.

Pareillement, le problème de savoir comment mener une vie réussie ne pourra jamais être résolu en l'attaquant constamment avec l'intellect. Certaines choses ne peuvent être que montrées et non pas affirmées…

Le projecteur

Je m'étais engagé dans l'artillerie pour tirer des obus mais me retrouvai en fait à manier un projecteur sur un petit vapeur à roue, lourdement armé, appelé le *Goplana*. Nous croisions le long de la Vistule, ostensiblement à la recherche des Russes mais aussi pour fournir un support d'artillerie à nos propres forces au cas où elles franchiraient la rivière.

Mon rôle de responsable du projecteur me plaisait bien. Je démontai le piédestal, huilai et graissai les coussinets. Une fois remonté, l'engin se déplaça sans effort sous mes doigts. Son rayon puissant se découpait droit et net dans la pénombre trouble de ces tardifs soirs d'été. Mais je trouvai bientôt les conditions de vie à bord du *Goplana* intolérables à cause de la puanteur, de la promiscuité et de la vulgarité de mes camarades. Et, comme nous étions constamment en mouvement, la vie sous le pont était dominée par le ronronnement et les grincements des aubes. Je passais de longues heures dans mon coin de la passerelle à réviser sans nécessité le mécanisme du projecteur, n'importe quoi pour échapper au torrent d'obscénités et de vilenies de la troupe. Mais, en dépit de ces périodes de solitude et d'isolement, mon vieux désespoir recommença à s'infiltrer en moi comme une tache.

Un jour, nous débarquâmes à Sandormierz et fûmes envoyés aux bains municipaux. Tout en me lavant, je regardais mes compagnons nus, leurs visages et leurs avant-bras bruns, leurs corps grisâtres et leurs sombres parties génitales dégoulinantes tandis qu'ils se savonnaient et s'inondaient d'eau avec une ostentation bruyante. Je ne ressentais que haine pour eux, mes camarades. Il était à la fois impossible de travailler avec eux et de rien avoir à faire avec eux. Je fus heureux de n'éprouver aucun élan sensuel en contemplant leurs corps nus. Je voyais bien que c'étaient des hommes mais pour moi ce n'étaient pas des êtres humains.

Tagebuch : 8 septembre. Sawichost

… les nouvelles sont pires. On ne parle que de Cracovie assiégée. La nuit dernière, il y a eu une alerte. Je me suis précipité sur le pont pour manœuvrer le projecteur. Il pleuvait et je ne portais qu'une chemise et un pantalon. Je fis jouer le rayon de lumière de part et d'autre de la rive d'en face pendant des heures, mes pieds et mes mains s'engourdissant peu à peu. Puis nous parvint le son de la canonnade et je fus persuadé que j'allais mourir cette nuit-là. Le rayon du projecteur devint une flèche lumineuse pointée directement sur moi. Et pour la première fois, face à face avec ma mort avec la possibilité d'une heure ou deux seulement à vivre, je sentis que j'avais dans ces quelques heures la chance d'être un homme bien, n'était-ce qu'à cause de cette extraordinairement puissante conscience de moi-même. Et, comme toujours, mes tentatives pour articuler mon expérience telle que je la comprenais et la *sentais,* et en saisir intellectuellement ses profondes implications, échappèrent au pouvoir du langage. « J'ai accompli mon devoir et suis resté à mon poste. » C'est tout ce que je peux dire à propos de cette épouvantable nuit.

L'amputé

Bien entendu, je ne mourus pas et, bien entendu, je retombai dans des accès de dégoût et de haine à mon égard. Peut-être la seule consolation fut-elle que mon immense fatigue me mit dans l'impossibilité de penser à mon travail.

C'est à cette époque-là – septembre ou octobre – que j'appris ce qui était arrivé à mon frère Paul. Il avait une personnalité très différente de la mienne – violente et un rien dominatrice – et il s'était attelé à sa carrière de pianiste en s'y consacrant totalement. Depuis ses débuts, son avenir paraissait assuré, une succession de brillants lendemains. Apprendre alors qu'il avait été fait prisonnier par les Russes et qu'on lui avait amputé le bras à hauteur du coude à la suite des blessures subies fut pour moi un coup terrible. Des jours durant, je ne cessai de penser à lui et à ce que je ferais à sa place. Pauvre Paul, me disais-je, si seulement il existait une autre solution que le suicide. Quelle philosophie il lui faudra pour se remettre de cela !

Tagebuch : 13 octobre. Nadbrzesze

Nous avons navigué jusqu'ici, attendu douze heures et reçu à présent l'ordre de retourner à Sawichost. Toute la journée, nous pouvons entendre le grondement de l'artillerie à l'est. Je me retrouve plongé à nouveau dans une dépression noire, sans merci. Pourquoi ? Quelle est la véritable raison de ce malaise ?... J'aperçois un de mes camarades en train de pisser par-dessus la rambarde du navire au vu et au su des quelques citoyens de Nadbrzesze réunis sur le quai pour nous regarder. Le grand arc pâle de son urine étincelle dans la mince lumière d'automne. Un autre soldat s'appuie sur son coude pour contempler innocemment le pénis blanc et mou de l'homme qui le tient délicatement comme une friandise. Puis le secoue, presse le bout et enfin le range sous la serge rugueuse du pantalon. Je crois que, si j'étais derrière une mitrailleuse et non pas un projecteur, je pourrais les tuer tous les deux sans la moindre hésitation... Pourquoi est-ce que je déteste tant ces pauvres abrutis ? Pourquoi ne puis-je pas être impassible ? Je méprise ma propre faiblesse, mon incapacité à me distancer du banal.

La bataille de Grodek

À notre retour de Sawichost, je reçus du courrier. Une longue lettre de David – je me demande s'il pense à moi à moitié autant que je pense à lui ? – et une communication extrêmement affligeante de Ficker – à qui j'avais écrit de me faire envoyer quelques livres. Je cite :

> ... je vois d'après votre lettre que vous n'êtes pas loin de Cracovie. Je me demande, au cas ou vous en auriez l'occasion, si vous pourriez essayer de retrouver Georg et d'aller le voir. Vous avez peut-être entendu parler des

sévères combats de Grodek, il y a une quinzaine de jours. Georg y était et, à cause du chaos et de la totale désorganisation qui régnaient à ce moment-là, fut placé par erreur à la tête d'un hôpital de campagne, pas très loin derrière nos lignes. Il protesta, semble-t-il vigoureusement, expliquant qu'il n'était qu'un pharmacien et non pas un médecin mais, vu le manque de ressources, on lui demanda de faire de son mieux.

C'est ainsi que Georg se retrouva avec deux ordonnances (des Tchèques parlant très peu l'allemand) en charge d'un hôpital de cinquante lits. Tandis que la bataille continuait, plus de quatre-vingt-dix blessés y furent amenés dans la journée. À plusieurs reprises, Georg réclama par radio qu'on lui envoie un médecin étant donné que lui-même ne pouvait rien pour ces hommes, sauf leur faire une piqûre de morphine et tenter de penser leurs plaies. En fait, il devint bientôt évident que ces blessés avaient été dirigés par inadvertance sur le mauvais hôpital. On avait par erreur informé les ambulanciers qu'il existait là-bas une unité chirurgicale et des chirurgiens.

À neuf heures du soir, toutes les provisions de morphine de Georg étaient épuisées. Peu après, les hommes recommencèrent à hurler de douleur. Finalement, un des officiers, dont la jambe gauche avait été sectionnée à hauteur de la hanche, se tira une balle dans la tête.

C'est alors que Georg partit en courant. À deux kilomètres de l'hôpital se trouvait un petit bois qui, au début des combats, avait servi de quartier général à un bataillon. George s'y rua pour chercher de l'aide, ou en tout cas décrire l'état affreux des blessés à sa charge. À son arrivée, il découvrit qu'un tribunal militaire improvisé venait de faire exécuter vingt déserteurs par pendaison.

Je ne sais pas exactement ce qui s'est passé ensuite. Je pense qu'à la vue de ces cadavres tout frais Georg essaya de s'emparer du revolver d'un officier pour le retourner contre lui. Quoi qu'il en soit, il se conduisit de manière démente, fut maîtrisé et arrêté lui-même pour désertion face à l'ennemi. J'ai réussi à lui rendre une brève visite à l'hôpital psychiatrique de Cracovie, voici dix jours. Il est dans un sale état mais du moins, Dieu merci, l'accusation de désertion a été retirée et il est maintenant traité pour *dementia praecox*. Georg, pour une raison quelconque, est persuadé qu'il sera jugé pour lâcheté et pendu.

L'asile de Cracovie

La cellule de Georg était très froide et sombre, le seul éclairage provenant d'une lampe à pétrole, dans le corridor. Georg avait besoin de se raser mais, à part cela, me parut tout à fait le même que lors de nos deux précédentes rencontres. Il portait un curieux uniforme de toile grisâtre, la veste attachée par des ficelles au lieu de boutons. Avec sa grosse tête et ses yeux étroits, il faisait étrangement chinois. Il y avait un autre malade dans sa cellule, un commandant de cavalerie qui souffrait de *delirium tremens*. Tandis que Georg et moi bavardions, cet homme demeura recroquevillé sur un lit à roulettes dans un coin de la pièce. Georg ne me reconnut pas. Je me présentai simplement comme un ami de Ficker.

« Ludwig m'a demandé de venir vous voir, dis-je. Comment allez-vous ?

– Eh bien, je suis… » Il se tut et fit un geste en direction du commandant. « Et moi qui croyais que je buvais trop. » Il sourit. « En fait il se tient très bien maintenant. »

Il frotta à deux mains ses cheveux ras.

« J'ai appris ce qui s'était passé, dis-je. Ça a dû être terrible. »

Il me fixa d'un regard intense puis parut réfléchir un moment.

« Oui, dit-il, oui, oui, oui. Tout ça.

– Je comprends parfaitement. »

Il haussa vainement les épaules. Certaines choses ne peuvent qu'être montrées, et non pas dites. Il sourit.

« Vous n'auriez pas un cigare sur vous, par hasard ? On ne m'a pas apporté mon paquetage. Je meurs d'envie d'un cigare convenable.
– Laissez-moi vous en trouver.
– Je fume des Trabucos – ceux avec un embout de paille.
– Ils sont très forts, je crois. Je ne fume pas mais j'ai entendu dire qu'ils vous brûlaient la gorge.
– Ça en vaut la peine. »
Nous demeurâmes silencieux un moment, écoutant les reniflements du commandant.
« Il fait très froid ici, dit Georg lentement, et très sombre, et, si on se débarrassait du commandant, les conditions seraient parfaites.
– Je vois ce que vous voulez dire.
– En fait, j'ai plusieurs boîtes de Trabucos dans mon paquetage, poursuivit-il. Si vous pouviez faire passer un message à mon ordonnance, peut-être pourrait-il m'en apporter une ou deux.
– Bien entendu.
– Oh, et voudriez-vous lui demander de m'apporter ma mallette de cuir vert ?
– Votre mallette de cuir vert.
– Oui. » Il réfléchit une seconde : « C'est essentiel... » Il se frotta le visage comme si ses traits se fatiguaient d'être éternellement composés. « Je crois qu'avec un bon cigare je pourrai même tolérer le commandant. »

Je découvris l'ordonnance de Georg au cantonnement du corps de santé, dans un petit village aux abords de Cracovie. La ville était clairement visible au-delà des prés tondus sur lesquels paissaient quelques poneys ; une forme basse estompée que ponctuaient quelques dômes et flèches d'églises et parfois une cheminée d'usine. Dans la vague lumière granitée du crépuscule, la masse de l'église Notre-

Dame prenait l'allure d'un immense entrepôt. Je transmis les instructions de Georg : deux boîtes de Trabucos et sa mallette de cuir vert.

« Comment va le lieutenant ? s'enquit l'ordonnance.

– Il va très bien, dis-je. Si l'on considère... Vraiment très bien. »

Georg mourut cette nuit-là d'une crise cardiaque provoquée par une injection intraveineuse massive de cocaïne. D'après son ordonnance, qui fut la dernière personne à lui parler, il était « dans un état de détresse aigu » et devait avoir mal évalué la dose.

Tagebuch : 10 novembre. Sawichost

... la manière la plus simple de définir le livre de morale que je suis en train d'écrire est de dire qu'il concerne ce qui peut et ne peut pas être énoncé. En fait, ce ne sera que la moitié d'un livre. La moitié la plus intéressante sera celle que je ne peux pas écrire. C'est cette moitié qui sera la plus éloquente.

Thé à Neuwaldegg

C'est le printemps. Après une averse, nous prenons le thé sur la terrasse de la grande maison de Neuwaldegg. Moi, ma mère, mes sœurs Hélène et Hermine – et Paul. Je suis en permission ; Paul vient de rentrer de captivité, grâce à un échange de prisonniers blessés. Assis, sa manche droite bien épinglée, il presse maladroitement avec sa main gauche du citron dans son thé. Je pense à Georg et je contemple Paul. Ses cheveux grisonnent, ses vêtements sont immaculés.

Soudain, il annonce tout à trac qu'il va poursuivre sa carrière de pianiste et apprendre à jouer d'une seule main. Il se propose de commander des œuvres pour la main gauche à Richard Strauss et Ravel. Il y a un silence puis je m'écrie : « Bravo, Paul. Bravo. » Et, spontanément, nous l'applaudissons tous.

Le bruit modeste de nos applaudissements se répercute à travers l'immense jardin. Un souffle de brise agite le feuillage printanier et luisant de pluie des marronniers, et le jardinier, qui vient de planter un parterre de géraniums, lève la tête un instant, nous sourit, étonné, se met debout et salue en s'inclinant.

N pour N

Nguyen N, laotien, homme de lettres et philosophe amateur. Né à Vientiane, au Laos, en 1883 ; mort à Paris, France, le 22 février 1942. La famille de N était d'origine bourgeoise, relativement riche, francophone et francophile. Nguyen, un enfant précoce mais un peu maladif, brûlait d'envie d'aller à Paris, mais la Première Guerre mondiale l'empêcha d'y arriver avant l'âge de vingt-quatre ans.

Cependant, après la touffeur de Vientiane, Paris se révéla pour N bruyant et frustrant. Le dur hiver de 1920 affecta sa santé (un problème cardio-vasculaire) et il partit en convalescence sur la Côte d'Azur. Rétabli, il décida de s'y installer. Il gagnait sa vie comme répétiteur de mathématiques et joueur semi-professionnel de ping-pong, participant aux ligues éphémères de tennis de table qui fleurirent brièvement sur cette côte ensoleillée dans les années vingt.

Et c'est là qu'il écrivit son petit chef-d'œuvre, *Les Analectes de Nguyen N* (Monnier, Toulon, 1928), dont je dénichai l'an dernier à Hyères un exemplaire, sa jaquette rouge cerise poussiéreuse et décolorée par le soleil, ses pages non coupées. Une suite de métaphores et d'apophtegmes inspirés, au ton fragile et vigoureux, oscillant dangereusement entre le profond et le banal. « Quelque part la neige tombe doucement, écrit Nguyen au milieu des mimosas et des pins parasols, et j'éprouve encore de la peine. » La traduction ne peut pas vraiment rendre justice à leur délicate sincérité.

Après le succès de ce livre, Nguyen fut adopté par les salons culturels de Paris où il retourna vivre de manière permanente en 1931. C'est un habitué des notes de bas de page de l'histoire littéraire ; le visage non identifié aux tables de cafés, une vague silhouette à la frange de plus d'une mémoire et d'une biographie.

Il écrivit un jour à André Gide qui l'avait agacé à propos de son nom, lequel est assez commun au Laos : « … Il se prononce unnnnhhhh, effectivement trois syllabes, le h final étant aussi explosif que possible, si vous pouvez imaginer cela. Idéalement, après m'avoir présenté, on devrait être légèrement à court de souffle. »

La guerre apporta la pénurie. Nguyen alla travailler dans les cuisines du plus grand restaurant vietnamien de Paris où il se découvrit un talent pour les garnitures décoratives. Ses œillets en dentelle de carotte, ses lys en échalote et ses roses de navet translucides étaient des œuvres d'art en miniature. Entre ses heures de service, il écrivit sa courte autobiographie, *Comment ciseler les légumes* (Plon et Noël, Paris, 1943 – très rare), qui fut publiée après sa mort.

Nguyen N fut renversé au cours du black-out une sombre nuit de février par un gendarme à bicyclette. Il mourut sur le coup.

Protobiographie

M'étant toujours classé – très délibérément – comme un écrivain résolument a-biographique, j'ai découvert non sans surprise avoir en fait pas mal raconté une partie de ma vie, à savoir ma petite enfance en Afrique et mon séjour de pensionnaire dans une école écossaise. Peut-être est-ce dû à ce qu'en vieillissant un sentiment inconscient d'urgence nous pousse à enregistrer ces premières expériences avant que l'amnésie intervienne ou que les lunettes de la nostalgie teintent de rose le tableau. C'est là, je le sais, le motif essentiel qui m'a conduit à écrire sur mon pensionnat – pour la première fois dans « La vie au pensionnat », ajoutant un récit des dix ans, ou presque, que j'ai passés dans une école de garçons en guise d'introduction à mes deux scénarios sur le sujet : « Bons et mauvais en sport » et « Les petites Hollandaises ». Je voulais simplement dire la vérité avant d'oublier – mais dépeindre l'institution avec sincérité m'intéressait plus que de dévoiler quoi que ce soit sur moi.

Cependant, les deux récits qui suivent ont indéniablement l'auteur pour vedette. Ne ressentant aucun besoin personnel de raconter ces histoires, je ne les aurais pas écrites sans les encouragements de mes éditeurs. À la réflexion, je leur suis aujourd'hui reconnaissant de m'en avoir donné le lieu et l'occasion.

Beulah Berlin, de A à Z

Angst, ennui, *Weltschmerz*, cafard, *taedium vitae*, anomie… Curieuse, l'étrange séduction de ces mots. Peu m'importe presque de souffrir des conditions qu'ils décrivent. Un côté, peut-être, de ces prétendues « belles maladies ». Mais j'exagère : car la majorité de ma vie a été normale – pour me rendre compte que j'avais un problème, il a fallu que j'aille à Berlin.

Berlin m'a donné mon nom et m'a faite. Avant Berlin, tout fut d'une conventionnelle simplicité : je suis née, j'ai grandi, je suis allée à l'école, puis à l'université (filière média), et enfin dans un institut de cinéma – rien dans mon existence qui ait été d'un intérêt particulier. À l'institut, j'ai d'abord voulu être monteuse (l'envie aiguë de contrôler) mais j'ai changé d'idée au bout d'une année et j'ai décidé de devenir chef décorateur (j'étais bonne en dessin). Comment savoir si votre vie est intrinsèquement dépourvue d'intérêt ? Vous le savez, point final. Certaines personnes s'en accommodent dans la tristesse et le silence, d'autres tentent d'y remédier.

Lors d'un festival à Hambourg, où l'on présentait un petit film dont j'avais conçu les décors, j'ai rencontré Georg, mon premier mari. C'était un artiste et, après le festival, soudain et spontanément, je suis partie avec lui pour Berlin. J'avais vingt-deux ans et je savais, je pense, que ce serait là le commencement de tout. Un mois plus tard, nous étions mariés.

Un homme vient juste de passer, tenant en laisse un danois et un teckel. Bizarre. (J'écris ceci à Amsterdam.)

Georg et quelques-uns de ses amis ont organisé une exposition appelée « Stunk » (à prononcer avec l'accent allemand). Ils ont loué un étage d'un immeuble de bureaux pour un mois sur la *Strasse* machinchose, et c'est devenu leur galerie. (Stunk-Kunst.) Georg m'a demandé d'y participer et c'est ainsi qu'est née « La Garde-Robe transparente », et qu'est née aussi Beulah Berlin. Après avoir été Beulah McTurk pendant vingt-deux ans, je savais que Beulah Berlin serait forcément plus surprenante, somme toute plus cool.

Couleur : la couleur dominait ma garde-robe à l'époque. Je portais des vêtements de tons très vifs – comme un camouflage. Maintenant, je ne porte que du noir, du blanc et du gris. Lors de l'exposition « Stunk », j'avais accroché tous mes habits tapageurs à des rails en chrome pour ne garder sur moi qu'un soutien-gorge et une culotte noirs. Les gens choisissaient une combinaison d'éléments dans ma garde-robe, inscrivaient leur requête sur un bout de papier, et j'arborais durant une heure ce qu'ils suggéraient. Une chaussure à talon haut noire et une chaussure de marche marron ; un blouson de cuir et le bas d'un bikini ; un sombrero en paille et des pantalons de pyjama. Je prenais un cliché polaroïd de la combinaison et je la punaisais sur un tableau géant. Je dois dire que sans Beulah Berlin et sa garde-robe transparente l'exposition « Stunk » serait complètement passée aux oubliettes. 99 % des articles de presse tournaient autour de moi et de mes infatigables transformations. À la fin de la location, je possédais au-delà d'un millier de photos : le tableau d'affichage n'était plus qu'un collage multicolore des différentes Beulah Berlin. Georg ne m'a jamais vraiment pardonné, je le comprends maintenant en y repensant, et, à partir de là, nos rapports ont viré à la vie de chien : de vrais dobermans.

Dobermans : les chiens sont de merveilleux animaux et c'est pour moi une source d'infinis regrets que de ne jamais en avoir possédé un – à cause de mes allergies. Qui donc a dit : « Plus je vois les hommes, plus j'aime les animaux » ? Matthew Arnold, Nietzsche ? Quelqu'un. Je tiens certainement les chiens en plus haute estime que mes ex-maris. Enfin, mes premier et deuxième ex, sans conteste, pas nécessairement mon très prochain troisième ex.

« Exsudations », tel était le nom de la troisième exposition de Georg. Nous étions encore – tout juste – mariés et j'ai accepté de participer une nouvelle fois. Si « Stunk » m'a fait connaître, « Exsudations » m'a rendue tristement célèbre. Georg avait pour projet de rester enfermé dans notre appartement pendant un an, et de recueillir et de conserver tout ce que son corps exsuderait. Oui, tout – inutile d'entrer dans les détails. Par exemple, il passait son eau de rasage dans de la mousseline pour en extraire les poils de barbe. Ces « exsudations », mises en bouteilles ou en boîtes hermétiquement closes et soigneusement étiquetées, devaient constituer ensuite la base d'une exposition tournante, l'idée de Georg étant qu'elles fournissaient un enregistrement particulier mais historiquement parfait de son corps sur une période d'un an. J'ai réussi à tenir trois semaines avant de tomber gravement malade, victime d'une gastro-entérite infectieuse. Georg a refusé de quitter l'appartement – son travail était en plein développement, prétendait-il, et, de plus, il était lui-même en excellente santé – et finalement la police a dû enfoncer la porte (les voisins aussi se plaignaient).

Désinfection et fumigation suivirent, et « Exsudations » s'est réduit à une brève notule dans l'histoire de l'art allemand contemporain. J'ai intenté un procès à Georg pour obtenir qu'il paye mes frais médicaux (je n'étais pas assurée et il s'était opposé à toute contribution, prétendant que je l'avais trahi) et, bien entendu, notre mariage n'y a pas survécu. Georg est parti vivre dans une cabane à Ibiza. Je ne l'ai pas revu depuis. Je me rends compte maintenant que Georg était un accident prêt à survenir, un missile défectueux qu'on avait oublié de passer à l'épreuve du feu.

« Feu ! » s'exclame Cornelius chaque fois qu'il jouit. Cornelius est mon petit ami secret – mon commandant de U-boat. Au début, j'ai trouvé ça amusant mais ça commence à m'énerver (Otto ignore tout de Cornelius). En fait, le feu, les feux, devrais-je dire, ont réchauffé et illuminé mon enfance. Nous habitions Eastbourne, sur la côte sud-ouest de l'Angleterre. Mon père installait des chauffages au gaz et à l'électricité. Je lui ai demandé un jour pourquoi il aimait tant Eastbourne.

« Je le déteste, a-t-il répondu.

– Mais les gens sont gentils.

– Je les hais. »

Quand il est tombé malade, j'ai accusé cette haine qu'il avait couvée durant toute sa vie. Il aurait dû déménager, aller ailleurs, surtout après son divorce d'avec ma mère. C'était la faute de cet endroit, ce secteur surpeuplé de notre petite île. La faute à l'Angleterre et pas seulement à un problème de glandes.

Glandes : les glandes, proclama plus tard mon père, étaient à la base de sa lassitude et de sa perte de poids. Il ne souffrait pas mais, de toute évidence, quelque chose clochait sérieusement chez lui. Il s'était mis à s'auto-administrer toutes sortes de médicaments, du genre combinaisons vitamines et aliments diététiques pour combattre son problème de « glandes ». Ginseng et huile de foie de morue. Tisane aux orties et gelée royale. Énormes quantités de vitamines E en sus d'étranges ragoûts d'algues. Il mâchonnait des graines de tournesol toute la sainte journée. Quand j'ai parlé des manies de mon père à Cornelius, il s'est marré. Je lui ai demandé pourquoi, et il m'a dit qu'elles étaient un parfait exemple de l'humour tragique de l'existence.

J'ai traversé la Manche avec l'urne contenant les cendres de mon père et je suis allée les disperser sur les champs de bataille de la Somme. J'ai pensé qu'il apprécierait de se retrouver à l'étranger, loin d'Eastbourne. Je me suis promenée dans les herbages – c'était l'été – en laissant tomber de temps à autre, du bout des doigts, une pincée de cendres aussitôt emportée par la brise.

L'air était rempli d'une odeur de foins fraîchement coupés. Foin, sainfoin, hédysarum…

Hédysarum, sainfoin, foin… le rhume des foins évoque l'été : faucheuses dans les prés, et le pollen s'envolant tandis que l'herbe tombe sous l'avance des faux. Pas dans mon cas : pour moi, le rhume des foins est un phénomène printanier. Maintenant je sais pourquoi T.S. Eliot a dit : « Avril est le plus cruel des mois. » Lui aussi devait souffrir d'allergies saisonnières au pollen. Mais désormais mes allergies me poursuivent toute l'année. J'ouvre un journal et mon nez commence à couler ; une femme passe devant moi et son parfum me contracte la gorge. Je tousse et je retousse. (Pourquoi ces femmes s'aspergent-elles de tant de senteurs ? Pourquoi cet amour des odeurs chimiques ?) La nuit, couchée dans mon lit, je souffre de mes hanches comme si j'avais de l'arthrite. Je ne suis pas la seule, je sais, nous sommes tous empoisonnés à petit feu, hypersensibilisés. Nous sommes tous, à notre manière, victimes d'une quelconque infection.

Infection, maladie… La maladie projette une vive lumière, le reste de la vie rentre dans l'ombre hors de son éclat éblouissant. Quand mon père était malade, où que je sois, quoi que je fasse, je semblais penser à lui dix fois par heure. À la fin, je n'ai eu d'autre choix que de déménager et de retourner à Eastbourne dans un meublé – et dans la même rue. Mon père n'a jamais été hospitalisé, des infirmières se succédaient toute la journée tandis que je le pourvoyais en repas de plus en plus déliquescents et, à la fin, entièrement liquides. Très vite, il n'a plus voulu que du bouillon de bœuf. « Ah ! disait-il quand je lui apportais le bol fumant, la *soupe du jour** ! »

Journal intime : tenir mon journal m'a soutenue depuis l'âge de douze ans. Au cours des dernières années, toutefois, j'ai raffiné le procédé. Au réveil, j'écris la première chose qui me passe par la tête et, avant de me coucher, j'écris la dernière à laquelle je pense. Vous devriez essayer : c'est étonnamment significatif. Ces deux phrases définissent et déterminent votre vie de la manière la plus hasardeuse et pourtant la plus éclairante. Je me reporte à la date du 14 avril 1999. Matin : « Gianluca est un enfant de salaud total et complet. » Soir : « J'ai bu du champagne toute la journée – pas touché à une miette de nourriture. Je ne me suis jamais sentie aussi bien. » Au 22 novembre 1996. Matin : « Ce soleil d'hiver rend ma chambre crasseuse. » Soir : « Edith Wharton est douée, mais assommante, je dois résister à la tentation de sauter des pages et de passer à autre chose. Du Kipling ? »

Kipling. Rudyard Kipling a écrit un bouquin intitulé *Stalky et Cie* dans lequel se trouve un personnage nommé M'Turk, ce qui est, je suppose, une forme de McTurk (quoique l'apostrophe soit quelque chose que je n'ai jamais encore rencontré). C'est la seule évidence que j'aie pu trouver d'un McTurk en littérature.

Mon prénom, Beulah, vient d'un livre, un livre que ma mère lisait avant ma naissance, *Les Chevaliers du fer à cheval en or*, de William Alexander Carruthers, et qui a pour décor le Sud profond d'avant la guerre de Sécession. À l'époque, ma mère était en proie à une grande passion pour le Sud profond, elle adorait tout ce qui touchait à la vision romantique du coin. Je suppose que ça la sortait un peu d'Eastbourne et des chauffages à gaz de mon père. « Le pays de Beulah », soupirait-elle, et c'est ainsi que je fus nommée. Mais Beulah McTurk, ça cloche grave. Ça m'évoque une femme lourde et potelée, alors que je suis grande et très très mince. J'ai, par conséquent, été ravie de devenir Beulah Berlin, baptisée du nom d'une ville. Ça suggère un côté acier, plus dur, comme si je m'entourais d'une force magnétique protectrice, une couche isolante, disons, de laque ou de téflon.

Londres : trop bizarre, trop tendu, ces temps-ci. New York : trop agité. San Francisco : trop sain. Paris : trop conscient de son image. Toutes ces villes, je les ai bien connues, ou aussi bien que quiconque peut connaître une ville. Il y a toutefois dans votre existence des moments où vous mourez d'envie de vous détendre et j'ai dû quitter Londres, prise d'un soudain et irrépressible besoin de fuir. Et où aller sinon à Amsterdam ? Amsterdam qui m'a attirée comme la flamme d'une bougie attire un papillon de nuit, ainsi que dirait ma mère.

Ma mère a désapprouvé mon changement de nom. Elle a désapprouvé ma vie d'artiste, elle a désapprouvé Georg, mon premier mari et, je soupçonne, Otto, mon troisième. Je ne lui ai jamais parlé du deuxième. Mais j'ai le sentiment qu'elle aimerait Cornelius, mon petit ami secret : il est beau gosse, égoïste et canaille, tel un héros de roman de Mazo de la Roche.

Malgré son prénom germanique, Otto, mon troisième

époux, est anglais. Il se nomme Otto Carlyle et il répare des ordinateurs. Il refuse d'utiliser les termes affectueux du genre « chéri » et « mon cœur » et, en lieu et place, me gratifie de tendresses telles que « ma nomade pragmatique » ou « mon ambroisie à moi ». Je relève le défi. Quand il part en voyage ou que nous nous parlons au téléphone, nous terminons ainsi nos conversations :

Otto : Au revoir, mon poisson-frites.

Moi : Au revoir, mon oiseau aux griffes de cuivre aiguisées.

Otto : Ma tendresse à la mince gymnaste.

Moi : À bientôt, moulin de mon âme.

Otto est très grand et, après la mort de mon père, j'ai eu envie, pour une vague raison, de vivre avec un homme de haute taille. Il mesure 1,85 m et moi 1,79 m.

Neuf : comme dans dix-neuf cent soixante-neuf. L'année de ma naissance (le 27 mars). Cette semaine-là, le Concorde faisait son vol d'essai. John Lennon et Yoko Ono entamaient leur grasse matinée pour la paix au Hilton d'Amsterdam. Je suis (tout juste) une enfant des années 1960 et il me semble simplement naturel d'être de retour aujourd'hui à Amsterdam. Au point de départ, d'une certaine manière. Un cercle presque parfait. Une sorte de O.

Otto vient d'appeler de Dakar. Chaque fois qu'il appelle de l'étranger, je pose devant moi une photo de lui. Elle a été prise dans un café sur la plage à Antibes quand nous y étions avec mon galeriste d'alors, Clive Count (*u* et *t* muets, répétais-je plus tard lorsqu'il m'a jetée). Otto porte un caleçon de surf et un T-shirt informe, ses cheveux mouillés se dressent en épis – il a l'air d'un grand enfant abandonné. J'en suis venue à détester une voix désincarnée, je déteste parler au téléphone mais c'est beaucoup moins désagréable quand on regarde une photo.

Photographier, c'est une forme d'art que je pratique ces temps-ci – je m'y suis sérieusement mise, en fait, après la fin de ma tournée avec la « Garde-Robe transparente ». Puis, pendant deux ans, j'ai enseigné la cinématographie dans une université privée de San Francisco avant de commencer à photographier les pieds des gens.

De toutes les parties de notre corps, le pied est celle que nous traitons le plus durement. Aucune autre zone – visage inclus – ne montre avec autant de franchise brutale notre vieillissement individuel. Nous coinçons nos pieds dans des chaussures qui ne leur conviennent pas, nous leur infligeons des kilomètres de marche, nous nous en occupons à peine, nous contentant d'en couper parfois les ongles et parfois de peindre les susdits. Mais durillons, cors, engelures, verrues et autres déformations ne cessent de les abîmer d'année en année de la manière la plus visible. J'ai vingt-cinq sujets (amis et connaissances, vieux et jeunes) et, tous les six mois, je prends une photo de leur visage et de leurs pieds, côte à côte. Deux déjà ont demandé à s'en aller : ils trouvent l'affaire trop attristante, disent-ils, comme si l'horloge de leur propre mortalité sonnait l'heure, là, au bout de leurs orteils, cachée dans leurs souliers. Peut-être avez-vous vu mon exposition à Gand ou à Bâle, ou bien celle de l'East Gallery East à Londres ? Les pieds de certaines gens ressemblent à des excroissances végétales, d'autres à des paysages rongés par l'érosion. Les expositions ont connu un grand succès. Chaque matin, avant l'ouverture des portes, il y avait une immense queue.

Qwertyuiop (et non pas Azertyuiop), c'est ainsi que je nommerai mon enfant, mâle ou femelle, quand j'en aurai un. Il ou elle pourra ensuite choisir le nom qu'il ou elle voudra à partir de cette combinaison de lettres. Trey. Opi. Yute. Power. Je m'en fiche. Je ne suis pas sûre cependant de souhaiter qu'Otto soit le père. Je lui ai dit que tout était fini entre nous mais il m'a suivie à Amsterdam et vit plus ou moins dans cet appartement que j'ai loué sur la Kaisersgracht. Il dit que l'aéroport de Schipol constitue une plaque tournante parfaite pour ses affaires, et je suppose que c'est vrai. (Les ordinateurs qu'il répare sont énormes et généralement situés à l'étranger : aéroports, hôpitaux, administrations publiques – il a même été engagé deux mois par le Pentagone.) Dans ses moments de loisir, il écrit un roman intitulé « Jardin Gobe-Avion » (d'après le tableau de Max Ernst. Je pense que Ernst a les meilleurs titres de l'art moderne). Otto est souvent absent à cause de son mystérieux travail et, même si c'est alors que je vois Cornélius, il me manque. Et puis, quand il revient, il me tape sur le système. Je le veux à la fois absent et présent. Lorsqu'il n'est pas au travail, il passe la majeure partie de son temps à écrire son roman, ou à lire et relire.

Relire, lire, c'est ma grande consolation. Je lis beaucoup mais il y a quelques années j'ai décidé, face aux millions de livres que je n'avais pas lus, de systématiser mes lectures. Chaque année donc, je choisis un thème et je ne lis (ou relis) que les bouquins qui tombent dans cette catégorie. Par exemple, en 1995, je n'ai lu que des ouvrages dont les titres étaient des noms de femmes. J'ai lu *Emma, Madame Bovary, Thérèse Raquin, La Tante Julia et le scribouillard, Clarissa,* et quelques autres dont je n'arrive pas à me souvenir. En 1998, je suis passée aux animaux. J'ai lu *Kangourou*, *L'Oiseau*, *Le Bécasseau*, *Le Singe blanc*, *Le Rhinocéros du pape*, *Voyages avec un âne*. Cette année, je donne dans les villes : *Adieu à Berlin*, *London Fields*, *Los Angeles Confidential*, *Last Exit to Brooklyn*, *Paris brûle-t-il ?*, *Le Vice-Roi de Ouidah*. L'année prochaine, ce sera le tour de noms abstraits : j'ai *Persuasion* et *Chaos* en attente, alignés pour le 1er janvier. J'aime de plus en plus cette façon de donner à mon avancée hasardeuse à travers le temps une sorte d'élément organisateur secret, connu de moi seule, compris de moi seule, une sorte de cryptage personnel. Ça paraît normal – quelqu'un en train de lire un livre – mais en dessous je suis la seule à en connaître la signification – le palimpseste de ma vie, mon propre palimpseste.

Sestine (ou sextine), villanelle, sonnet. Mes formes poétiques favorites par ordre de préférence. Ce doit être parce que j'aime la forme imposée : les règles, l'ordre, la matrice poétique. J'ai lu récemment un bon poème à propos de boîtes de conserve rejetées par la mer sur une plage. Le week-end dernier, je suis allée sur les dunes de Kennemerduinen et j'ai ramassé une douzaine de ces boîtes-épaves. J'imagine une exposition – les boîtes récurées par le sable, décolorées par le soleil, délavées par les vagues, ballottées par la tempête et, à côté d'elles, leur version supermarché, impeccable, de couleur vive. Ce pourrait être très émouvant. La vie des boîtes de conserve : leur lente mort aux mains de la mer. J'aime bien fumer une cigarette quand je lis de la poésie, je ne sais pas pourquoi – je ne fume pas des tonnes – mais, avec la poésie, j'aime le tabac.

Tabac : si on y pense, le tabac est une drogue étrange. L'alcool semble plus naturel – après tout, il faut bien qu'on boive – et ma boisson préférée est le champagne. Mais aspirer de la fumée dans ses poumons n'est en aucun cas un processus naturel. J'aime l'odeur de la fumée de bois mais si je vois un feu de camp je ne me précipite pas dessus pour aller en respirer les fumées. Mon père s'est mis à fumer dans le dernier mois de sa vie, comme un simple défi, disait-il, un reproche à sa vitalité déclinante. Nous fumions tous les deux ensemble chaque soir pendant que je lui lisais de la poésie. Je comprends mieux son attitude aujourd'hui, je vois les choses de son point de vue. Et c'est utile.

Utiles les demi-tours, les virages à 180°. Il me semble qu'ils définissent le progrès de la vie mieux que la vieille image de la croisée des chemins. Combien de fois dans notre existence des événements significatifs ont-ils pu être décrits comme un virage à 180° ? Tomber en désamour, par exemple, est un demi-tour affectif majeur plutôt qu'une bifurcation sur la route de la vie. Ce séjour à Amsterdam est un virage à 180°. Il me fallait quitter Londres après la mort de mon père. Venir ici ne représente pas un pas en avant mais plutôt un besoin urgent de faire demi-tour sur la route de ma vie. Otto est un peu un demi-tour aussi. Je ne l'aimais plus, nous allions nous séparer et maintenant nous sommes de nouveau ensemble. Deux demi-tours, là. À présent, je me détourne une fois plus de lui pour me tourner vers Cornelius – on s'y perd ! Cornelius entasse des stocks de nourriture – j'ai trouvé trente boîtes de mandarines dans un placard. Il a quatre kilos de beurre dans son frigo. Un avertissement ? Peut-être, pour utiliser une image de film, ma vie est-elle une série de faux raccords. La continuité est illusoire, imprécise, nous devons sauter d'une séquence à l'autre. Très *nouvelle vague**.

Vagues ambitions : à encourager. La vie devrait être remplie de plans à moitié établis de ce que vous voudriez faire mais sans en avoir le vrai désir, l'énergie, le temps ou simplement l'argent. J'ai vaguement envie d'aller en Russie. J'ai vaguement envie d'apprendre l'espagnol. J'ai vaguement envie de lire les romans de Ronald Firbank. J'ai vaguement envie de me faire tatouer un truc un peu osé… Cornelius a un tatouage (une fleur de lys tournoyante) sur son coccyx. Je chéris ces vagues ambitions parce qu'elles semblent présupposer une autre existence – une autre vie pour moi – dans laquelle elles pourraient vraiment se réaliser. Plus vagues sont vos ambitions, plus de vies potentielles vous pouvez mener. J'ai un jour expliqué tout ceci en détail à un psychiatre (juste après mon divorce d'avec Georg) qui n'a eu de cesse de me mettre sous Valium. Je ne pense pas qu'il m'ait trouvée en très bonne santé. Un sérieux cas de *Weltverbesserungswahn*.

Weltverbesserungswahn. Ah, que j'aime ces mots allemands ! C'était là mon problème, disait mon psychiatre (il était allemand), ce dont je souffrais (avec d'autres maladies mentales variées). C'est sans doute le traumatisme puant et quotidien de l'époque « Exsudations » suivi de mon hospitalisation puis de mon abandon par Georg qui m'a fait épouser cet homme, ce fou. Je l'ai plaqué au bout de quinze jours, je n'ai plus prononcé son nom et je ne le ferai jamais. Le seul héritage de nos rapports est ce diagnostic : *Weltverbesserungswahn*, la conviction que le monde pourrait être meilleur. Mon psychiatre de mari affirmait que c'était une illusion, pas une conviction, et que mon refus d'accepter que ce soit une illusion était la preuve que j'étais la victime d'illusions. Vous comprenez pourquoi j'ai dû me tirer. Le seul côté satisfaisant de mes deux semaines de mariage avec ce type, ç'a été le sexe.

Xanadu est le nom du bar de Jordaan dans lequel je travaille trois soirs par semaine. Cornelius en est le directeur. Il a un petit appart au dernier étage où nous faisons l'amour quand Otto est absent. Il vient d'acheter un millier de boîtes de sardines. Je lui ai demandé s'il aimait les sardines et il m'a répondu non, mais elles étaient à un prix défiant toute concurrence et on ne sait jamais quand on peut changer de goût. Je me suis promis de cesser de le voir dès que mon livre serait fini mais je crois qu'il est amoureux de moi, merde ! Mais qu'est-ce qu'ils ont donc, ces mecs ? J'ai rencontré un éditeur ici à Amsterdam, la semaine dernière, et il m'a déclaré presque aussitôt que, toutes choses étant égales (que veut-il dire ? curieuse expression…), il pourrait publier mon livre l'année prochaine. Et m'offrir un yacht ?

Yachts : les bateaux et les années passent. Je me vois en vieille dame habitant un immeuble en bord de mer (pas à Eastbourne ni à Ibiza). Je garde les rideaux tirés jour et nuit, toute l'année. Qwertyuiop vient me rendre régulièrement visite. Quand il / elle arrive, il / elle enlève ses chaussures et ses chaussettes et je photographie ses pieds. C'est un(e) bon(ne) garçon/fille, Qwert (est-il/elle l'enfant de Cornelius ?), et il/elle s'inquiète.

« Quel temps fait-il ? je demande.

– Ouvre les rideaux, Maman, répond-il / elle. Vois toi-même.

– Non, dis-je, c'est plus intéressant si tu me le racontes, toi. »

Et il / elle fait donc de son mieux : ensoleillé, nuages filant au travers du ciel, menace de pluie plus tard dans la journée. Dans mon appartement obscur, je préfère user de mon imagination. J'aime cette invention de mon futur, mais que sera la réalité ? Une vieille rombière vivant de cigarettes et de gnôle. Et de visites au zoo ?

Zoo : les zoos m'ont consolée après la mort de mon père. Et le zoo d'Amsterdam est un des meilleurs du monde, me dit-on. Je regardais les chimpanzés mais ils me déprimaient. Trop humains : assis en rond, exhibant leurs érections, se jetant de la merde l'un sur l'autre. Et les fauves étaient terrifiants : arpentant leur territoire de long en large, de large en long – toute cette charge énergétique de ressentiment à l'égard de leur captivité. Je cherchais donc des animaux qui paraissaient satisfaits de leur vie dans le zoo et je découvris que j'observais de plus en plus les rhinocéros. J'ai fini par adorer leur côté massif, costaud, et leur charisme naturel. Dans mes pires moments (quand Cornelius m'a suppliée de quitter Otto et de vivre avec lui ; quand Otto m'a demandé de l'accompagner dans son prochain voyage en Californie), j'ai follement souhaité être un rhino dans mon armure de rhino. Et je me calmais en les regardant, imaginant que j'étais un rhino dans un zoo, ma journée organisée autour de mes activités : manger, déféquer et dormir. Dans un zoo mais libre d'une certaine manière. Libérée du monde et de ses exigences bruyantes. Libérée, enfin, de l'*Angst*.

Table

DU MÊME AUTEUR

Un Anglais sous les tropiques
roman
Balland, 1984,
Seuil, 1995
et « Points », n° P10

Comme neige au soleil
roman
Balland, 1985,
Seuil, 2003
et « Points », n° P35

La Croix et la Bannière
roman
Balland, 1986,
Seuil, 2001
et « Points », n° P958

Les Nouvelles Confessions
roman
Seuil, 1988
et « Points », n° P34

La Chasse au lézard
nouvelles
Seuil, 1990
et « Points », n° P381

Brazzaville Plage
roman
Seuil, 1991
et « Points », n° P33

L'Après-midi bleu
roman
Seuil, 1994
et « Points », n° P235

Le Destin de Nathalie X
nouvelles
Seuil, 1996
et « Points », n° P480

Armadillo
roman
Seuil, 1998
et « Points », n° P625

Visions fugitives
récits
Seuil, 2000
et « Points », n° P856
et pour le récit intitulé Nat Tate, *« Points », n° P1046*

À livre ouvert
Les Carnets intimes de Logan Mountstuart
roman
Grand Prix des lectrices de Elle
prix Jean-Monnet
Seuil, 2002
et « Points », n° P1152

La Femme sur la plage avec un chien
nouvelles
Seuil, 2005
et « Points », n° P1456

La Vie aux aguets
roman
Seuil, 2007
et « Points », n° P1862

RÉALISATION : IGS-CP À L'ISLE-D'ESPAGNAC
IMPRESSION : NORMANDIE ROTO IMPRESSION S.A.S. À LONRAI
DÉPÔT LÉGAL : AVRIL 2008. N° 97601 (081046)
IMPRIMÉ EN FRANCE

Collection Points Signatures

P1856. Le Jardin de ciment, *Ian McEwan*
P1857. L'Obsédé (L'Amateur), *John Fowles*
P1858. Moustiques, *William Faulkner*
P1859. Givre et sang, *John Cowper Powys*
P1860. Le Bon Vieux et la Belle Enfant, *Italo Svevo*
P1924. Bright Lights, Big City, *Jay McInerney*
P1925. À la merci d'un courant violent, *Henry Roth*
P1926. Un rocher sur l'Hudson, *Henry Roth*
P1927. L'amour fait mal, *William Boyd*

Collection Points

DERNIERS TITRES PARUS

P1607. Histoire secrète du Mossad, *Gordon Thomas*
P1608. La Guerre du paradis. Le Chant d'Albion I
Stephen Lawhead
P1609. La Terre des Morts. Les Enfants de l'Atlantide IV
Bernard Simonay
P1610. Thenser. Aradia II, *Tanith Lee*
P1611. Le Petit Livre des gros câlins, *Kathleen Keating*
P1612. Un soir de décembre, *Delphine de Vigan*
P1613. L'Amour foudre, *Henri Gougaud*
P1614. Chaque jour est un adieu
suivi de Un jeune homme est passé
Alain Rémond
P1615. Clair-obscur, *Jean Cocteau*
P1616. Chihuahua, zébu et Cie.
L'étonnante histoire des noms d'animaux
Henriette Walter et Pierre Avenas
P1617. Les Chaussettes de l'archiduchesse et autres défis
de la prononciation
Julos Beaucarne et Pierre Jaskarzec
P1618. My rendez-vous with a femme fatale.
Les mots français dans les langues étrangères
Franck Resplandy
P1619. Seulement l'amour, *Philippe Ségur*
P1620. La Jeune Fille et la Mère, *Leïla Marouane*
P1621. L'Increvable Monsieur Schneck, *Colombe Schneck*
P1622. Les Douze Abbés de Challant, *Laura Mancinelli*
P1623. Un monde vacillant, *Cynthia Ozick*
P1624. Les Jouets vivants, *Jean-Yves Cendrey*
P1625. Le Livre noir de la condition des femmes
Christine Ockrent (dir.)
P1626. Comme deux frères, *Jean-François Kahn et Axel Kahn*
P1627. Equador, *Miguel Sousa Tavares*
P1628. Du côté où se lève le soleil, *Anne-Sophie Jacouty*
P1629. L'Affaire Hamilton, *Michelle De Kretser*
P1630. Une passion indienne, *Javier Moro*
P1631. La Cité des amants perdus, *Nadeem Aslam*
P1632. Rumeurs de haine, *Taslima Nasreen*
P1633. Le Chromosome de Calcutta, *Amitav Ghosh*
P1634. Show business, *Shashi Tharoor*
P1635. La Fille de l'arnaqueur, *Ed Dee*
P1636. En plein vol, *Jan Burke*

P1637. Retour à la Grande Ombre, *Hakan Nesser*
P1638. Wren. Les Descendants de Merlin I, *Irene Radford*
P1639. Petit manuel de savoir-vivre à l'usage des enseignants
Boris Seguin, Frédéric Teillard
P1640. Les Voleurs d'écritures *suivi de* Les Tireurs d'étoiles
Azouz Begag
P1641. L'Empreinte des dieux. Le Cycle de Mithra I
Rachel Tanner
P1642. Enchantement, *Orson Scott Card*
P1643. Les Fantômes d'Ombria, *Patricia A. McKillip*
P1644. La Main d'argent. Le Chant d'Albion II
Stephen Lawhead
P1645. La Quête de Nifft-le-mince, *Michael Shea*
P1646. La Forêt d'Iscambe, *Christian Charrière*
P1647. La Mort du Nécromant, *Martha Wells*
P1648. Si la gauche savait, *Michel Rocard*
P1649. Misère de la Ve République, *Bastien François*
P1650. Photographies de personnalités politiques
Raymond Depardon
P1651. Poèmes païens de Alberto Caeiro et Ricardo Reis
Fernando Pessoa
P1652. La Rose de personne, *Paul Celan*
P1653. Caisse claire, poèmes 1990-1997, *Antoine Emaz*
P1654. La Bibliothèque du géographe, *Jon Fasman*
P1655. Parloir, *Christian Giudicelli*
P1656. Poils de Cairote, *Paul Fournel*
P1657. Palimpseste, *Gore Vidal*
P1658. L'Épouse hollandaise, *Eric McCormack*
P1659. Ménage à quatre, *Manuel Vázquez Montalbán*
P1660. Milenio, *Manuel Vázquez Montalbán*
P1661. Le Meilleur de nos fils, *Donna Leon*
P1662. Adios Hemingway, *Leonardo Padura*
P1663. L'avenir c'est du passé, *Lucas Fournier*
P1664. Le Dehors et le Dedans, *Nicolas Bouvier*
P1665. Partition rouge.
Poèmes et chants des indiens d'Amérique du Nord
Jacques Roubaud, Florence Delay
P1666. Un désir fou de danser, *Elie Wiesel*
P1667. Lenz, *Georg Büchner*
P1668. Resmiranda. Les Descendants de Merlin II
Irene Radford
P1669. Le Glaive de Mithra. Le Cycle de Mithra II
Rachel Tanner
P1670. Phénix vert. Trilogie du Latium I, *Thomas B. Swann*
P1671. Essences et parfums, *Anny Duperey*
P1672. Naissances, *Collectif*

P1673. L'Évangile une parole invincible, *Guy Gilbert*
P1674. L'Époux divin, *Francisco Goldman*
P1675. La Comtesse de Pimbêche
et autres étymologies curieuses
Pierre Larousse
P1676. Les Mots qui me font rire
et autres cocasseries de la langue française
Jean-Loup Chiflet
P1677. Les carottes sont jetées.
Quand les expressions perdent la boule
Olivier Marchon
P1678. Le Retour du professeur de danse, *Henning Mankell*
P1679. Romanzo Criminale, *Giancarlo de Cataldo*
P1680. Ciel de sang, *Steve Hamilton*
P1681. Ultime Témoin, *Jilliane Hoffman*
P1682. Los Angeles, *Peter Moore Smith*
P1683. Encore une journée pourrie
ou 365 bonnes raisons de rester couché, *Pierre Enckell*
P1684. Chroniques de la haine ordinaire 2, *Pierre Desproges*
P1685. Desproges, portrait, *Marie-Ange Guillaume*
P1686. Les Amuse-Bush, *Collectif*
P1687. Mon valet et moi, *Hervé Guibert*
P1688. T'es pas mort !, *Antonio Skármeta*
P1689. En la forêt de Longue Attente.
Le roman de Charles d'Orléans, *Hella S. Haasse*
P1690. La Défense Lincoln, *Michael Connelly*
P1691. Flic à Bangkok, *Patrick Delachaux*
P1692. L'Empreinte du renard, *Moussa Konaté*
P1693. Les fleurs meurent aussi, *Lawrence Block*
P1694. L'Ultime Sacrilège, *Jérôme Bellay*
P1695. Engrenages, *Christopher Wakling*
P1696. La Sœur de Mozart, *Rita Charbonnier*
P1697. La Science du baiser, *Patrick Besson*
P1698. La Domination du monde, *Denis Robert*
P1699. Minnie, une affaire classée, *Hans Werner Kettenbach*
P1700. Dans l'ombre du Condor, *Jean-Paul Delfino*
P1701. Le Nœud sans fin. Le Chant d'Albion III
Stephen Lawhead
P1702. Le Feu primordial, *Martha Wells*
P1703. Le Très Corruptible Mandarin, *Qiu Xiaolong*
P1704. Dexter revient !, *Jeff Lindsay*
P1705. Vous plaisantez, monsieur Tanner, *Jean-Paul Dubois*
P1706. À Garonne, *Philippe Delerm*
P1707. Pieux mensonges, *Maile Meloy*
P1708. Chercher le vent, *Guillaume Vigneault*
P1709. Les Pierres du temps et autres poèmes, *Tahar Ben Jelloun*

P1710. René Char, *Éric Marty*
P1711. Les Dépossédés, *Robert McLiam Wilson et Donovan Wylie*
P1712. Bob Dylan à la croisée des chemins. Like a Rolling Stone
Greil Marcus
P1713. Comme une chanson dans la nuit
suivi de Je marche au bras du temps, *Alain Rémond*
P1714. Où les borgnes sont rois, *Jess Walter*
P1715. Un homme dans la poche, *Aurélie Filippetti*
P1716. Prenez soin du chien, *J.M. Erre*
P1717. La Photo, *Marie Desplechin*
P1718. À ta place, *Karine Reysset*
P1719. Je pense à toi tous les jours, *Hélèna Villovitch*
P1720. Si petites devant ta face, *Anne Brochet*
P1721. Ils s'en allaient faire des enfants ailleurs
Marie-Ange Guillaume
P1722. Le Jugement de Léa, *Laurence Tardieu*
P1723. Tibet or not Tibet, *Péma Dordjé*
P1724. La Malédiction des ancêtres, *Kirk Mitchell*
P1725. Le Tableau de l'apothicaire, *Adrian Mathews*
P1726. Out, *Natsuo Kirino*
P1727. La Faille de Kaïber. Le Cycle des Ombres I
Mathieu Gaborit
P1728. Griffin. Les Descendants de Merlin III, *Irene Radford*
P1729. Le Peuple de la mer. Le Cycle du Latium II
Thomas B. Swann
P1730. Sexe, mensonges et Hollywood, *Peter Biskind*
P1731. Qu'avez-vous fait de la révolution sexuelle ?
Marcela Iacub
P1732. Persée, prince de la lumière. Le Châtiment des dieux III
François Rachline
P1733. Bleu de Sèvres, *Jean-Paul Desprat*
P1734. Julius et Isaac, *Patrick Besson*
P1735. Une petite légende dorée, *Adrien Goetz*
P1736. Le Silence de Loreleï, *Carolyn Parkhurst*
P1737. Déposition, *Leon Werth*
P1738. La Vie comme à Lausanne, *Erik Orsenna*
P1739. L'Amour, toujours !, *Abbé Pierre*
P1740. Henri ou Henry, *Didier Decoin*
P1741. Mangez-moi, *Agnès Desarthe*
P1742. Mémoires de porc-épic, *Alain Mabanckou*
P1743. Charles, *Jean-Michel Béquié*
P1744. Air conditionné, *Marc Vilrouge*
P1745. L'Homme qui apprenait lentement, *Thomas Pynchon*
P1746. Extrêmement fort et incroyablement près
Jonathan Safran Foer
P1747. La Vie rêvée de Sukhanov, *Olga Grushin*

P1748. Le Retour du Hooligan, *Norman Manea*
P1749. L'Apartheid scolaire, *G. Fellouzis & Cie*
P1750. La Montagne de l'âme, *Gao Xingjian*
P1751. Les Grands Mots du professeur Rollin
Panacée, ribouldingue et autres mots à sauver
Le Professeur Rollin
P1752. Dans les bras de Morphée
Histoire des expressions nées de la mythologie
Isabelle Korda
P1753. Parlez-vous la langue de bois ?
Petit traité de manipulation à l'usage des innocents
Martine Chosson
P1754. Je te retrouverai, *John Irving*
P1755. L'Amant en culottes courtes, *Alain Fleischer*
P1756. Billy the Kid, *Michael Ondaatje*
P1757. Le Fou de Printzberg, *Stéphane Héaume*
P1758. La Paresseuse, *Patrick Besson*
P1759. Bleu blanc vert, *Maïssa Bey*
P1760. L'Été du sureau, *Marie Chaix*
P1761. Chroniques du crime, *Michael Connelly*
P1762. Le croque-mort enfonce le clou, *Tim Cockey*
P1763. La Ligne de flottaison, *Jean Hatzfeld*
P1764. Le Mas des alouettes, Il était une fois en Arménie
Antonia Arslan
P1765. L'Œuvre des mers, *Eugène Nicole*
P1766. Les Cendres de la colère. Le Cycle des Ombres II
Mathieu Gaborit
P1767. La Dame des abeilles. Le Cycle du latium III
Thomas B. Swann
P1768. L'Ennemi intime, *Patrick Rotman*
P1769. Nos enfants nous haïront
Denis Jeambar & Jacqueline Remy
P1770. Ma guerre contre la guerre au terrorisme, *Terry Jones*
P1771. Quand Al-Quaïda parle, *Farhad Khosrokhavar*
P1772. Les Armes secrètes de la C. I. A., *Gordon Thomas*
P1773. Asphodèle, *suivi de* Tableaux d'après Bruegel
William Carlos Williams
P1774. Poésie espagnole 1945-1990 (anthologie)
Claude de Frayssinet
P1775. Mensonges sur le divan, *Irvin D. Yalom*
P1776. Le Sortilège de la dague. Le Cycle de Deverry I
Katharine Kerr
P1777. La Tour de guet *suivi des* Danseurs d'Arun.
Les Chroniques de Tornor I, *Elisabeth Lynn*
P1778. La Fille du Nord, Les Chroniques de Tornor II
Elisabeth Lynn

P1779. L'Amour humain, *Andreï Makine*
P1780. Viol, une histoire d'amour, *Joyce Carol Oates*
P1781. La Vengeance de David, *Hans Werner Kettenbach*
P1782. Le Club des conspirateurs, *Jonathan Kellerman*
P1783. Sanglants trophées, *C.J. Box*
P1784. Une ordure, *Irvine Welsh*
P1785. Owen Noone et Marauder, *Douglas Cowie*
P1786. L'Autre Vie de Brian, *Graham Parker*
P1787. Triksta, *Nick Cohn*
P1788. Une histoire politique du journalisme
Géraldine Muhlmann
P1789. Les Faiseurs de pluie.
L'histoire et l'impact futur du changement climatique
Tim Flannery
P1790. La Plus Belle Histoire de l'amour, *Dominique Simonnet*
P1791. Poèmes et proses, *Gerard Manley Hopkins*
P1792. Lieu-dit l'éternité, poèmes choisis, *Emily Dickinson*
P1793. La Couleur bleue, *Jörg Kastner*
P1794. Le Secret de l'imam bleu, *Bernard Besson*
P1795. Tant que les arbres s'enracineront
dans la terre et autres poèmes, *Alain Mabanckou*
P1796. Cité de Dieu, *E.L. Doctorow*
P1797. Le Script, *Rick Moody*
P1798. Raga, approche du continent invisible, *J.M.G. Le Clézio*
P1799. Katerina, *Aharon Appefeld*
P1800. Une opérette à Ravensbrück, *Germaine Tillion*
P1801. Une presse sans Gutenberg,
Pourquoi Internet a révolutionné le journalisme
Bruno Patino et Jean-François Fogel
P1802. Arabesques. L'aventure de la langue en Occident
Henriette Walter et Bassam Baraké
P1803. L'Art de la ponctuation. Le point, la virgule
et autres signes fort utiles
Olivier Houdart et Sylvie Prioul
P1804. À mots découverts. Chroniques au fil de l'actualité
Alain Rey
P1805. L'Amante du pharaon, *Naguib Mahfouz*
P1806. Contes de la rose pourpre, *Michel Faber*
P1807. La Lucidité, *José Saramago*
P1808. Fleurs de Chine, *Wei-Wei*
P1809. L'Homme ralenti, *J.M. Coetzee*
P1810. Rêveurs et nageurs, *Denis Grozdanovitch*
P1811. - 30°, *Donald Harstad*
P1812. Le Second Empire. Les Monarchies divines IV
Paul Kearney
P1813. Été machine, *John Crowley*

P1814. Ils sont votre épouvante, et vous êtes leur crainte
Thierry Jonquet
P1815. Paperboy, *Pete Dexter*
P1816. Bad city blues, *Tim Willocks*
P1817. Le Vautour, *Gil Scott Heron*
P1818. La Peur des bêtes, *Enrique Serna*
P1819. Accessible à certaine mélancolie, *Patrick Besson*
P1820. Le Diable de Milan, *Martin Suter*
P1821. Funny Money, *James Swain*
P1822. J'ai tué Kennedy ou les mémoires d'un garde du corps
Manuel Vázquez Montalbán
P1823. Assassinat à Prado del Rey et autres histoires sordides
Manuel Vázquez Montalbán
P1824. Laissez entrer les idiots. Témoignage d'un autiste
Kamran Nazeer
P1825. Patients si vous saviez, *Christian Lehmann*
P1826. La Société cancérigène
Geneviève Barbier et Armand Farrachi
P1827. La Mort dans le sang, *Joshua Spanogle*
P1828. Une âme de trop, *Brigitte Aubert*
P1829. Non, ce pays n'est pas pour le vieil homme
Cormack Mc Carthy
P1830. La Psy, *Jonathan Kellerman*
P1831. La Voix, *Arnaldur Indridason*
P1832. Les Nouvelles Enquêtes du juge Ti, vol. 4
Petits meurtres entre moines, *Frédéric Lenormand*
P1833. Les Nouvelles Enquêtes du juge Ti, vol. 5
Madame Ti mène l'enquête, *Frédéric Lenormand*
P1834. La Mémoire courte, *Louis-Ferdinand Despreez*
P1835. Les Morts du Karst, *Veit Heinichen*
P1836. Un doux parfum de mort, *Guillermo Arriaga*
P1837. Bienvenue en enfer, *Clarence L. Cooper*
P1838. Le Roi des fourmis, *Charles Higson*
P1839. La Dernière Arme, *Philip Le Roy*
P1840. Désaxé, *Marcus Sakey*
P1841. Opération vautour, *Stephen W. Frey*
P1842. Éloge du gaucher, *Jean-Paul Dubois*
P1843. Le Livre d'un homme seul, *Gao Xingjian*
P1844. La Glace, *Vladimir Sorokine*
P1845. Je voudrais tant revenir, *Yves Simon*
P1846. Au cœur de ce pays, *J.M. Coetzee*
P1847. La Main blessée, *Patrick Grainville*
P1848. Promenades anglaises, *Christine Jordis*
P1849. Scandale et folies.
Neuf récits du monde où nous sommes, *Gérard Mordillat*
P1850. Un mouton dans la baignoire, *Azouz Begag*

P1851. Rescapée, *Fiona Kidman*
P1852. Le Sortilège de l'ombre. Le Cycle de Deverry II
Katharine Kerr
P1853. Comment aiment les femmes. Du désir et des hommes
Maryse Vaillant
P1854. Courrier du corps. Nouvelles voies de l'anti-gymnastique
Thérèse Bertherat
P1855. Restez zen. La méthode du chat, *Henri Brunel*
P1856. Le Jardin de ciment, *Ian McEwan*
P1857. L'Obsédé (L'Amateur), *John Fowles*
P1858. Moustiques, *William Faulkner*
P1859. Givre et sang, *John Cowper Powys*
P1860. Le Bon Vieux et la Belle Enfant, *Italo Svevo*
P1861. Le Mystère Tex Avery, *Robert Benayoun*
P1862. La Vie aux aguets, *William Boyd*
P1863. L'amour est une chose étrange, *Joseph Connolly*
P1864. Mossad, les nouveaux défis, *Gordon Thomas*
P1865. 1968, Une année autour du monde, *Raymond Depardon*
P1866. Les Maoïstes, *Christophe Bourseiller*
P1867. Floraison sauvage, *Aharon Appelfeld*
P1868. Et il y eut un matin, *Sayed Kashua*
P1869. 1000 mots d'esprit, *Claude Gagnière*
P1870. Le Petit Grozda. Les merveilles oubliées du Littré
Denis Grozdanovitch
P1871. Romancero gitan, *Federico García Lorca*
P1872. La Vitesse foudroyante du passé, *Raymond Carver*
P1873. Ferrements et autres poèmes, *Aimé Césaire*
P1874. La Force qui nous manque, *Eva Joly*
P1875. Enfants des morts, *Elfriede Jelinek*
P1876. À poèmes ouverts, *Anthologie Printemps des poètes*
P1877. Le Peintre de batailles, *Arturo Pérez-Reverte*
P1878. La Fille du Cannibale, *Rosa Montero*
P1879. Blue Angel, *Francine Prose*
P1880. L'Armée du salut, *Abdellah Taïa*
P1881. Grille de parole, *Paul Celan*
P1882. Nouveaux poèmes *suivi de* Requiem, *Rainer Maria Rilke*
P1883. Dissimulation de preuves, *Donna Leon*
P1884. Une erreur judiciaire, *Anne Holt*
P1885. Honteuse, *Karin Alvtegen*
P1886. La Mort du privé, *Michael Koryta*
P1887. Tea-Bag, *Henning Mankell*
P1888. Le Royaume des ombres, *Alan Furst*
P1889. Fenêtres de Manhattan, *Antonio Muñoz Molina*
P1890. Tu chercheras mon visage, *John Updike*
P1891. Fonds de tiroir, *Pierre Desproges*
P1892. Desproges est vivant, *Pierre Desproges*

P1893. Les Vaisseaux de l'ouest. Les Monarchies divines V
Paul Kearney
P1894. Le Quadrille des assassins. Trilogie Morgenstern I
Hervé Jubert
P1895. Un tango du diable. Trilogie Morgenstern II, *Hervé Jubert*
P1896. Le Cycle de Kraven. La Ligue des héros I, *Xavier Mauméjean*
P1897. Train perdu, wagon mort, *Jean-Bernard Pouy*
P1898. Cantique des gisants, *Laurent Martin*
P1899. La Nuit de l'abîme, *Juris Jurjevics*
P1900. Tango, *Elsa Osorio*
P1901. Julien, *Gore Vidal*
P1902. La Belle Vie, *Jay McInerney*
P1903. La Baïne, *Eric Holder*
P1904. Livre des chroniques III, *António Lobo Antunes*
P1905. Ce que je sais (Mémoires 1), *Charles Pasqua*
P1906. La Moitié de l'âme, *Carme Riera*
P1907. Drama city, *George P. Pelecanos*
P1908. Le Marin de Dublin, *Hugo Hamilton*
P1909. La Mère des chagrins, *Richard McCann*
P1910. Des louves, *Fabienne Jacob*
P1911. La Maîtresse en maillot de bain. Quatre récits d'enfance
Yasmina Khadra, Paul Fournel,
Dominique Sylvain et Marc Villard
P1912. Un si gentil petit garçon, *Jean-Loup Chiflet*
P1913. Saveurs assassines. Les Enquêtes de Miss Lalli
Kalpana Swaminathan
P1914. La Quatrième Plaie, *Patrick Bard*
P1915. Mon sang retombera sur vous, *Aldo Moro*
P1916. On ne naît pas Noir, on le devient
Jean-Louis Sagot-Duvauroux
P1917. La Religieuse de Madrigal, *Michel del Castillo*
P1918. Les Princes de Francalanza, *Federico de Roberto*
P1919. Le Conte du ventriloque, *Pauline Melville*
P1920. Nouvelles chroniques au fil de l'actualité.
Encore des mots à découvrir, *Alain Rey*
P1921. Le mot qui fait mouche. Dictionnaire amusant
et instructif des phrases les plus célèbres de l'histoire
Gilles Henry
P1922. Les Pierres Sauvages, *Fernand Pouillon*
P1923. Ce monde est mon partage et celui du démon
Dylan Thomas
P1924. Bright Lights, Big City, *Jay McInerney*
P1925. À la merci d'un courant violent, *Henry Roth*
P1926. Un rocher sur l'Hudson, *Henry Roth*
P1927. L'amour fait mal, *William Boyd*
P1928. Anthologie de poésie érotique, *Jean-Paul Goujon (dir.)*